U0470189

Research Series on
Modern Chinese Literary
Genealogy

中国现当代文学谱系研究丛书

主编 / 刘勇 李怡 李浴洋

现代文学社团的谱系形态

张悦　汤晶 / 著

文化艺术出版社
Culture and Art Publishing House

图书在版编目（CIP）数据

现代文学社团的谱系形态 / 张悦, 汤晶著. -- 北京：文化艺术出版社, 2024.12. -- ISBN 978-7-5039-7682-7

Ⅰ.I209.6

中国国家版本馆CIP数据核字第2024AH8497号

现代文学社团的谱系形态

著　　者　张　悦　汤　晶
责任编辑　廖小芳
责任校对　董　斌
书籍设计　楚燕平
出版发行　文化藝術出版社
地　　址　北京市东城区东四八条52号（100700）
网　　址　www.caaph.com
电子邮箱　s@caaph.com
电　　话　（010）84057666（总编室）　84057667（办公室）
　　　　　　　　　84057696—84057699（发行部）
传　　真　（010）84057660（总编室）　84057670（办公室）
　　　　　　　　　84057690（发行部）
经　　销　新华书店
印　　刷　国英印务有限公司
版　　次　2025年6月第1版
印　　次　2025年6月第1次印刷
开　　本　710毫米×1000毫米　1 / 16
印　　张　17
字　　数　211千字
书　　号　ISBN 978-7-5039-7682-7
定　　价　68.00元

版权所有，侵权必究。如有印装错误，随时调换。

"中国现当代文学谱系研究丛书"编委会

策　　划　北京师范大学文学院
　　　　　北京师范大学鲁迅研究中心

主　　编　刘　勇　李　怡　李浴洋

编　　委　刘　勇　李　怡　张清华　黄开发　陈　晖　沈庆利　张　莉
　　　　　张国龙　梁振华　谭五昌　熊修雨　林分份　白惠元　姜　肖
　　　　　李浴洋　肖　汉　陶梦真　刘一昕　李春雨　刘旭东　张　悦

助理编委　汤　晶　解楚冰　乔　宇　陈蓉玥

"中国现当代文学谱系研究丛书"
总序

1928年，时任清华大学中国文学系主任杨振声发表了题为《新文学的将来》的演说。他在演说中提出——

> 文学是代表国家、民族的情感、思想、生活的内容。史家所记，不过是表面的现象，而文学家却有深入于生活内容的能力。文学家也不但能记述内容，并且能提高情感、思想、生活的内容。如坦特，如托尔斯泰，如歌德，他们都能改造一国的灵魂。所以一个民族的上进或衰落，文学家有很大的权衡。文学家能改变人性，能补天公的缺憾，就今日的中国说，文学家应当提高中国民族的情感、思想、生活，使她日即于光明。

此时距离"文学革命"，仅过去十年时光。作为"五四"一代作家，杨振声在演说中表达的是对于方兴未艾的"新文学"的殷切期待。如今，"新文学"已经走过百年历程。世纪回眸，陈独秀、胡适、鲁迅、周作人等前驱开辟的道路，早就在丰富的实践中成为一种"常识"。"新文学"的历史无负杨振声的嘱托。

当然，从最初的"尝试"走到今天的"常识"，其间的路途并不平坦，更非顺畅。此中既有"新文学"发生与发展本身必须跨越的关卡，也需要面对与"五四"之后的时代风云同频共振带来的挑战。在这一过程中,"新文学"的理想激扬过,也落寞过;曾经作为主流而显赫,也一度成为潜流而边缘;始终坚守自身的价值立场,但也或主动或被动地调整着前进的步伐。不过无论如何,"新文学"还是在百年风云中站稳了脚跟,竖起了旗帜,在"提高中国民族的情感、思想、生活,使她日即于光明"的征程中形成了与传统文化既有联结又有区别的现代文明的"新传统",与"国家、民族的情感、思想、生活的内容"打成一片。

"新文学"从历史中穿行而来的过程,便是"新文学"的种子落地生根的过程,也是其在观念、制度、风格与气象上不断自我建设的过程。"新文学"从来不是一成不变的,但其内核、本质、意涵与边界却也在探索与辩难中日益明确与积淀。

因此,看待、理解与研究"新文学",也就内在地要求一种历史的眼光、开放的精神、多元的视野与谱系的方法。而当杨振声演说《新文学的将来》时,他事实上也开启了更为自觉地从事"新文学"研究的传统。1929年,为落实与杨振声一道确立的"注重新旧文学的贯通与中外文学的融会"的清华国文系建系方向,朱自清开设"中国新文学研究"课程。此举被王瑶先生认为是"最早用历史总结的态度来系统研究新文学的成果",影响深远。

回溯百年"新文学"研究史,也包括中国现当代文学学科史,正如王瑶先生所言,"如果我们用历史的观点看问题",朱自清的筚路蓝缕"显示着前驱者开拓的足迹"。而朱自清奠立的"用历史总结的态度来系统研究新文学"的方法,正是现当代文学研究最为重要的学术经验。此后一代又一代学人的前赴后继,便都是在杨振声与朱自清的延长线上展开工作。我们策划"中国现当代文学谱系研究丛书",也是如此。

当年,朱自清的"中国新文学研究"课程不仅在清华讲授,还曾经到北京师范大学与北平大学女子学院等校开设。而后两者都是今日北京师范大学的前身。"新文学"研究的传统在北师大百年的教育史与学术史上薪火相传，代不乏人。以北师大学人为主体的"中国现当代文学谱系研究丛书"致力于站在新的历史与学术起点上继往开来，守正出新。

  丛书中的十卷著作尽管各有关怀，但也有相近的问题意识，那便是都关注"新文学"在"改造一国的灵魂"中发挥的作用，以及在这一过程中对于"新文学"的锻造。"新文学"的核心价值是从"立人"精神出发，追求"改造中国人及其社会"，以建立"人国"，并且寄托对于人类命运的终极关怀。因此，"新文学"确立了以"人的文学"为基础的价值谱系，启蒙、民主、科学、解放是其最为重要的理念。而"新文学"对于"人的解放"的要求又是与国家的独立和富强以及人类一切被压迫民族的解放关联在一起的。所以，"新文学"对于个体的承担不会导向"精致的利己主义"，"感时忧国"的精神也包含了对于民粹主义的反思。"新文学"是一种自信但不自大的文学，是一种稳健但不封闭的文学。开放与交流的"拿来主义"态度是"新文学"的立身之本，与"无穷的远方，无数的人们"的血肉联系则是"新文学"的源头活水。"新文学"是一种真正的"脚踏大地"同时"仰望星空"的文学。对于"新文学"价值谱系的清理，既是一项学术研究的课题，更是一种精神砥砺的需要。

  而从"新文学"传统中生长出来的"新文学"研究，同样有其价值谱系。王瑶先生强调，"研究问题要有历史感"。严家炎先生也曾经指出，"中国现代文学史的研究，首先要尊重事实，从历史实际出发"。这是对于学科品质与独立品格的根本保证。历史的态度与谱系的方法是中国现当代文学研究的正道与前路，这是前辈学者留给我们的最为重要的经验。而对于"新文学"研究而言，不仅有价值谱系、知识谱系、方法谱系，更有思想谱系、文化谱系、精神谱系。樊骏先生就注意到，在以王瑶为代表的学科先辈身上，同时兼备"两个精神谱系"："一是西方传统中的'普罗米修斯—但丁—浮士德—马克思'，一是中国、东方传统中的'屈原—鲁迅'。"他们"都是这存在着内在联系的两大精神谱系，在现代中国学术界的自觉的继承人"。钱理群先生认为，"新文学"研究的传统正是"精神传统与学术传统"合而为一的。这也就决定了当我们以历史的态度与谱系的方法研究中国现当代文学时，不仅是在进行学术创造，也是在精神提升。而这显然是与"新文学"的价值立场一致的。我们可喜地看到，这也正是丛书中的各卷作者不约而同的选择。

北京师范大学文学院高度支持丛书的编辑出版。而从《中国现代文学编年史》开始，我们就与文化艺术出版社确立了良好的合作关系。"中国现当代文学谱系研究丛书"作为师大中国现当代文学学科与师大鲁迅研究中心的最新成果，期待得到学界同人的赐教指正。我们也希望有识之士可以和我们一道共同推进中国现当代文学研究的发展与繁荣。

刘勇　李怡　李浴洋
"中国现当代文学谱系研究丛书"编委会

2023 年 5 月 20 日

目录

001　**绪论　从文人结社到现代社团**
003　一、文人结社的传统
006　二、现代社团的出现与新文学的转型
009　三、社团的蜂起与新文学格局的形成

015　**第一章　现代文学社团的复杂形态**
017　一、现代文学社团的多重面貌
027　二、社团演化发展的多种形态
033　三、"文学"的社团：文学思想的各自为营
040　四、"社团"的文学：文学团体多种形式

049　**第二章　文学论争与社团势力的消长**
051　一、反不反传统：五四文学社团的争鸣
059　二、为人生还是为艺术：文学研究会与创造社的互看
069　三、"后五四"路在何方：革命文学论争与文学格局的重塑
084　四、文学如何抗战：文学团体的"战时联合"

093　**第三章　地缘因素与文学社团的谱系分布**
095　一、同乡·同人·同盟

101　二、文学社团与现代地域文学格局的形成
116　三、社团的超地域性辐射

125　第四章　现代教育与文学社团的代际更迭
127　一、留学背景的先在影响
138　二、学院教育的平台聚集
148　三、"门生""新人"与社团的发展

155　第五章　社约活动与文学社团的圈层建构
157　一、公共空间与文人交往
167　二、核心人物与权威话语
177　三、文学唱和与人际交往

187　第六章　刊物出版与文学社团的话语空间
189　一、阵地："一团一刊"模式的形成
207　二、编辑团队：知识权威的号召力
220　三、市场效益：商业机制下的运作

225　第七章　"非典型"社团："游移者们"的选择
227　一、欧美派的"出逃者"：林语堂的选择
232　二、孙犁：一个人的流派
236　三、京海地域之外的"京派"与"海派"

243　附录　中国现代文学社团简录

257　后　记

绪 论
从文人结社到现代社团

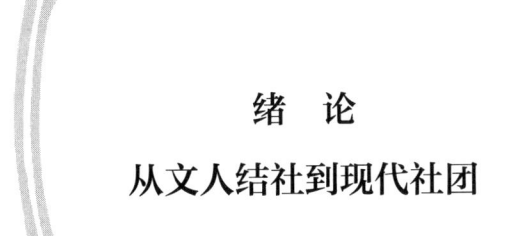

文学的社团和流派，自古已有之。文人会集结社，或是同气相求、雅然唱和，或是志趣相投，诗酒风流。然而进入现代以来，随着宗法制的消失，一种全新的精神纽带聚集起了现代文学的社团：为了实现自我理想与共同的社会理想成了现代知识分子逐渐达成的一种共识。第一个现代文学社团文学研究会在"宣言"里这样重新定义着"文学"的意义："将文艺当作高兴时的游戏或失意时的消遣的时候，现在已经过去了。我们相信文学是一种工作，而且又是于人生很切要的一种工作。"①

以社团为视点，我们能够以一种特殊的视角审视现代文学形态与文化形态的复杂状况。新文学发生之初，现代作家为何更多选择以成团的方式标榜自己的文学理念和立场？五四新文学社团的蜂起对五四新文学的成熟有着什么样的作用？社团的聚合与现代作家群体的形成又有着什么样的关系？社团的发展与新文学思潮流派的演变又有着何种关联？

一、文人结社的传统

顾炎武曾用"年社乡宗"四个字来概括古代的人际关系，以同年、同社、同乡、同宗关系来划分通过科举、会社、乡里、宗族等方式交往的人群。至

---

① 《文学研究会宣言》，《小说月报》1921年第12卷第1号。

于何为"社",顾炎武说:"后人聚徒结会亦谓之社。"[1] 也就是说,不同于血缘、地缘这些天生性因素,"社"的聚集更多是人们后天因共同志趣或利益结成的组织和人际网络,如行会、同年会、会馆、族会等。因此"结社"可以被视为人类在自然力量外,对于社会生活的主动选择和建构。

文人结社的传统可以追溯到先秦时期,虽然此时并没有明确的结社活动,但是春秋战国时期的"养士"之风和私学的兴起,使得以文学活动和以思想学术传承为目的的诸子学派和士人集团得以出现,这也可以视为文人结社的早期形态。从《小雅·鹿鸣之什》里描述的"我有嘉宾,鼓瑟吹笙",我们也可以一窥群体宴集的场景。到了魏晋六朝,以节日宴集、诗文酒会为纽带出现了一些著名的文人集团,如慷慨激昂的"建安七子"、放浪不羁的"竹林七贤",创制了"永明体"的竟陵八友,还有以王羲之为核心的"兰亭雅集",等等。文人们或是饮酒赋诗,或是游宴交友,对后世人文的交游方式产生了重要的影响。到了中唐,更为自觉的文人社团和文人流派纷纷涌现,借结社以同气相求、诗酒风流成为士大夫们十分时髦的文化活动,据《旧唐书》记载:"大历中,(钱起)与韩翃、李端辈十人,俱以能诗出入贵游之门,时号'十才子'。"[2] "大历十才子"之一的司空曙曾这样写下结社的情况:"不与方袍同结社,下归尘世竟如何。"[3] 还有白居易晚年所结"香山九老会",虽然初衷是白居易在政治仕途上屡次被贬,为了远避党祸,企图独善其身以怡老所结之社,但是"九老们"创作的大量富有禅境禅意的"闲适诗",不仅具有很强的审美价值,而且也是古代文人雅士隐逸思想的深刻体现。

到了宋代,商业的繁荣带来了城市经济的高度发展,结社成为纽结士绅

---

[1] 顾炎武:《日知录》,上海古籍出版社1985年版,第1671页。
[2] 刘昫等:《旧唐书》卷一百六十八,中华书局1975年版,第4383页。
[3] 《全唐诗》(第9册),中华书局1997年版,第3319页。

群体的重要手段，诗社更是成为一种常见的交友方式，出现了徐俯豫章诗社、叶梦得许昌诗社、王十朋楚东诗社、杨万里诗社、薛师石诗社、杨缵吟社等著名的组织。这种文人之间的相互唱和，对诗词流派的形成有着重要的催化作用。如江西诗派基本上就是以徐俯、洪刍、洪炎、苏坚为代表的豫章诗社同人为核心形成的，诗社成员之间的往来交流，使他们的诗歌创作风格和创作主张愈加趋于一致，各种唱和、标榜诗社活动形式，也进一步扩大了诗社的影响力，对流派的形成和壮大起到了积极的推动作用。

明代的文人结社迎来了一个高峰期，各地文学群体纷纷兴起，在规模和影响上都远远超过前世，数量达到中国古代文人结社顶峰。还出现了复社这样集科举、学术、文学、政治功能于一身的大规模社团，与会人员一度达到数千人，一时名震天下。清代是文人结社由盛转衰的时期，由于清人入关，这对受"华夷之辨"思想影响极深的广大汉族士人来说是难以接受的，因此诸多社团的性质也发生了变化，带有强烈的反清复明的政治色彩。为了维护新政权的统治，避免结社形成的党派门户之争，顺治十七年（1660）还出现了社禁之事，1660年给事中杨雍建上疏："今之妄立社名，纠集盟誓者，所在多有。而江南之苏、松，浙江之杭、嘉、湖，为尤甚。其始由于好名，其后因之植党。"他还进一步提议"不得妄立社名，纠聚誓盟，其投刺往来，亦不许用同社同盟字样，违者治罪"。[①] 在这样的政策之下，传统意义上的士绅结社逐渐趋于消亡。

从以上的简单梳理我们可以发现，结社不仅是中国文人的重要交游方式和精神传统，更是文学走向繁荣的重要标志。可以说，现代文学社团趋群结社的意识，与中国传统的"文人结社"一脉相传的精神传统不无关系。

---

① 《清世祖实录》卷一三二，中华书局1985年版，第1016页。

二、现代社团的出现与新文学的转型

相较于古代的文人结社,进入现代后的文学社团有着完全不同的精神特质。从社会政治的角度来看,随着清王朝的覆灭,旧的封建政权已经崩塌,新的可以起到替代作用的强权组织还没有出现,军阀政府忙于争战,无力控制思想文化空间,这在客观上造成了放任文学社团成长的环境。特别是"五四"时期,一方面,西方的科学与民主观念涌入中国,新思想、新文化、新文学迅速崛起与繁荣;另一方面,现代化的进程也打破了文人在故乡社里时的血缘、地缘等纽带,他们急切需要在同声相应、同气相求中获得精神支持。而且文人无法通过科举走上仕途,只有通过结社的形式来传播自己的思想文化价值和文学观念。在这一特定条件下,现代性质的文学社团出现了。自《新青年》开始,随着五四新文化、新文学运动的不断深入,现代文学史上逐渐涌现出各式各样的文学社团和文学流派。据统计,仅"五四"之后的第一个十年,就有154个大小文学社团或流派在全国各地活动。[①]

从聚集的动因上看,"五四"时期的文学社团与旧式的文人结社有着根本的不同。传统文人组成的会社多半是基于闲情逸致,而"五四"时的新文学社团成立组织不是为了消遣,而是将文学作为一种思想文化的武器,一种"工作"和"事业",来组织实践各自的思想与文化主张。作为中国第一个新文学社团——文学研究会最为鲜明的立场就是认为文学是现实反映的工具,"我们所需要的是血的文学,泪的文学"[②]。郑振铎并没有具体指明怎样的"血和泪的文学",但显然是针对"武昌的枪声、孝感车站的客车上的枪孔、新华

---

① 参见贾植芳《〈中国现代文学社团流派〉序》,载《贾植芳全集》(卷4),北岳文艺出版社2020年版,第53页。

② 西谛(郑振铎):《血和泪的文学》,《时事新报》1921年6月30日。

门外的血迹"而言的，是"扩大或深邃人们的同情与慰藉，并提高人们的精神"①的文学，他们力图从语言文字、文学创作、翻译实践等多个方面促进社会思想的解放，带有很强的启蒙大众、更新社会的责任与义务。事实上，如果我们追溯文学研究会的前身，可以发现一个叫作"改造联合"的团体（于1920年8月组成），而这一团体是由人道社（郑振铎、许地山、耿济之、瞿世英、瞿秋白等）、曙光社（王统照等）、少年中国学会（沈泽民、张闻天等）、青年互助团（庐隐等）组合而成。②当我们去考察这些日后成为文学研究会的骨干或重要成员当年发表的文章，会发现他们当时所宣传的社会思潮除了人道主义、个性主义思潮之外，尚有为研究界重视不够的在当时影响巨大的以下三大思潮："互助进化"思潮、"世界大同"的"大人类主义"思潮、"泛劳动主义"思潮。这三大思潮后来也融入了文学研究会的理论倡导和文学创作之中。冰心、叶绍钧、王统照都憧憬着"爱"和"美"的理想的和谐天国，这种憧憬就是源于以爱的互助取代憎的竞争的"互助进化思潮"。冰心的《繁星》《春水》等诗集中散发出了浓烈的人性关怀，体现人与人之间关系中的温情与爱意。这是我们较少了解的文学研究会的面相。文学研究会沿着《新青年》开创的启蒙主义文学道路，以严密的组织建设，实现了对全国作家队伍、文学刊物等文学资源的整合。它以雄厚的创作实力和占据主流地位的创作成就，在20世纪20年代引领着新文学的发展方向，主导着新文学的思想与艺术风貌。就像有的学者说的那样："文学研究会是五四新文学运动中影响最大的文学社团，受其影响的不仅仅是新文学运动中的青年和社团，更渐渐化成一种精神传统对中国现代文学发生了重要的作用。我们从文学研究会

---

① 西谛（郑振铎）:《文学的使命》,《时事新报》1921年6月20日。
② 参见潘正文《"改造联合"与文学研究会的文学倾向》,《中国现代文学研究丛刊》2007年第3期。

的这些精神特性中不免可以窥视到一些五四以来的精神传统。"[①] 即便是一些看上去不那么"严肃"的社团,背后其实也蕴含着"有所为"的宗旨。比如说以林语堂为中心的"论语派",虽然号称提倡幽默,但也是一种"写实主义"的幽默。林语堂在《论语》第3期上发表的《我们的态度》,就这样明确表示:"我们不想再在文字国说空话,高谈阔论,只睁开眼睛,叙述现实。若说我们一定有何使命,是使青年读者,注重观察现实罢了。人生是这样的舞台,中国社会,政治,教育,时俗,尤其是一场的把戏,不过扮演的人,正正经经,不觉其滑稽而已。只须旁观者对自己肯忠实,就会见出其矛盾,说来肯坦白,自会成其幽默,所以幽默文字必是写实主义的。"[②] 文学作为一种事业召唤着一批知识分子为中国的发展、民族的命运应声而和,发出自己的声音。

此外,不像传统文人结社那样言论与作品仅在成员之间流通,中国现代文学社团大多数是自办刊物或报纸,这种以现代传媒为载体,包含了作者、编辑、出版、发行、销售、读者等多个环节的运作模式,每一个环节都环环相扣、相互制约、相互配合,推动了文学机制的变革,体现出强烈的现代性特质。作家以文学社团形式聚集在一起,文学社团以文学期刊为依托,期刊还往往有一个有名望、有号召力的主编,来树立一种知识权威,增加社团的号召力、凝聚力和影响力。社团成员之间可以互作书评、相互应和来表现相互承认和欣赏,反映社团的文学立场和价值取向。有的社团还可以借助于刊物上的作品选辑、文艺评奖等方式来扩大社团的影响力。从新文学初期的新文化阵营与《新青年》,文学研究会与《小说月报》,创造社与《创造》季刊,到后来的京派与《大公报》等,都显示出这样的特点。比如说茅盾主编《小

---

① 石曙萍:《知识分子的岗位与追求——文学研究会研究》,上海东方出版中心2006年版,第31页。
② 林语堂:《我们的态度》,《论语》1932年第3期。

说月报》期间已经成为文研会的刊物，刊登的稿件也多出自文研会的成员，这样既可以凝聚文研会成员的力量，也可以集中宣传文研会的思想。再比如1936年《大公报》创刊10周年之际，萧乾策划了一套小说选集，选取一些之前在《大公报·文艺》上发表的优秀作品重新进行编撰。从选的作品来看，一共有30篇，其中沈从文占了4篇、萧乾占了3篇，杨振声、李健吾、凌叔华、林徽因、徐转蓬、李辉英、寒谷、威深、程万孚、杨宝琴、宋翰迟、刘祖春、隽闻、季康、老舍、芦焚、叔文、祖文、前羽、李同愈、沙汀、蹇先艾、张天翼各1篇。刘祖春就是沈从文的湘西同乡，1934年由沈从文资助从湖南来到北京求学，李辉英在上海中国公学中文系学习时是沈从文的学生，在沈从文和胡也频、丁玲编辑《人间》《红黑》杂志时，程万孚就已经跟沈从文是好友。由上可见，从作者团队的建构到文学的生产、传播，社团与刊物的结合都是非常紧密的。

三、社团的蜂起与新文学格局的形成

回看中国现代文学史，文学研究会、创造社、语丝社、新月社，以及未名社、莽原社、南国社、浅草社和沉钟社等众多社团先后涌现，有的激流勇进，有的昙花一现，有的相互制衡，有的相互协作，可以说，正是因为不同类型文学社团的存在和纷争，现代文学史才纵横捭阖、色彩缤纷。他们构成了五四文学的最初面貌，开创了中国新文学走向成熟的新格局。

拿小说来说，"问题小说""乡土小说""感伤小说""自叙传小说"等样式，背后是新潮社、文学研究会、创造社等文学团体的积极努力。"问题小说"与五四时期的启蒙主义、个性主义、现实主义思潮紧密相关，旨在探讨人生和社会问题，如婚恋自由、妇女解放、教育问题、劳工问题、青年知识分子的出路、军阀混战、国民疾苦等。在1919年至1925年间形成了"问题小说"这种小说类型和题材，它主要反映政治、道德、教育、婚姻、恋爱等人生问题，是典型的"五四"启蒙时代的产物。"问题小说"在1919年上半年的《新潮》中已露端倪；1919年下半年冰心的《两个家庭》《斯人独憔悴》等小说发表后，开始形成风气；1921年文学研究会成立后推向高潮，胡适的小说《一个问题》，罗家伦的《是爱情还是苦痛》，叶绍钧的《这也是一个人？》等，都是较早出现的"问题小说"。初期"问题小说"中有一部分作品专以"美"和"爱"作为解决问题的钥匙，大部分并不提供答案，这种"只问病源，不开药方"也正是"问题小说"的特点之一。"问题小说"在"五四"时期的流行，主要反映了大批知识青年的觉醒。它是当时思想启蒙运动的一种需要，又是当时思想启蒙运动的一种结果。"问题小说"在五四新文化运动之后兴盛，代表了那个时代的青年对时代症结的发问与呈现，以文学研究会为中心的一批作家进行的"问题小说"的创作，促进了新文学创作类型的丰富。

《语丝》是中国现代文学史上第一个以散文创作为主的文学刊物，除小说、诗歌、学术文章和译介的外国文学作品外，主要刊载各类散文作品，特别是简短、犀利的思想杂感、社会批评和随笔、小品散文等，先后设置过"随感录"和"闲话"等专栏。周作人代写的《语丝·发刊辞》集中体现了语丝社同人的基本主张和态度："我们只觉得现在的中国的生活太是枯燥，思想界太是沉闷，感到一种不愉快，想说几句话，所以创刊这张小报，作自由发表的地方。"鲁迅在1925年4月28日致许广平的信中说："中国现今文坛（？）的状况，实在不佳，但究竟做诗及小说者尚有人。最缺少的是'文明批评'和'社会批评'……"[①] 这封信写于《语丝》创刊不到半年。"文明批评"是针对

[①] 鲁迅：《两地书》，载《鲁迅全集》（第11卷），人民文学出版社2005年版，第63页。

旧中国数千年烂熟到已经变质因此让活着的人不堪重负的"传统",而"社会批评"则针对的是恶劣和丑陋得让人觉得所居非人间的身边的现实,其目的都是为了"现在中国人的生存和发展"。《语丝》周刊上的文字"大抵以简短的感想和批评为主,但也兼采文艺创作以及关于文学美术和一般事项的介绍与研究"。如范培松在《中国散文批评史》中提道:"语丝社同仁对'语丝体'展开讨论,这是20世纪散文批评家第一次自觉地、有意识、有目的地围绕现代散文的'体'所进行的批评活动。""对'语丝体'散文的评论,表明了散文批评家的'体'意识强化和对散文的尊重……'语丝体'散文的讨论标志着中国现代散文批评进入了自觉的时代。"[1]语丝社可以说是在中国现代文学史中为散文发展增添了浓墨重彩的一笔。语丝社成员在语丝社的凝聚下,形成了排旧促新、纵意而谈、古今并论、庄谐杂出、简洁明快、不拘一格、泼辣幽默、讽刺强烈的"语丝文体",体现了现代知识分子知识创造、思想创造和批判言说的力度。《语丝》同人尽管在思想和艺术主张上不尽一致,但在理性批判精神方面、在针砭时弊方面,却体现出作为现代意义上的知识分子身份的集体认同,从而构成了一个相对稳定的知识分子群体。"语丝文体"首先是在语丝社同人的创作实践中显现出来的,而后得到了语丝社同人有意识的理论探讨和归纳。"语丝文体"从某种意义上讲就是针对《语丝》上的杂文和小品而言。蔡元培指出:"《语丝》——为周树人、作人兄弟等所主编,一方面,小品文以清俊胜;一方面,讽刺文以犀利胜。"[2]鲁迅、钱玄同、刘半农、林语堂等作家的"讽刺文"犀利泼辣,显示出"毁坏旧物和戳破新盒子而露出里

---

[1] 范培松:《中国散文批评史》,江苏教育出版社2000年版,第22页。
[2] 蔡元培:《二十五年来中国之美育》,载高平叔编《蔡元培美育论集》,湖南教育出版社1987年版,第226页。

面所藏的旧物来的一种突击之力"①。而周作人、江绍原、林祖正、章衣萍等人的小品，或谈古论今、品酒论茶，或抒情写意、歌风颂月，大都笔法从容，色调清俊，又呈现出"语丝文体"一个新的面相。"语丝文体"的最大价值在于，它实践了文学在精神和形式上的双重自由：它将社会批判精神和文学性因素融为一体，将文学的批判功能和自主建设结合起来。

"新月诗派"在现代诗歌的发展史上也起到了重要的作用。起初新月社是一个带有文化倾向的社交团体，不是纯文艺性的，出入其中的都是当时北京的上流人士，组织也很松散。1926年4月，闻一多、徐志摩在北京《晨报》副刊上创办《诗镌》，明确提出了现代新格律诗的理论主张，并集结了朱湘、刘梦苇、饶孟侃、林徽因、于赓虞、孙大雨、杨子惠、朱大柟等一批诗人，积极尝试新格律诗的创作。于是，以《诗镌》的创办为标志，新格律诗派即"新月诗派"开始形成。在文学创作主张上他们反对20世纪20年代初以创造社为中心，情绪释放、情感爆发的要求。主张"文学的力量不在放纵，而在集中和节制"，坚持文学创作的理性与秩序。在艺术主张上，新月诗派系统阐述了"新诗格律化"理论，为新诗理论做出了突出贡献。在艺术主张上，新月派诗人强调新诗最主要的审美特征应该是"和谐"与"均齐"，这突出体现在闻一多提出的诗歌"三美"："建筑的美""音乐的美""绘画的美"的主张上。新格律诗派的"新"，破除了文言和旧韵以及旧体格律诗的种种规范，着重强调诗歌内在的音节和韵律。它继承了古典诗词的精髓而又有所创新。其次，强调扩大新诗的抒情领域，丰富新诗的抒情技巧，把"理想的爱情"题材引入现代新诗，运用心理分析的方法开掘新诗情感的内涵，并且崇尚自然，注重"性灵"，为新诗注入了新的情感活力。最后，注重对诗体形式的探索，

---

① 鲁迅：《我和〈语丝〉的始终》，《萌芽月刊》1930年第1卷第2期。

翻译和移植了英国、意大利等大量的外国诗体形式,尽管不完全成功,但开阔了试验新诗诗体形式的思路,对后续的新诗创作开了先例,奠定了发展基础。

综上,新文学社团是五四新文化运动后特有的文学现象,新文学作家以"社团"的形式集结,并且对旧文学、旧文化进行了深刻的批判,为新文学、新文化的发展开辟了广阔的道路,促进了现代文学的成型,在社会思潮、文学思潮、文学理论、文学批评、文学创作等多个方面巩固了新文化运动的成果。

第一章

现代文学社团的复杂形态

中国现代文学的发展与各种文学社团的蓬勃兴起有密切关系，中国新文学最初的基本格局就是以文人团体和文学社团为单位的，某种意义上，文人团体和文学社团对新文学的发展起到了不可忽视的催化和促进作用。20世纪中国现代文学有着丰富而复杂的社团和流派，各种文学群体构成了现代文化发展的生态整体。中国现代文学社团不仅在数量上达到了前所未有的高峰，各个社团之间的创作风格、思想理论、审美偏好、组织形态也都具有自己的特色。现代中国文学社团又与地域文化、教育体制、政治氛围、经济状况、传媒体系紧密联系在一起，形成了多元"复数"的错综关系。在这些社团中间，作家的聚散、社团的发展流变展现了现代文学的历史特征和精神向度。

一、现代文学社团的多重面貌

　　20世纪上半叶，中国新文学社团数量多、各具特色、各有发展的理念与方针。根据《中国现代文学社团流派辞典》一书所列条目的统计，20世纪上半叶，中国的文学社团超过千个。[①] 自《新青年》文人群体、新潮社、文学研究会、创造社、新月诗派、现代诗派、"京派"、"海派"，到"左联"、"文协"、七月诗派、九叶诗派、"上海华北沦陷区文学社团"、"东北沦陷区文学社团"等，中国现代文学发展的几十年间，依据不同的文学思想、创作风格

[①] 参见范泉主编《中国现代文学社团流派辞典》，上海书店出版社1993年版，第8页。

以及现实需要，文学社团不断兴起、更新和发展，在现代文学社团的历史脉络中，我们能清晰地看到中国现代文学丰饶的文学创作与厚重的思想价值。

（一）新文学发轫期文学社团的蓬勃涌现

五四新文化运动后，各种文学社团如雨后春笋般生长起来，这是中国新文学发展与建设的必然结果，体现了新文学作家对于新的文学和文化开拓的热忱之心。他们通过凝聚一批具有共同追求的文人，以社团的运作模态和行为方式，建构和营造出新文学发展的活动场域，丰富了中国新文学发展的文学现象。各类文学社团以文学组织的形式团结了一批具有共同价值追求的文人，他们有着各自鲜明的旗号，独特的思想倾向、文学主张和艺术追求，并在创作实践中形成了自己的文学风格和艺术素质，以"群体"的方式在社会上取得了自己的文学影响力，在现代文学的历史进程中留下了一个整体的印迹。爬梳各个文学社团的衍生与聚散，从中能获得一条现代作家群体精神和心灵演变的轨迹，在各种文学社团的组织下，现代文学的发展形成了多个精神载体和组织空间。

中国新文学的繁荣与同人性文学社团的大量出现紧密相关，可以说现代文学初期的文学社团，是掀起新文学运动的重要组织，各类文学社团与新文学的发展紧密交织在一起，发挥了极其重要的作用。因此，我们可以看到，新文学的先行者们，一面投身于新文学运动，一面投入到文学社团的建立与发展的工作中。虽然我们清楚，文学社团并非一个完全崭新的文学产物，文人聚会、结社自东汉以后就蔚为风气，是中国传统社会中无法被忽视的文化现象。但是，现代文学的社团组织，无论是组织架构，还是思想风貌，都已经更新换代，呈现出中国现代社会的精神气质。现代文学社团的根本性质就在于其是新文学团体，它们并不沿着传统文会制度的老路走，而是把文学社团的组织和发展与新文学建设的种种思路结合起来，现代文学社团的基因已经与传统文人结社相去甚远，新文学作家们是要在一个个新的组织下，建设一种新的文学、新的文化。

新的社会文化的建设呼唤具有凝聚力、团体形态的文人组织形式，中国新文学运动的历史潮流奔腾袭来，现代文学社团的蓬勃发展呼之欲出。"人有群性，人是群居的动物，由群而发展为集团、为阶级、为党、为冲锋团，都根源于群性，则新文学之起源是与群有关的。……在一间客室里，三五个投机的朋友在闲谈，于上下古今之余，其中有一位提议来办本杂志玩玩，另外的几个人也觉得很新鲜有趣，大家赞同了。……这本杂志恰好是一本文学的杂志，而且是新文学的杂志，又是很幸运地获得了不少的读者，销路很好，居然不致蚀本。因了这本杂志他们又求得了许多同志，投稿的人中颇有和他们志同道合，自然而然形成了一个集团"[①]，并且由此而群起效仿，出现了许多刊物的集团。人的"群性"辐射到文学的发展进程中，自然可以形成诸多社团群，而现代文学社团的兴起，更为重要的还来自于社会现实的催逼和改造社会的强烈诉求，"五四"是一个社会环境激变的时期，现代知识分子只有通过社团的集结来传播自己的思想文化价值和文学观念才更加高效，更能形成传播面和影响面。

"五四"以后第一个新的戏剧团体——上海民众剧社就是在遭遇了新式戏剧推广的滑铁卢之后，经过反思成立的以团体为活动形式的戏剧社团。1921年3月，汪仲贤联合陈大悲及新文学界的沈雁冰、郑振铎、熊佛西等人成立了上海民众剧社，同时创办了《戏剧》月刊，成立了上海戏剧协社。《戏剧》

[①] 章克标：《新文学概论》第一章，载本社编《奇谈怪论》，上海书店出版社1997年版，第336—337页。

是中国最早的新形式戏剧专门刊物。汪仲贤曾提出："西洋的著名剧本，我们对于它只好借来活用，不能拿他照直排演，这不过是我们过渡时代的一种方法，并不是我们创造戏剧的真精神……中国戏剧要想在世界文艺界中寻一个立锥地，应当赶紧造成编剧本的人材，创造几种与西洋有相等或较高的价值的剧本，这才算真正的创造新剧。"① 因此，戏剧社成立之后，开展活动的主要目的在于创造中国自己的戏剧，在模仿方面有特别的限制。在戏剧社的组织下，中国现代戏剧开始进入正式的建设阶段。这一时期不仅关注系统的戏剧观念，还针对戏剧的组织形式、表演方式、演出效果和受众审美品位进行了多方位的探索。民众戏剧社与戏剧协社坚持了"五四"传统与《新青年》的启蒙传统，在戏剧创作方面推崇反映时代、人生的戏剧类型，将戏剧建设与文化启蒙联系在一起。戏剧承载了启蒙思想、改造社会的目的在其中。

文学社团是文化观念的阐释者与传播者，尤其在中国现代多种思想对峙与共存的复杂环境下，文学社团很难形成完全的纯文学特性，它们往往交织着多种思想形态和价值理念，其目的更在于建构社会文化思想体系，在实践创作个性的过程中，争取和维护社会话语权，因此文学社团不仅是一种组织，更是一种方法和手段。而在社团内部，加入社团意味着共同的义务与责任，意味着创作个性的互相影响与彼此靠拢，其中带来了更加复杂的创作情境。而正是由于各个社团之间的观念各异，催生了互促共融的文学社团发展局面，我们很容易看到不同的社团在文化观念与文学观点上的激烈碰撞，也进一步丰富了中国现代文学论争史，在有效维护新文学价值的同时，多向度与多元化的文学文化理念，造就了"五四"新文学更丰富的内涵和多层次的体系。

---

① 明悔：《与创造新剧诸君商榷》，《戏剧》1921年第1卷第1期。

（二）文学社团的多元特征

文学社团是特定条件下文学生产、批评、传播与宣传的组织，其建立有着各自特殊的社会背景与历史契机。一般而言，结社的目的是集结一群"同道中人"来传播自己的思想文化价值和文学观念。作家通过群体的文学创作与文化活动，扩大在文学空间活动的影响力，使其思想文化得以更有效实践。文学社团具有自发性、灵活性、运动性，并且在社团命名和空间活动上，与社会其他文化生态交织在一起互相作用，形成一定条件下社团文化发展的多元特征。

现代文学社团具有很强的自发性。现代文学作家是一群应时而动的作家，在中国漫长的文学发展历程中，现代文学作家所面临的外部压力和内部矛盾是最为尖锐的。现代文学作家对时代的敏锐感更加强烈，以文学的共同追求聚集成社，其目的在于实践其思想理念，更为直接的是实现思想的改造，从而更新文明的内涵和民族的生存方式。这是一种历史大环境下的雄心壮志，因而，现代文学社团的形成具有一股很强的内动力，这来自于一批觉醒了的中国人的责任感与使命感。留学欧美及日本归来的学生成为文学社团的最初发起者与骨干成员，他们推动着文学社团的建立与建设，加上近现代中国大学的发展，使其成为文学社团孕育的场所。这些因素共同支撑了社团产生的可能性。

现代文学社团具有很强的灵活性。现代文学社团既不同于古代的文人结社，也不同于当代社会中具有严格规制的社团群体，现代文学社团是一个过渡时期的产物，它们带有自身的历史文化基因，也拥有更高的自由度和灵活性，这尤其体现在新文学初期的社团发展中。例如，以北京大学为中心，既有《新青年》文人团体，也有主要以学生为主的新潮社。陈独秀创办《新青年》，然后邀请如易白沙、刘半农、钱玄同、高一涵、李大钊、周氏兄弟等加盟,《新青年》文人团体是一个以刊物为核心的编撰群体。《新青年》以兼容并包的理念凝聚了一大批先进的知识分子,在发展新文学、新文化的基础上求同存异;对于《新青年》撰稿群体而言,《新青年》对他们没有严格的约束力和强制力,这种先有刊物再聚合撰稿人的文人团体更加自由灵活。同时,《新青年》倡导的新文化运动提倡了民主与科学,《新青年》的思想价值并不仅仅止于文学范畴,其对社会现状、历史文化,甚至天文地理、生物科学无所不谈。这不仅是人员活动、言论表达的自由,更是思想开放、胸怀敞开的气度。而即便是像新潮社这样有发起人(发起人为罗家伦、傅斯年和徐彦之,成员则有顾颉刚、杨振声、朱自清、康白情、周作人等)、有一定章程的组织,并在此基础上创办了核心刊物的社团,他们的活动也并非完全严格。这既给新文学运动初期的社会环境提供了一个较为自由的舞台,同时也存在散漫和松弛的问题。因此,新文学运动初期虽然创立了大量的文学社团,但是产生了较大实际影响,并且留下了较多文学作品的社团,相对而言还是屈指可数的。这主要是因为这一部分的社团建立起来时相对松散,最开始是由于文学主张的相同或相近便聚拢,背后缺乏深厚的思想动因或政治元素,秉承着文学自由的理念,社团在活动时容易产生分歧甚至分散,鲁迅把这概括为:"文学社团不是豆荚,包含在里面的,始终都是豆。大约集成时本已各个不同,后来更各有种种的变化。"[①] 因此,鲁迅在"左联"成立时,特别强调"联合战线是以有共同目的为必要条件的"[②]。这类型的社团,如湖畔诗社、弥洒社,它们是具有较高文学性社团的代表,它们以文学创作为首要宗旨,充

---

① 鲁迅:《中国新文学大系·小说二集·导言》,载赵家璧主编《中国新文学大系》第 4 集,上海良友图书印刷公司 1935 年版,第 16 页。
② 鲁迅:《对于左翼作家联盟的意见》,载《鲁迅全集》第 4 卷,人民文学出版社 2005 年版,第 242 页。

分强调社团内部成员文学创作的自主性，呈现出"社员散处四方，各人意见又不尽同"的特点。浅草—沉钟社所取的也是这种态度。该社的主要骨干林如稷说过："我们不敢高谈文学上的任何主义；也不敢用传统的谬误观念，打出此系本社特有的招牌。"①弥洒社则开宗明义地标明办社、办刊物不为宣传什么文学上的主义，充分强调个人个性的发挥、见解表达的自由。这些社团的组织形式与宣言体现出新文学发展初期，文学社团的自主性、自由性和文学本位的理念。

现代文学社团在审美取向和创作风格上显示出社团的整体性，一个文学社团往往具有较为突出的文学创作实践。成立于1924年11月的语丝社，因为创办《语丝》周刊而得名。《语丝》的发刊词中阐明了该刊旨在"提倡自由思想，独立判断，和美的生活"，以"冲破一点中国的生活和思想界的昏浊停滞的空气"，因此《语丝》着重刊登"简短的感想和批评"。②正因为在《语丝》周围凝聚了一批现代散文大家，《语丝》上发表的杂文、小品形成了大家风格，显示出生动、泼辣、幽默、老到的特征，被称为"语丝体"。成立于1925年的莽原社和未名社，因为都是鲁迅发起和领导的，受到鲁迅文风的很大影响。莽原社主要成员除了鲁迅，还有韦素园、高长虹、向培良、荆有麟等。莽原社因为受到鲁迅的关注与扶持，《莽原》周刊和《莽原》半月刊贯彻了社会批评和文明批评的创作宗旨，有《语丝》风格的影子。另一个受到鲁迅极大影响的是未名社，除鲁迅外，韦素园、李霁野、台静农、曹靖华等人也是该社重要成员；未名社致力于翻译和介绍外国文学，尤其是在俄国文学的译介上发挥了极大的作用。

---

① 林如稷：《编辑缀话》，载《林如稷选集》，四川文艺出版社1985年版，第221页。
② 刘炎生：《林语堂评传》，百花洲文艺出版社2015年版，第27页。

现代诗派诞生于1932年，其时戴望舒与施蛰存、杜衡等人共同创办了《现代》杂志，主要发表诗歌与诗歌理论、诗歌批评等。施蛰存在《又关于本刊中的诗》中提出："《现代》中的诗是诗，而且是纯然的现代的诗。它们是现代人在现代生活中所感受的现代的情绪，用现代的辞藻排列成的现代的诗形。"[①] 这体现了现代诗派诗歌创作的主张，强调诗歌的文学性和审美性，尤其提出诗歌要表达现代人的情绪。现代诗派的总体创作呈现出朦胧美，与古典诗歌的审美追求不同，现代诗派的创作有大量复杂的意象和现代的观念，通过表达青年的哀叹和惆怅，显示出对时代情绪的低沉的发泄，人生的惆怅与对社会的不满交织在一起。一时间，涌现出诸多新诗刊物，如北平的《小雅》、上海的《新诗》和《诗屋》、苏州的《诗志》、广东的《诗页》和《诗之页》等，这些刊物以探讨诗歌理念、发表诗歌作品为主职。现代诗派的鼎盛时期为1935年之后，这一时期的现代派诗歌普遍受到法国象征主义诗歌的启发和影响，同时又承接了以李金发为代表的20世纪20年代初期象征诗派的某些艺术追求，对诗歌有着自己独特的理解。20世纪40年代，国统区出现"九叶诗人"群体，成员包括穆旦、袁可嘉、郑敏、唐湜、辛笛、陈敬容、唐祈、杭约赫、杜运燮等人。"九叶诗人"在现代诗发展史中，进一步继承了30年代的现代主义诗歌潮流，例如，袁可嘉在《新诗戏剧化》《论新诗现代化》中讨论现代诗歌的理论；同时与40年代时局密不可分的是，"九叶诗人"更加注重呈现诗歌与现实的关系、诗人与时代的关系，即找到所谓的"客观对应物"。40年代新诗创作的代表人物是穆旦，他的诗歌极具现代性，尤其是对人生的追问和价值的探寻，展现了诗人敏感的心灵，哲理性的思索和深邃的力度，因此，他的《探险队》《穆旦诗集》和《旗》等诗集具有广泛的

---

① 钱理群、温儒敏、吴福辉：《中国现代文学三十年》，北京大学出版社1998年版，第362页。

影响。

在散文发展方面，以周作人、林语堂的"论语派"为代表。小品散文在论语派诸位作家的创作中得到了长足发展，论语派的小品散文追求自然、闲适、清淡，追求在"谈话风"中形成散文的表达，周作人、林语堂、俞平伯、刘半农等人的小品文创作提供了现代散文蕴含的艺术情调，散文应当是灵活、自由、自然的。论语派促成了在语丝散文的基础上，现代散文的多种风格、多重格局的发展。以何其芳、李广田、丽尼、陆蠡、缪崇群等人为代表的"新诗人散文群"，也被称为"水星派"作家，他们的创作促进了现代散文风格的多样化，"新诗人散文群"主要以《大公报·文艺副刊》《文学季刊》和《水星》等报刊为发表阵地，其中何其芳、李广田因为在诗歌领域积累了创作实践，所以他们在散文创作时也融入了诗歌的意蕴，对散文的形式也十分强调。

影响现代文学社团的风格和审美追求的重要因素就是地理空间，这一要素决定了现代文学社团活动的方式及其寓意。在现代文学社团的结社发展历程中，我们很难忽视地域环境、地缘因素对社团形成和发展的影响。正是文学社团的形成，给中国现代文学的地域文化带来了新的内容。例如：《新青年》以皖籍作家为主体；文学研究会大多是江浙、福建籍作家；浅草—沉钟社凝聚了一批四川籍作家；狂飙社则会聚了山西籍作家；等等。从大的地域空间来看，现代文学社团的形成虽受到自然地理空间的影响，但为中国现代地域文化的发展注入了新的内容。从小的文学活动空间来看，在学校、公共媒体、会馆、胡同、马路、咖啡馆、沙龙、聚餐会所、杂志社等现代社会空间，也多了社团活动的轨迹，为这些日常生活空间注入了文化的内涵，对现代中国文学群体聚散形态的构成和变迁产生了深刻的影响。

现代文学社团的命名具有象征性与现代性。如"创造""弥洒""语丝"

等社团的名字饱含着社团成员对文学的"想象",承载了特殊时空的历史文化意蕴。太阳社的命名来源于一个偶然的机会。"有一天,我们四个人(指蒋光慈、钱杏邨、孟超、杨邨人——引者注)在马路上走着,还是讨论着杂志的名称,6月的天气,太阳的炎威晒得每个人都是汗流浃背,我无意中对于这种天气起了反感大骂:'太阳真凶!'光赤好像发见新大陆一样地叫着,'就定名《太阳》好了:太阳是象征着光明,我们的杂志定名《太阳》,就有了向光明的意义了。"①1922年,浅草社在上海成立,主要成员有林如稷、陈炜谟、陈翔鹤、冯至,创办《浅草》季刊。1925年,《浅草》停刊,浅草社同人和杨晦等在北京成立沉钟社,创办《沉钟》周刊(后改为半月刊),到1934年停刊。浅草社、沉钟社的取名受到德国象征派剧作家霍普特曼的名作《沉钟》的启发,这两个文学社团的成员决心仿照《沉钟》剧作里叫亨利的钟师,献身于艺术,要求对艺术的"严肃与忠诚","听从纯洁的内心指使",认为作品"应该完全是内心的真实的表现"。沉钟社的作家在广泛翻译外国文学的基础上,其文学创作的风格较为朴质与悲凉,在他们的作品中,常常能看到社会重压下青年知识分子的悲凉人生以及他们无法排遣的内心深处的苦闷,通过描写青年的人生,从而实现一种社会批判。在极力要"将真和美歌唱给寂寞的人们"的同时,却又表现为一种"饱经忧患的不欲明言的断肠之曲"。②沉钟社作家艺术创作的显著特征就是对精神压迫的重视和极力展现。

　　现代文学社团促进了文学运动的发生与彼此作用,促进了文学创作的繁荣和文学流派的更迭。文学社团虽然带有自由组合的性质,但是其聚合的根

---

① 杨邨人:《太阳社与蒋光慈》,载方铭编《蒋光慈研究资料》,知识产权出版社2010年版,第72页。
② 鲁迅:《中国新文学大系·小说二集·导言》,载赵家璧主编《中国新文学大系》第4集,上海良友图书印刷公司1935年版,第5—6页。

本在于对文学相近的主张与观念。例如，文学研究会全体成员都认同文学应当是严肃的，作用于思想改造和文化提升的，因此文学研究会在一成立时就宣布："将文艺当作高兴时的游戏或失意时的消遣的时候，现在已经过去了。我们相信文学是一种工作，而且又是于人生很切要的一种工作。"[①] 文学不是消遣也不该作为消遣的严肃态度是文学研究会的底色。于是，文学研究会的成员们的创作自然靠向了现实主义，为了思考、解决现实的问题，才开始文学创作，"为人生"的"为"字彰显了文学研究会从事文学事业的目标和理念，在文学中呈现人生的问题、困难成为这个社团显著的标志。同时，社团与其外部不同观念、不同追求的其他流派的论争，进一步促进了社团的凝聚，例如，文学研究会在与鸳鸯蝴蝶派、学衡派的论争中，更加鲜明地亮出自己"为人生"的旗帜，形成了"问题小说"的创作群体。

二、社团演化发展的多种形态

现代大学教育制度的推行、印刷出版技术的提高和自由撰稿人群的扩大带动了新文学社团的兴起。同时，受不同语境和场域的影响，同人社团和刊物之间发展并不平衡。其中，有的文学社团在演变的过程中上升为文学流派和思潮，产生了较大规模的影响，有的则昙花一现，淹没在文学的历史中，还有的尽管存在时间较长，但是前后期呈现迥然之别。现代文学社团流派的诞生和繁荣，是一个社会时代一个新的文学形态的标志。因此，在社团演化的多种形态中得以把握现代文学发展的历史脉络。

---

① 《文学研究会宣言》，《小说月报》1921年第12卷第1号。

（一）文学社团的聚合

各种文学社团最初的兴起都呈现出一种聚合的状态。教育背景各异的学院师生、自由写作者、职业文化报人或政治家，在这些群体中逐渐培育了现代中国知识分子的队伍，他们正是现代中国文学社团生成的主体成员。例如：创造社是以留学日本的中国青年学生为主体，体现了学缘因素；新月派主要由留学欧美的自由派知识分子构成，同时与梁启超的共学社有一定的联系；浅草—沉钟社既有地缘因素又有学缘关系；鲁迅周围的青年人则由于师从鲁迅而相缔结。随着出版业的繁荣，期刊出版物成为凝聚文学群落的重要手段。他们不仅通过刊物旗帜鲜明地提出自己的主张，吸引同人的注意，而且往往还有一位有名望、有号召力的主编，来树立权威，形成凝聚力。通过使用编辑的主导权，主编能采用思想观念和艺术审美倾向性相近的群落内部稿件，以此来壮大群落的势力，扩大群落的影响。因此，到了 20 世纪 30 年代，文学社团的发展已经更加具有规模，建制更加完善，成员的群体意识明显增强，显示出更为自觉的凝聚力，他们尊崇共同的价值信仰和文学观念，努力维护群体的利益，积极以自身的实际行动来表现对群体的认同态度。

由于各个文学社团的聚合，在文学社团的内部往往有一致的创作倾向和相似的审美追求，中国现代文学社团形成了几个较为主流的创作实践方向。其中，最为主要的是现实主义与浪漫主义这两条道路。文学研究会、语丝社、乡土文学派、"左联"、中国诗歌会、"文协"、山药蛋派等文学社团主要践行着现实主义的创作理念。抗战中期在国统区出现的影响较大的诗歌流派——"七月派"，是新诗现实主义传统的代表，社团成员以积极的反抗姿态投入战斗之中。他们的诗歌作品大多收录在胡风主编的"七月诗丛""七月新丛""七月文丛"等丛书之中。生活态度与诗人的主体性是"七月派"的两个诗学命题。他们反对现代派的艺术趣味，主张力与美的结合，并且将主张

"诗是炸弹和旗帜"的马雅可夫斯基视作精神上的知音。"七月派"诗人的作品，如胡风的《为祖国而歌》、绿原的《颤抖的钢铁》、牛汉的《鄂尔多斯草原》、鲁藜的《泥土》等，都取得了很高的艺术成就。而创造社、湖畔诗社、新月派、20世纪30年代的"海派"、20世纪40年代的荷花淀派等社团群体则在浪漫主义的创作风格上勤耕努力。当然，这两种创作倾向绝非截然对立和彼此分明，在许多社团的创作中，现实主义的传统与浪漫主义的风格兼有，如20世纪40年代形成于国统区的"九叶诗派"是一个具有鲜明特色的现代主义诗歌流派，他们忠于时代和斗争现实，又较多吸收了西方象征主义、现代主义的表现艺术和表现手法，体现了反映论和表现论、现实主义和现代主义的较好结合。

（二）文学社团的转型

现代文学社团在发展的过程中，社团内部人员的分化与社团外部现实环境的改变，使得社团往往面临转型的处境。一些文学群落在发展的过程中，名称和基本结构没有太大变化，但是理念和部分人员发生了改变，从而导致群落的性质发生了变化。例如，1928年，新月派文人重聚上海，创办《新月》月刊，他们坚持"主要的努力在文艺"的理念，闻一多、徐志摩的诗歌创作，梁实秋的文学批评，以及胡适的"国故"研究等都在创作上倾向于纯粹的文艺和学术。但是，自《新月》第2卷第2期起，刊物的风格和发展方向发生了改变，从这一期起，刊发了较多的政论性文章。从第3卷第2期起，期刊主要由罗隆基编辑，刊物进一步政治化，原先坚持纯粹文艺的新月作家逐渐离开了《新月》，剩下的新月派逐渐走向政治型群落。

在社团内部分歧不断的情况下，现代文学社团就面临重组的选择。因为现代文学社团的兴起与发展并没有一个安稳的现实环境，社团成员常常经历离散、分隔的情况。于是，社团的发展会因为环境的变化和人员的疏离而停滞和消亡。疏离的成员或许经过一段时间，在一定的机缘巧合之下，又成为新的社团的成员。例如，1930年3月，对中国现代散文发展起到了很大促进作用的语丝社的刊物《语丝》停刊，原来的《语丝》成员林语堂在两年后在上海创办了《论语》半月刊。在文学创作理念的分歧下，林语堂坚持散文创作的艺术化和自我化，围绕着《论语》，组织起散文创作的新群落，从而形成了论语派。论语派也有与语丝社相似的地方，受到了当初语丝社成员的影响，例如，继承了周作人的"个人主义"和"言志"的文学追求，强调文艺的目的在于表现个人的性灵志趣和抒发闲适的情绪，认为《论语》要"提倡幽默为目标，而杂以谐谑"，提出以"自我为中心，以闲适为格调"。同时，林语堂又在《论语》发刊词《缘起》中宣称："《论语》社同人，鉴于世道日微，人心日危，发了悲天悯人之念，办一刊物，聊抒愚见，以贡献于社会国家。"[①]重视文学的社会作用，始终关注社会解放、民族振兴，这又显然继承了语丝时期鲁迅的"立人"的思想。论语派也出现了邵洵美、陶亢德、章克标、李青崖、沈有乾等一批新人，同时一批《语丝》旧人，如章衣萍、刘半农、俞平伯、章川岛、孙伏园、孙福熙等依旧是撰稿群体。所以，一定程度而言，我们可以把20世纪30年代的论语派视作20世纪20年代语丝社内部的重新组合。1926年，高长虹、向培良从莽原社分裂出去，与别人另组狂飙社，这也是社团重组的历史例证。

（三）社团成员的历史演变特征

现代文学社团的演变，不仅体现为其组织形式的兴起、聚合、分化、转

[①] 林语堂：《缘起》，载《林语堂文集：人生殊不易》，北京联合出版公司2013年版，第44页。

型、重组、消亡等阶段性的特征，社团内部成员的特点也在不同时期呈现出较为集中的时代特点。

新文学推行初期，文学社团的成员大多具有两个显著特点：一是以学校师生为主，进行同人结社，借助于学校的凝聚力，创办刊物，团结一批知识分子；二是严格意义上的市场性作家并未大规模推行起来，因为社团内部的大多数作家有其他相对稳定的职业，并未实现较大规模的职业文人的情况。五四时期，全国范围内创办的大大小小的社团有几百个，然而，这些社团基本以青年知识分子为主体，它们已经从根本上不同于戊戌学会的理念宗旨与社团活动模式，它们是觉醒的"新青年"从事文学创作、思想革新与自我锤炼的新的共同体，它们坚持启蒙立场、人学观念、文体意识、多元自由的姿态。五四时期的文学社团成员，主要经历了从"学生一代"到"文学青年"一代的转变，也正是这个群体，成了五四时期文学社团的主要成员。在五四时期活跃的"学生一代"，他们人多具有外向的、实践性的取向，学习先进的科学文化知识的目的在于思想启蒙和社会改造，文艺与宣传结合得十分紧密。从这一重意义上看，五四时期的新文学社团的基本宗旨都与《新青年》相通，是在整体的文化改造和思想变革的理念下的萌生。根据张允侯等编的《五四时期的社团》史料统计，"五四"前后，全国各地以青年学生与青年知识分子为主体的小团体就有四百多个，这些小团体大多集中在北京，其他也分散到天津、上海、浙江、湖南、湖北、四川等地。这些社团各自带有明显的地域色彩，彼此之间具有地域文化差异，但是在宣传"五四"新文化观念上是一致的。因此，在"五四"前后出现的文学社团往往有"泛政治"的特点，严格意义上来说，它们的文学性可能不高，组织也不够严密，大多以创办杂志与团体活动相结合的方式展开。由于这一时期，各种社会理论、思潮文化传入中国，这一时期的文学社团的社会政治思想也显得驳杂，有的推崇新村主义，有的热衷工学主义，还有倡导无政府主义与社会主义的，如少年中国学会、北京大学平民教育讲演团、觉悟社、新民学会等。这些团体虽然也关注文学创作，有具体的新文化主张，但它们并无独立的文学主张与诉求，更热衷的是现实社会问题的讨论。在20世纪20年代之后，这一批学生逐渐在社会实践和文学创作中成长为"文学青年"一代，他们开始把文学当作自己的志业，更加深入、专业地参与到中国现代思想的建构过程中，这时形成的文学社团更加专业，组织也更为严密，思想更为集中。

20世纪20年代以后，一部分来京的侨寓者，如沈从文、丁玲、胡也频等通过卖文为生的方式，成为新文学阵营中最早的自由撰稿人。加之郑振铎、叶圣陶、郭沫若、成仿吾、郁达夫、张资平等人在上海编辑《小说月报》、《文学旬刊》、《创造》季刊、《创造周报》、《创造日》并撰写文章，获得稿费，文学刊物的商业属性渐次增强，文学社团的同人圈子随之扩大。随着全面抗战的爆发，原本的文学社团的自由撰稿人不得不迁往武汉、重庆、昆明、桂林、香港等地的，其中的知识分子大多转向教育机构、政府部门工作，这时的文学社团更加具有严密的组织形式，有着迫切的现实需求，文学创作与思想宣传的关系越发紧密。

不仅是文学社团成员的身份、所处境地在发生变化，文学社团成员的文化心态也呈现出历史演变的轨迹来。例如，以施蛰存、穆时英为代表的现代诗派和新感觉派文学社团在刚刚走上文坛时，成员都热衷于政治，具有"左"倾的思想。例如，台静农前期创作的《建塔者》，大多关注社会现实，进行了政治性的批判。其中一些成员还有具体的革命实践，如加入中国共产主义青年团，进行革命主义的宣传工作。戴望舒和杜衡参加了"左联"的成立大会，加入了"左联"，他们的创作受到当时苏联文学的影响，特别注重描写工农等劳动人民的生产和生活，关注他们的生存实况，并且多带有文化上的批判性和政治上的渲染，一方面着重展现无产阶级的辛劳生活，一方面暗示无产阶级革命的必然性。但是这些作家的创作往往具有明显的分期特征，因为他们早期左翼的文化心态更多是时代的影响，穆时英在后期的创作中就流向了文学艺术上的自我化，偏爱一些现代气息浓重、现代精神独特的文学创作，他的创作目光就从工农的生活走向了都市的街头与高楼，如《被当作消遣品的男子》《上海的狐步舞》等小说。同样的还有施蛰存，他甚至袒露"在这两个短篇（《阿秀》和《花》）之后，我没有写过一篇所谓普罗小说。这并不是我不同情于普罗文学运动，而实在是我自觉到自己没有这方面发展的可能……我只能写我的"[1]。新感觉派成员思想的前后变化，充分体现了社团的流动性和社团成员本身具有的动态变化，他们一方面不可避免地受到时代的感召与影响，同时他们在文学道路上也在不断摸索，一边尝试一边厘清边界，他们心态和思想的变化，也会使得社团的发展呈现出不同的轨迹来。

三、"文学"的社团：文学思想的各自为营

现代中国文学社团的萌生、发展及其风格变化，与现代中国社会政治文化密不可分，社团内部的自主性和独立性时刻与社团外部的各种因素发生影响，社团体现着现代社会的文化风貌，同时又领先于时代的精神状态，表达着自我的文化诉求。社团之间既有根本上的、宗旨的差异，同时也存在着理念与风格的略微差异。清末民初时，社会上较多的团体是政治性团体，辛亥革命之后，特别是五四新文化运动之后，因为思想而聚集的团体越来越多，

---

[1] 徐俊西主编，陈子善编：《海上文学百家文库 79　施蛰存卷》，上海文艺出版社 2010 年版，第 408 页。

甚至因纯文学创作而聚集的社团也相继出现。最开始受到社会政治文化的驱动，在社团的各项活动开展中，文学群体又因为自身逐渐显化的理念而引领时代，最终实现了文学社团自身的衍化和独立形态的建构。

（一）《新青年》群体与新潮社

在具体论述中国现代第一个新文学社团——文学研究会之前，不得不提到《新青年》群体与新潮社，这两大社团组织可以视作新文学社团的雏形与预备状态。"五四文学革命的初期并无专门的文学社团和文学刊物，像《新青年》《新潮》《少年中国》等都是综合性刊物。随着文学革命的深入和影响的扩大，从1921年开始，文学社团纷纷成立。据统计，从1921年到1923年，全国出现大小文学社团40多个，出版文艺刊物50多种。到了1925年，文学社团和相应刊物猛增到100多个。"[1]《新青年》团体主要是思想文化的编辑出版机构，由陈独秀创办，刘半农、钱玄同、高一涵、李大钊、周氏兄弟等加盟的一个以刊物为核心的编撰群体。《新青年》的运行方式和表述语气都明显呈现出杂志编辑部的特征而不是社团的风格，它对社外人士的稿件分外倚重。同时，《新青年》最初的自我价值定位远不止于文学或者文化，从创刊起就是要通过思想革命和文化改革，谋求新思想、新道德和新政治、新社会的建构。《青年杂志》的《社告》（《青年杂志》第1卷第1号）明确指出，它的办刊宗旨是在"国势陵夷，道衰学弊"之际寄希望于青年，"欲与青年诸君商榷将来所以修身治国之道"。[2] 从《新青年》创刊的宣言可以看出，中国现代新文学社团的组建从一开始就不是纯文学的目的，从《新青年》开文人组织之

---

[1] 刘勇、邹红主编：《中国现代文学史》（第2版），北京师范大学出版社2010年版，第62页。
[2] 张耀杰：《北大教授与〈新青年〉》，新星出版社2014年版，第31页。

新风，到五四时期各种文学社团的大量涌现，都继承了《新青年》的思想意旨。同样以北大为阵地的文学组织，最早的还有新潮社。新潮社的出现显示出了中国现代文学社团的雏形。新潮社虽然还不能算是一个文学社团，但它热情参与文学革命和新文学建设，其运行方式对现代文学社团起到先导性作用，开启了中国现代文学社团运作的基本模式。1918年秋天，由北大学生罗家伦、傅斯年和徐彦之等人发起，顾颉刚、杨振声、朱自清、康白情等人加盟的新潮社成立，是有一定章程的组织，在北京大学还有一个办事地点，以北大的学生和教授为主体。新潮社与《新青年》团体同样注重社会改造和思想文化的问题，但与《新青年》相比，新潮社更加偏向文艺，《新青年》团体在其显而易见的文化旗帜的背后依旧有着指向政治改造的目的，新潮社则依托北大，更加注重文学社团的文学性，因此新潮社的言论都趋近于文学或文艺，特别是《新潮》杂志的英文名称"The Renaissance"，直言就是文艺复兴，这里面包含着人本主义的启蒙思想。《新潮》杂志从创刊起就刊登各种文学创作，发表文学研究成果与文学批评。鲁迅在《中国新文学大系》的小说二集导言中曾认为《新青年》除了他自己发表小说，"此外也没有养成什么小说的作家"[①]。这显示出鲁迅对《新青年》杂志的独到认识，而《新潮》杂志则是一个明显的小说家聚集的地方，如汪敬熙、罗家伦、杨振声、俞平伯、欧阳予倩、叶绍钧等，俞平伯的《花匠》，罗家伦的《是爱情还是苦痛》，汪敬熙的《一个勤学的学生》和《雪夜》，杨振声的《渔家》等都发表于《新潮》。《新潮》杂志在早期新文学作品刊登方面，其数量之大更加显示出其作为文学团体的本质。此外，在其《〈新潮〉发刊旨趣书》中，更呈现出文化上的世界眼

[①] 鲁迅：《中国新文学大系·小说二集·导言》，载赵家璧主编《中国新文学大系》第4集，上海良友图书印刷公司1935年版，第2页。

光与胸怀:"今外中国于世界思想潮流,直不啻自绝于人世。"① 这种组织目标也可以看作是当时一大批新文学社团的思想底蕴。《新青年》为中国现代文学社团的发轫和蓬勃而起提供了一个坚实的思想文化目标,而《新潮社》则提供了文学创作、文学组织结构上的率先示范。这两个作为"先遣兵"的尝试,均与北京大学有关,这也可以看出现代高等教育在文学社团萌芽、发展、成熟的过程中发挥的巨大作用。

(二)文学研究会的"为人生"

文学研究会于1921年1月成立,1月10日,周作人起草的《文学研究会宣言》在《小说月报》第12卷第1号发表。当时,文学研究会的发起人有12人:周作人、朱希祖、耿济之、郑振铎、瞿世英、王统照、沈雁冰、蒋百里、叶绍钧、郭绍虞、孙伏园、许地山。后来,文学研究会的成员发展到170多人,成为新文学影响最大的文学社团,之后加入的成员包括朱自清、俞平伯、冰心、庐隐、王鲁彦、老舍、丰子恺等著名作家。1920年11月,原来是鸳鸯蝴蝶派阵地的《小说月报》被沈雁冰接收,从此开始了全面的革新,其刊发的作品与风格理念逐渐靠近文学研究会,《小说月报》也成为文学研究会成员的活动阵地。此外,文学研究会还自己编印了《文学旬刊》《诗》《戏剧月刊》等刊物,扩大了文学活动的阵地,出版"文学研究会丛书",将文学研究会成员的作品集中出版,扩大其影响。"文学研究会这样独特的团体的出现,正是《新青年》模式在文学领域里扩散的结果""陈独秀们希望中国文学走写实主义道路,文学研究会使这种希望变成了现实。"②

---

① 傅斯年:《〈新潮〉发刊旨趣书》,载傅斯年著,张昌华编《傅斯年札记》,商务印书馆2019年版,第3页。
② 王晓明:《一份杂志和一个"社团"——重识"五四"文学传统》,《上海文学》1993年第4期。

一定程度上，文学研究会可以看作是《新青年》文学倾向的直接继承者，他们将《新青年》提倡的文化革新背后的政治诉求以文学作品的方式呈现，他们要求文学反映现实人生，提倡"血与泪的文学"，关心被侮辱与被损害的人，注重社会批判和政治批判，以人生和社会问题为题材，关注人生的困境和现实的病症，并且具有很强的"开药方"的创作主张。不仅在创作上，在翻译上，他们也主要翻译俄国的现实主义作品，《小说月报》专门设置了"被损害民族的文学号""俄国文学研究专号""法国文学研究专号"等专号，将中国人和中国社会前途的问题放置到世界的范围内加以追问和解决。1932年，因"一·二八"事件，《小说月报》因为战火停刊，文学研究会的活动也逐渐停止。

《文学研究会宣言》有三条宗旨，第一条宗旨是"联络感情"："中国向来有'文人相轻'的风气；因此现在不但新旧两派不能协和，便是治新文学的人里面，也恐因了国别派别的主张，难免将来不生界限。"[1] 因此，文学研究会宗旨第一在于"团结"，思想上的包容与实践上的团结为文学研究会践行自己的思想革新主张提供了较为宽容的环境，这一点可以说是文学研究会十分值得注意的特色，这也解释了为何文学研究会的成员能够逐渐扩大至近两百人。文学研究会的第二条宗旨是："将文艺当作高兴时的游戏或失意时的消遣的时候，现在已经过去了。我们相信文学是一种工作，而且又是于人生很切要的一种工作；治文学的人也当以这事为他终身的事业，正同劳农一样。"[2] 这是文学研究会最为人广泛了解的主张，正如《文学旬刊》的发刊词说："至于主张，则我们几个人对于文学上的各种派别，对于所争执问题，我们绝没有偏

---

[1] 《文学研究会宣言》，载《现代文学史参考资料》（上），1978年，第67页。
[2] 《文学研究会宣言》，载《现代文学史参考资料》（上），1978年，第67—68页。

见于任何一方的倾向，主义是束缚天才的利器……"[1]一方面，文学研究会有鲜明的现实主义的主张，"为人生"和"为社会"的疗救愿望，但是同时，文学研究会的其他刊物又鲜明呈现出包容的姿态，在文学上保留了自主性和自由度，为文学和思想的活跃提供了可以发挥的空间，例如，在《〈文学研究会丛书〉缘起》当中，就有好几位成员表达了各不相同的文学见解，特别是对写实主义的不同看法，但出于"中国现在需要写实主义"的现实，因此"我们文学研究会应该倡导写实主义"。虽然事实也证明，"为人生"的创作理念实则贯穿到了文学研究会作家的创作实践中，但是文学研究会每一个作家几乎都形成了各自独特的风格，有自己擅长的文学创作体裁和审美表达方式。当我们用"现实主义""为人生"等关键词概括时，似乎能把握文学研究会的一个基本的整体风貌，但是实际上文学研究会的驳杂和多样，则是仔细分析其内里才能发掘的。

（三）创造社不仅仅是浪漫主义

与文学研究会同年成立的新文学社团还有创造社，它在1921年6月成立于日本东京，创造社的成员主要是当时的留日学生，如郭沫若、郁达夫、成仿吾、张资平、郑伯奇、田汉等。与文学研究会改版既有的期刊杂志不同，创造社随后组织了自己的多种文学刊物，如《创造》季刊、《创造周报》《创造日》《洪水》等。郭沫若在《创造》季刊第2期的《编辑余谈》中说："我们是由几个朋友随意合拢来的。我们的主义，我们的思想，并不相同，也并不必强求相同。我们所同的，只是本着我们内心的要求，从事于文艺的活动

---

[1] 刘增人等纂著：《中国现代文学期刊史论》，新华出版社2005年版，第62页。

罢了。"① 与文学研究会正式、明确、较为统一的发刊词不同，郭沫若对创造社成立的解释显示出创造社本身的"自由性"，与其说是文学观念上的相近，不如说是文化身份上的相似。在日留学生群体本身就是中国现代知识分子的重要来源，他们在日本的活动与中国社会的变革紧密相关，因此创造社的成立与其说是文学目标的一致，不如说是现实的强烈需要。这一组织的成立，既起到了与中国国内新文化思想沟通的作用，也起到了凝聚在日留学生精神状态的作用。总体而言，创造社作家坚持文学本体论，"创造"二字就鲜明体现了他们的现实诉求和精神魄力。相对文学研究会，创造社在世界性视野上更加"纯粹"，他们一方面在现实的旋涡中挣扎，另一方面又十分坚守天才的创造行为，反对功利主义的艺术动机，这显示出创造社自一诞生时就具有的矛盾性。在翻译活动上，他们主要翻译歌德、拜伦、雪莱、惠特曼、泰戈尔等浪漫主义作家的作品，也译介过当时对日本产生了很大影响的象征派、表现派、未来派等现代主义作家的作品。创造社以昂扬的精神和独特的气质在青年中引起很大的反响，无论是郭沫若的诗歌还是郁达夫的小说，都以强烈的精神气质显示出独特的文化风貌，对青年很具有吸引力。以1925年"五卅"事件为界，创造社的文学活动明显分为两个时期，创造社后期转向无产阶级革命文学，出版了《创作月刊》《文化批判》等刊物，至1929年被国民党政府查封。创造社八年的活动时间，影响最大的还是集中在前期。

另外一个以留学生团体为主要成员的新文学社团是新月社，其主要成员有胡适、徐志摩、闻一多、陈西滢、梁实秋等，他们大都是欧美留学生。新月社的成立相对自由，一开始时是以聚餐会的形式相聚，成员在沟通交流的过程中逐渐萌生创社的想法，于1923年成立于北京。1925年10月，徐志摩

---

① 北京大学等主编：《文学运动史料选》(第1册)，上海教育出版社1979年版，第209页。

主编《晨报》副刊,次年4月,开辟了《诗镌》周刊,现代新诗最开始的发表阵地就集中在《诗镌》上。在创刊号的《诗刊弁言》中,新月社提出:"我们信我们自身灵性里以及周遭空气里多的是要求投胎的思想的灵魂,我们的责任是替它们抟造适当的躯壳,这就是诗文与各种美术的新格式与新音节的发见;我们信完美的形体是完美的精神唯一的表现。"[1]《诗镌》探索了新诗的形式,提高了新诗的艺术性。新月派的闻一多发表《诗的格律》的理论文章,提出诗歌"三美"的主张,为现代新诗理论的发展提供了系统的理念,同时现代新诗的创作也从传统诗歌中汲取了资源和灵感。

四、"社团"的文学:文学团体多种形式

中国现代文学社团的组织具有多种形式,主要有以地缘、学缘为联系组织而形成的社团;有一定政治意义,以"职业"相同而组织起来进行文艺事业的发展的同业者组织;有在特定的政治思想指导下和一定的文学思想凝聚下,组织起来的具有特定政治目的文学团体。

(一)地缘与学缘的组织形式

地域文化空间与社团文风的精神具有照应的联系,地域文化极大地影响了社团的文学取向和审美趣味。当我们看待中国现代第一个新文学团体——文学研究会,既可以从其思想特质、文学理念等方面切入,同时也可以从北京、北京大学这样的空间维度加以审视。与文学研究会密切联系的有一个很突出的时空体,即"五四"时期的北京。文学研究会的新型知识分子身上所

---

[1] 志摩:《诗刊弁言》,《晨报副刊·诗镌》1926年第1期。

具有的以天下为己任的中心意识可以说也是北京城文化浸染的体现。北京对文学研究会的影响，还体现在现代学院派的风气上，文学研究会对待外国文学的态度"对于为艺术的艺术与为人生的艺术两无所袒"，体现出理性、持中、四平八稳的学院派态度。对外国文学的学习又是有选择、有取舍的，在融合各种文学技法的同时显示出一种典雅的学院派趣味。北京具有的厚重历史文化也引发了一批侨寓北京的人的乡土思念，一定程度上催生了文学研究会成员"乡土文学"的创作热情。

同样，当我们以地缘因素审视和文学研究会比肩的另一社团——创造社时，也会发现地缘文化对其产生的影响。创造社成立于日本东京，后发展于上海。东京和上海这两座城市华洋杂处，开放性和现代化的程度很高，形成了开放、趋新、趋时的"先锋性"文化风气。而当时盛行于日本文学界的唯美主义、表现主义、未来主义、达达主义等等也浸染了创造社作家的创作。

以地缘因素凝结文人团体，并且在文学创作中充分彰显了地理空间文化色彩的社团流派，不得不提及"京派"和"新感觉派"。1933 年，文坛上出现关于"海派"与"京派"的论争，这才有了"京派"的由来。当时，一批寓居北京，并且大多为学院派的作家被称为"京派"，他们基本上不是北京人，但是与北京的学院文化联系密切，主要的成员有沈从文、周作人、杨振声、俞平伯、废名、叶公超、林徽因、陈西滢、凌叔华、萧乾、李健吾、朱自清、朱光潜等。这并非一个有着严格鲜明组织的社团流派，反而是在与"海派"的论争中形成和"团结"在一起的。"京派"作家大都倾向于自由主义，提倡纯文学，崇尚自然，表现"乡土"，反对文学的政治化和商业化，因此，在 20 世纪 30 年代，"京派"的主张不仅与上海的左翼文学相背离，也与上海的都市文学相反。"京派"作家偏好古典、抒情的文学形式与内容，追求"纯正的文学趣味"，他们的文学创作显出朴素、简雅、和谐、节制的特点，这些文学理念与他们长期浸润的文化氛围息息相关，因为"京派"作家大多长期身处大学，大学的自由民主的氛围及知识分子的眼界塑造了他们的文化理念，也就是说"京派"的"自由"与"学院文化"牢牢结合在一起，他们对现实的残酷、政治的斗争和社会变革的迅猛保持了一定的距离，这种"距离"也被他们自己视为"文学的自由"。因此，在现实社会中受到"批评"后，"京派"作家回归到"乡土中国"，既不写城市，也不写革命，既不在现实，也不在斗争之中，他们的精神状态在一定程度上与中国传统士大夫身处乱世时的精神状态是相似的。在沈从文的湘西、废名的山水人情、萧乾的京城内外的平民、师陀的果园城等空间中，都能看到超出现实斗争、革命需要和十里洋场之外的人性美和古朴美，但其中也暗含了"京派"深深的"悲情主义"。"京派"在"乡土中国"的展现中实则充满了文人的悲情视角，在对纯真的缅怀中有无法把握现实的痛感。在文体特点上，"京派"小说更加逼近生活的原生状态，较少雕琢与人造的痕迹。其叙事在写实的基础上，显出散文化的抒情倾向。而新感觉派作为中国第一个现代主义的都市小说流派，深受上海文化的影响。新感觉派于20世纪20年代末30年代初诞生于上海文坛。其代表作家有刘呐鸥、施蛰存、穆时英、叶灵凤、黑婴等。虽然该派没有明确的理论主张，但是这些作家在人生观、审美趣味、选材和创作特色等方面相近或相似，他们强调依靠直观来把握事物，追求新的感觉和对事物的新的感受方法，大胆地进行小说文体和技巧的革新，创作了大量展现上海都市文化的文学作品。

受到学缘因素影响而兴起、形成的文学社团，主要有两大方面的影响：一方面是中国现代高等教育背景下的各种高等院校的聚合，另一方面则是近现代留学背景下多种留学路径的影响。前一种主要依托北京的现代高等教育形成了大量学生社团，此前讲到的新潮社便是其中突出的代表。后一种则包括留学日本而形成的文学社团，此前讲到的创造社就是其中突出的代表；留学法、德的留学生，受到了"唯理主义"哲学的影响，在这一批新文学作家身上都透射着"唯理主义"所带来的激进气息和批判锋芒，如文学研究会、语丝社、莽原社进行的集中的国民性批判；留学英、美的现代知识分子则受到了英、美的"经验主义"哲学的影响，这一批知识分子在进入文学社团，进行社团活动和文学创作的过程中，则显示出"经验主义"哲学的稳妥气息，例如，新月派、现代评论派倾向于改良主义，现代评论派的自由主义文学理念。

20世纪20年代中期，现代评论派出现，社团成员大多是欧美留学归国的自由主义知识分子，政治倾向与鲁迅和部分语丝派成员相对立，这自然也影响到其散文创作的思想取向。现代评论派最重要的散文作家有徐志摩、陈西滢、吴稚晖等。徐志摩是新月派诗歌创作的主要代表，他的诗歌呈现出明显的"主情"特征，能够感受到受西洋文学的影响。徐志摩的散文往往具有灵感写作的特征，在灵感的促使下，他的情感随时婉转流出，在《北戴河海滨的幻想》《翡冷翠山居闲话》《我所知道的康桥》《浓得化不开》等作品中，都可以看到徐志摩作为诗人的才情与灵感。

无论是地缘因素的影响，还是学缘因素的影响，都不是单一地作用于一个社团，在一个社团内部极有可能存在着地缘文化与学缘因素的交叉，而这两者是现代文学社团形成和发展过程中重要的文化背景，也是其发展的重要现实依托。

（二）革命现实下"政治化"的文学社团

现代文学进入第二个十年后，社团越来越因为政治、革命等现实需要而形成，文学团体的理念直接指向政治现实，特别是在第三个十年时期，因为抗战的爆发，文学社团在某种程度上等同于政治团体，具有很强的政治宣传和战时团结的作用，如中国著作者协会、中华全国文艺界抗敌协会等团体。1932 年，中国著作者协会成立，该社团的宗旨是争取言论、出版、集会、结社之绝对自由，反对一切对于著作者的压迫，提高著作者一切工作报酬，反对帝国主义文化、封建文化以及文化上的"法西斯蒂"政策，以集团的力量促进文化事业的发展。[1]与新文化运动初期的文学社团相比，这一时期社团的宗旨与口号具有鲜明的政治诉求，其敌我思想分明，文学与宣传捆绑在一起。中华全国文艺界抗敌协会的宗旨中的首要内容也是"联合全国文艺作家共同反对日本帝国主义的侵略，完成中国民族自由解放"[2]。1938 年，中华全国文艺界抗敌协会成立，其目的在于战时宣传，无论是言论还是出版，目的都是服务于抗战全局。此外，针对战时作家的基本生活，这些社团也给予了充分的关注，在抗日战争期间，国统区经济恐慌，物价飞涨，民生不济，许多人都难保生计，更何况作家。为了抗战宣传的需要，这一时期的社团还关注作家的基本生存，从 1940 年开始，中华全国文艺界抗敌协会发起了保障作家权益、援助贫病作家的运动。与此同时，中华全国文艺界抗敌协会还多方面去争取民主，要求保障作家出版、言论的自由。这一时期社团所肩负的具体而实际的现实责任成为革命作家得以生存，革命宣传得以继续的重要保障。

当五四新文学进入第二个十年发展阶段后，文学革命逐渐向革命文学过渡。中国社会革命的现实需要，以及 20 世纪 30 年代愈发严峻的国内外局势的影响，使文学社团的形成方式也随之发生了转变，在特定的政治思想指导下和一定的文学思想凝聚下，具有特定政治目的文学团体多了起来，如共

---

[1] 参见范泉主编《中国现代文学社团流派辞典》，上海书店出版社 1993 年版，第 84 页。
[2] 《中华全国文艺界抗敌协会简章》，载《中国新文学大系 1937—1949·史料·索引》，上海文艺出版社 1994 年版，第 7 页。

产党领导下的中国左翼作家联盟、北方左翼作家联盟、中国左翼戏剧家联盟等；国民党御用文人团体的中国文艺社、开展社、流露社等。在解放战争时期，中国共产党领导中华全国文艺协会进行专门的文艺活动；国民党则另外组织中华全国文艺作家协会与之相对抗。这种特殊历史条件下形成的文学社团，与五四新文学初期形成的文学团体有了本质上的区别。这类社团往往具有明确的共同目的与成员在政治上的纯粹性，因此其组织的严密性大大超过了五四新文学初期的文学社团。1930年3月2日，中国左翼作家联盟在上海成立。"左联"的成立标志着中国共产党从思想上、组织上领导文艺的开始，使左翼文艺运动成为一种有组织的革命运动，也使得"五四"以来的新文学发展进入了新的阶段。"左联"成立大会上通过了"左联"的理论纲领和行动纲领，选举了沈端先（夏衍）、冯乃超、钱杏邨、鲁迅、田汉、郑伯奇、洪灵菲七人为"左联"常务委员。不仅是作家成员上具有明显的"左翼"性质，"左联"下属的马克思主义文艺理论研究会、外国文化研究会、文艺大众化研究会等机构，也显示出"左联"具有的政治特征。中国左翼作家联盟一方面与国际左翼文艺运动建立起联系，另一方面切实服务于中国国内革命，与地方革命团体建立起了密切关系。鲁迅还在成立会上作了《对于左翼作家联盟的意见》的讲演，讲演中阐述了无产阶级革命文学倡导时期的经验与教训，也就是第二个十年五四新文学向革命文学转向后的具体实践，同时也指出了左翼文学进一步发展的方向。随后，左翼作家在创作上取得了丰硕的成果，如鲁迅的杂文、茅盾后期的小说、蒋光慈的诗歌、田汉和洪深的剧作以及中国青年诗歌会等人的作品，都显示出革命文学的总体倾向。不仅有文坛前辈们在左翼文学上的耕耘，"左联"还注重吸收革命的文学青年，将文学青年与革命现实紧密联系在一起，如张天翼、沙汀、艾芜、叶紫、萧军、萧红等相对年轻的一批作家，这些作家大多受到鲁迅的影响，在第三个十年的创作中成为了中坚力量。1938 年 3 月 27 日，又一个文艺界抗日民族统一战线组织——中华全国文艺界抗敌协会成立于汉口。"文协"的成立标志着文艺界在民族解放的旗帜下，结成了最广泛的统一战线，这实为当时严峻的抗战形势所为。这一组织比"左联"更具有政党领导的性质，周恩来在"文协"成立大会上发表了重要讲话，郭沫若、茅盾、老舍、巴金、夏衍、胡风、田汉、丁玲、郑振铎等 45 人为理事。成立大会上明确提出"文章下乡，文章入伍"的口号，可以看出这一口号与后来延安文艺座谈会的精神是相通的，"文协"的目的在于推动作家参加现实斗争，创作与现实革命、工农阶级有关的创作。"文协"成立后在全国组织了数十个分会及通讯处，形成了严密的联系组织，并于 1938 年 5 月创办了会刊《抗战文艺》。《抗战文艺》自 1938 年 5 月 4 日创办，至 1946 年 5 月终刊，先后出版 73 期，是唯一贯通抗日战争时期的文艺刊物，对于推动抗日文艺活动、团结抗战时期的精神文化发挥了重要的作用。"20 年代初现代文学社团流派的出现标志了新文学的深入，30 年代中国左翼作家联盟和现代派的诞生使新文学双峰并峙的基本格局形成，40 年代从中华全国文艺界抗敌协会到'七月派''九叶派'和'山药蛋派'新文学规约统一与多元自主呈现协调发展。现代文学社团流派的演变发展定格了文学史的基本生存形态。"[1]

中国现代文学社团对文学运动的发生发展、文学理论的发展进程起到了重要的推进作用。"文学社团是中国现代文学史的基本构成要素，是新文学活动和生产的基本单位，每一种文学思潮的出现，创作倾向的形成，文坛论争

---

[1] 杨洪承:《学术史视野中作家群体现象的认知理路——中国现代文学社团流派研究 60 年述评》,《江海学刊》2010 年第 1 期。

的爆发,几乎都与文学社团有关。"① 例如,当"左联"成立后,"左联"的重要下属单位——马克思主义文艺理论研究会和文艺大众化问题研究会翻译介绍了大量的无产阶级革命文学理论,并多次开展了大规模的文艺大众化问题的讨论,同新月派、论语派、"第三种人"、民族主义文学展开了斗争,扩大了马克思主义文艺思潮的影响。

文学社团是一个个文学个体构成的团体,而一个个文学个体的文学活动构成的则是整个文学史。团体的一致性与其成员的灵活性相结合,社团成员的关系交叉,各种社团内外的文学活动,文学论争,文学创作,编织了文学史最为丰富的网络。

---

① 孙宜学:《社团研究于中国现代文学史研究的意义——评〈中国现代文学社团史〉研究书系》,《文学评论》2006年第6期。

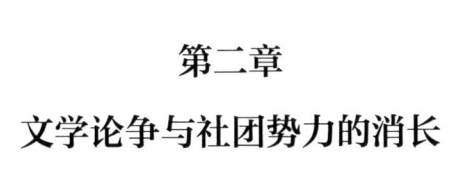

第二章
文学论争与社团势力的消长

中国现代文学史的三十年，也是中国思想争鸣的三十年，此起彼伏的论争伴随着文学思潮的发展与演进，大大小小的社团也是在不同的思想交锋下不断聚合、分裂、转型。一方面，知识分子们因为共同的文学理念，通过结社而聚集；另一方面，不同的文人群体又因为思想理念、价值观、知识背景的不同，分裂为互相对抗的团体。大大小小的文学社团之所以如群星璀璨一样布满"五四"的天空，除了它们各自耀眼的主张外，还有与它们相互之间精彩的思想争鸣与文学论争有着莫大的关联，正是在一次又一次的对话和碰撞中，"五四"开启了一个特有的思想魅力和文化多元的时代。

一、反不反传统：五四文学社团的争鸣

新文化运动之所以得以勃兴，新思想之所以得以迅速传播，与一场场的论争有着密切的关系。可以说，五四文学社团的强势登场就是借助文学论争来树立自身的合法性，面对强大惯性的旧文学传统，《新青年》是以决绝的态度策动了文学革命的发生，提倡白话文，反对文言文，提倡新文学，反对旧文学，以向几千年的中国传统文化"发难"的姿态拉开了"新旧之争"的序幕。从这个意义上看，"新文学"的登场本身就是论争胜利的一个结果。就像陈独秀在《〈新青年〉罪案之答辩书》说的那样："本志经过三年，发行已满三十册，所说的都是极平常的话，社会上却大惊小怪，八面非难，那旧人物是不用说了，就是咕咕叫的青年学生，也把《新青年》看作一种邪说、怪物，

离经叛道的异端,非圣无法的叛逆。""他们所非难本志的,无非是破坏孔教,破坏礼法,破坏国粹,破坏贞节,破坏旧伦理(忠、孝、节),破坏旧艺术(中国戏),破坏旧宗教(鬼神),破坏旧文学,破坏旧政治(特权人治),这几条罪案。"[1] 已经走过了100多年历史的"五四",在激烈的中与西、新与旧的矛盾中催生了一批社团,"新青年派"与林纾的新旧之辩,和"学衡派"在文学观念的差异,文白之争背后的话语权力争夺,都深刻地体现出了这一点。

(一)林纾与"新青年":新旧之辩

作为一本同人杂志,《新青年》从一开始就表现出鲜明的团体意识,背靠北大这个重要阵地,多个不同文化背景的教授、学子云集于此,以求同存异的开放心态共同打响了"新青年"这个名号,新文化阵营也以此形成。有学者曾这样形容"新青年"的群体性:"五四前后的新文化人非常强调他们与旧学者的一大不同在于旧学者讲究'家派',而他们则注重学理,其实这最多是一个努力的目标和方向。遇到思想论争时,他们的群体身份认同相当明确,常常是首先站在新旧(或其他)社会区分中自己'家派'一边出战,而将观念的异同置于第二位。"[2]

这样一场文学革命虽然来势汹汹,然而却并没有引来想象中的那么多关注,甚至一开始的时候多少有些"寂寞"。如同郑振铎总结的那样,新文学阵营"始终不曾遇到过一个有力的敌人们。他们'目桐城为谬种,选学为妖孽'。而所谓'桐城、选学'也者却始终置之不理。因之,有许多见解他们便

---

[1] 陈独秀:《〈新青年〉罪案之答辩书》,载《陈独秀文章选编》,生活·读书·新知三联书店1984年版,第317页。

[2] 罗志田:《裂变中的传承——20世纪前期的中国文化与学术》,中华书局2003年版,第185页。

不能发挥尽致。旧文人们的反抗言论既然竟是寂寂无闻,他们便好像是尽在空中挥拳,不能不有寂寞之感"①。面对这种情况,《新青年》甚至不惜反串想象中的"论敌",于是便有钱玄同和刘半农的那出著名的"双簧戏"。1918年3月,钱玄同化名王敬轩,模仿传统文人的口气,写了《给〈新青年〉编辑部的一封信》,钱玄同在信中臆想了许多守旧派诋毁、攻击《新青年》和新文学运动的言论,一一罗列。刘半农以《新青年》记者的名义,写了《复王敬轩书》,对其观点逐一驳斥。两信同时刊登在15日出版的《新青年》第4卷第3号上,煞有介事地冠以"文学革命之反响"的总标题,以图诱出反对派,激起论战。

面对这样的影射,"旧派文人"林纾终于被触怒了,他在上海《新申报》为其特辟的"蠡叟丛谭"专栏发表了两篇攻击新文学阵营的文言短篇小说——《荆生》《妖梦》,在《荆生》中描写了三个少年:皖人田其美、浙人金心异以及"新归自美洲能哲学"的狄莫,分别影射了陈独秀、钱玄同和胡适三人。通过书写三人在京师陶然亭肆意攻击孔孟,结果遭到伟丈夫"荆生"的痛打的故事,表明了自己对新文化的态度。林纾的这一举动颇有些对号入座的效果,很快文学革命批判的对象从"选学妖孽,桐城谬种"的能指转向了林纾这个具体的所指,李大钊在《每周评论》上发表《新旧思潮之激战》,提出"须知中国今日如果有真正觉醒的青年,断不怕你们那伟丈夫的摧残,你们的伟丈夫,也断不能摧残这些青年的精神"②,鲁迅则在《现在的屠杀者》中表示:"却只能在呻吟古文时,显出高古品格;一到讲话,便依然是'鄙俚浅陋'的白话了。四万万中国人嘴里发出来的声音,竟至总共'不值一

---

① 郑振铎:《中国新文学大系·文学论争集·导言》,载赵家璧主编《中国新文学大系》第2集,上海良友图书印刷公司1935年版,第6页。
② 守常(李大钊):《新旧思潮之激战》,《每周评论》1919年3月9日。

哂',真是可怜煞人。""做了人类想成仙,生在地上要上天;明明是现代人,吸着现在的空气,却偏要勒派朽腐的名教、僵死的语言,侮蔑尽现在,这都是'现在的屠杀者'。"①陈独秀等人更是从不同角度对林纾进行痛斥,把林纾笔下的"伟丈夫"附会为军阀徐树铮,由此对林纾的批判从文化上逐渐转移到了政治上。一时间,林纾从人人推崇的翻译界泰斗变成了新文化运动口诛笔伐的对象。

平心而论,纵观林纾的整个文学生涯,我们很难将其定义为一个"守旧派文人"。早在1900年,林纾客居杭州的时候就曾为林万里、汪叔明创办的白话报社写《白话道情》,1919年他还在《公言报》继续他的《劝世白话新乐府》和《劝孝白话道情》。而在睁眼看世界引入外国文学方面,他翻译的《茶花女遗事》《迦茵小传》等等也开一代之风气,更不用说广受欢迎的"林译小说"里面本身就有许多"白话"的音译词和俗语。至于林纾对白话文和文言文的态度,我们也不能仅仅从《妖梦》《荆生》两篇小说来判断,他在1917年发表的《论古文之不当废》和1919年《论古文白话之相消长》以及给北大校长蔡元培的公开信《致蔡鹤卿太史书》,更为理性地表达了他对于白话文如何发展,文言文如何继承的思考,他反对的只是"以白话取代文言成为中国人交往的惟一语言工具"的主张,"若尽废古书,行用土语为文学……则凡京津之稗贩,均可用为教授矣"。站在今天的视角来看,这些思考在历史转型的过渡阶段仍然有着重要的意义。然而林纾没有意识到的是,"尽废文言"不过是新文化阵营为了撬开铁屋子的"矫枉必须过正"策略。面对势不可挡的白话文浪潮和新文化阵营来势汹汹的批判,林纾只能发出"吾辈已老,

---

① 唐俟(鲁迅):《现在的屠杀者》,《新青年》1919年第6卷第5号。

不能为正其非。悠悠百年，自有能辨之者，请诸君拭目俟之"①的感叹。

郑振铎在林纾逝世一个月之后，就发表了长文称赞林纾是"热烈的爱国者""一个很清介的人"，而且对林纾的白话诗《闽中新乐府》、林纾的小说创作和翻译均进行了全面的评价和肯定，力图矫正新文化运动中人们对林纾的"不很公允"②的批评。作为"双簧信"事件的当事人之一刘半农也进行了反省："后悔当初之过于唐突前辈。我们做后辈的被前辈教训两声，原是不足为奇，无论他教训得对不对。"③

（二）学衡与"新青年"：新文化建设的两种方向

1922年在南京创刊的《学衡》，聚集了东南大学以胡先骕、梅光迪、吴宓为代表的海归学人，开始向"新青年派"发难。就像胡适在日记中写到的那样："东南大学梅迪生等出的《学衡》，几乎专是攻击我的。"④事实上，梅光迪与胡适的分歧早在二人的留美时代就已经产生。1915年夏天，胡适、梅光迪、任鸿隽等在绮色佳旅游，胡适就提出了要以白话文开启"文学革命"的想法，很快遭到了梅光迪的反对："足下谓诗国革命始于'作诗如作文'。迪颇不以为然。诗文截然两途。诗之文字与文之文字，自有诗文以来（无论中西）已分道而驰……一言以蔽之，吾国求诗界革命，当于诗中求之，与文无涉也。若移文之文字于诗，即谓之革命，则诗界革命不成问题矣。"而对于文学革命应该如何开展，梅光迪也提出了自己的看法："至于文学革命，窃以为吾辈及身决不能见。欲得新文学或须俟诸百年或二百年以后耳"，"迪初有大

---

① 林琴南：《论古文白话之相消长》，《文艺丛报》1919年第1期。
② 郑振铎：《林琴南先生》，《小说月报》1924年第15卷第11号。
③ 刘复：《巴黎通信》，《语丝》1925年第20期。
④ 胡适著，曹伯言整理：《胡适日记全编（三）》，安徽教育出版社2001年版，第546页。

梦以创造新文学自期，近则有自知之明，已不作痴想"，"文学革命自当从'民间文学'入手"。[①] 从梅光迪的以上论述可见，对于胡适提倡文学革命的主张，他其实是不反对的，他反对的是如何建设的问题，是否要以不破不立、非此即彼的思维模式来建设新文化，而这一分歧也在二人回国之后变得愈加激烈。

在胡适入驻北大之后，胡先骕、梅光迪、吴宓等人先后来到南京高等师范学校、东南大学。随着文学革命的开展，胡先骕等人也随时开展了对新文化的批判。1917年，胡适在《新青年》上发表《文学改良刍议》，胡先骕则在《南京高等师范日刊》上发表《中国文学改良论》；1920年，胡适出版白话文诗集《尝试集》，胡先骕随后便写了《评〈尝试集〉》，但苦于"历投南北各日报及各文学杂志，无一愿为刊登"[②]，于是胡先骕便和梅光迪等人商量自办刊物，在吴宓、柳诒徵等人加入后，于1921年10月创立学衡杂志社，并于1922年1月推出《学衡》杂志。有了自己阵地之后的学衡派，倡导的是"论究学术，阐求真理，昌明国粹，融化新知"宗旨，以及"以中正之眼光，行批评之职事。无偏无党，不激不随"的文化理念，而且将那篇历投过多个杂志却无法发表的《评〈尝试集〉》放在《学衡》杂志的第1期、第2期上连载，提出"欲创造新文学，必浸淫于古籍，尽得其精华，而遗其糟粕，乃能应时势之所趋，而创造一时之新文学"[③]，明确反对新文化阵营以白话取缔文言文的态度，并且对胡适的《尝试集》做了猛烈的批判，认为里面大部分作品不仅不是白话诗，就连那些被勉强算为白话诗的十余首新诗，也无太大的价值。

---

① 梅光迪：《致胡适四十六通》，载《梅光迪学案》，浙江大学出版社2019年版，第230—232页。
② 吴宓著，吴学昭整理：《吴宓自编年谱：1894—1925》，生活·读书·新知三联出版社1995年版，第222页。
③ 胡先骕：《中国文学改良记》，载张大为、胡德熙、胡德焜编《胡先骕文存》上卷，江西高校出版社1995年版，第5页。

面对胡先骕的这番攻击，胡适却表现得非常淡然，只是以一首打油诗表明自己的态度："老梅说：《学衡》出来了，老胡怕不怕？（迪生问叔永如此。）老胡没有看见什么《学衡》，只看见了一本《学骂》！"① 相继为胡适发声的反而是新文化阵营的另两位大将——周氏兄弟。1922 年 2 月 4 日，化名为式芬的周作人在《晨报》副刊上发表《〈评尝试集〉匡谬》一文，批评胡先骕刊载在《学衡》第 1 期上的《评〈尝试集〉》。2 月 9 日，鲁迅也在《晨报》副刊上发表《估〈学衡〉》一文，称学衡派为"实不过聚在'聚宝之门'左近的几个假古董所放的假毫光"②。不同于胡适"不在乎"的表态，周氏兄弟二人的言辞则要激烈得多，也更加尖刻。

《学衡》问世之后，曾有读者写信给《新青年》道："他们反对新文化运动，可不肯指出新文化运动是甚么。据我所想，他们脑中的新文化运动不过是白话文，新式标点，直译的课文，写实派文字，新体及无韵诗，各派社会主义等，其实都看错了。新文化运动是对过去思想文化的反动。他的价值就在反动这一点，或如先生说，另换一个态度。至于他们所想各事，乃是各个人于觉醒后所试走的路，与新文化运动的本体无关。"③ 这段话其实也透露出这样一个讯息："学衡"与"新青年"的分歧其实与"新文化运动的本体无关"，只是个人觉醒后想走的路径、方法以及程度不同而已，从这个角度来看，学衡也是新文化的重要建设者。学衡派反对的只是"新青年派"推倒重来、非此即彼的建设逻辑。这种直线性的演进模式，明显是受到了进化论的影响。鲁迅曾直白地表示："我一向是相信进化论的，总以为将来必胜于过去，青年必

---

① 胡适著，曹伯言整理：《胡适日记全编（三）》，安徽教育出版社 2001 年版，第 549 页。
② 风声（鲁迅）：《估〈学衡〉》，《晨报副镌》1922 年 2 月 9 日。
③ 《于鹤年致胡适（10 月 16 日）》，载中国社会科学院近代史研究所中华民国史组编《胡适来往书信选》（上），中华书局 1979 年版，第 167—168 页。

胜于老人。"① 而胡适也提出:"一时代有一时代之文学……古人已造古人之文学,今人当造今人之文学。"② 而对于新文化阵营所提倡的进化论,学衡派表示"文学进化论"是"误解科学误用科学之害"③。立足于白璧德新人文主义思想而来的学衡派,更加推崇的是一种螺旋式的文化渐进发展模式,他们更多地看到了传统文化积淀、传承的一面,因此提出新文化的建设必须建立在对传统文化的提炼、维护、发展上面。在他们看来"新青年派"的这种激进措施会将中国带入"一偏"的文化理念,如吴宓就曾特别声明:"吾之所以不慊于新文化运动者,非以其新也,实以其所主张之道理,所输入之材料,多属一偏。"④

事实上这种"革命"还是"改良"的对立在"新青年派"内部也同样存在,比如说以陈独秀、钱玄同为代表的激进派,陈独秀认为"新旧之间,绝无调和两存之余地",而钱玄同甚至要把中国文字连根去除:"中国文字不足以记载新事新理,欲使中国人智识长进,头脑清楚,非将汉字根本打消不可。"⑤ 相较于陈独秀的泾渭分明、不可调和,胡适则显得温和了许多,这一点或许在二人发表的《文学革命论》和《文学改良刍议》中就可见端倪。随着李大钊与陈独秀越走越近,胡适与他们在思想上的分歧愈来愈严重,因此,当"反对派"渐渐销声匿迹,新文化派真正面临要建设一个什么样的新文化的时候,曾经携手同行的新文化阵营在思想和行动上的不一致就与日俱增,并最终导致新文化运动分流。时隔百年,当我们看到梅光迪后来对这场争执的反思的时候,也不免感到唏嘘:"这一代中国人风急火燎地互相伤害,想要

---

① 鲁迅:《〈三闲集〉序言》,载《鲁迅全集》第 4 卷,人民文学出版社 1981 年版,第 5 页。
② 胡适:《历史的文学观念论》,《新青年》1917 年第 3 卷第 3 号。
③ 胡先骕:《文学之标准》,《学衡》1924 年第 31 期。
④ 吴宓:《论新文化运动》,《学衡》1922 年第 4 期。
⑤ 朱我农、胡适、玄同:《革新文学及改良文字》,《新青年》1918 年第 5 卷第 2 号。

的只是建立一座同样的大厦。"①

二、为人生还是为艺术：文学研究会与创造社的互看

文学应该是"为人生"还是"为艺术"的？这是新文学取得话语权之后面临的又一个问题。文学研究会和创造社看似以各自的文学姿态开辟了现代文学思潮的两个方向，但实际上二者之间也存在着你中有我、我中有你的复杂联系。

（一）文学研究会的"现实"与创造社的"浪漫"

现实主义的写实追求与文学研究会"为人生"和"为社会"的主张相契合，从而现实主义成为文学研究会最具有标志性的特点。从文学主张上看，最直接表明文学研究会与现实主义关系的就是其成立宣言。"将文艺当作高兴时的游戏或失意时的消遣的时候，现在已经过去了。我们相信文学是一种工作，而且又是于人生很切要的一种工作；治文学的人也当以这事为他终身的事业，正同劳农一样。"②将文学视为一种工作，强调文学直接作用于社会现实的功用，成为社会变革的"工具"，可以说是现实主义的"现实"吸引了文学研究会作家，与他们极其现实性的目标有了呼应。文学研究会的作家认为"写不求忠实，乃中国文人之通病"③，因此，他们主张冷静观察与如实写，反对没有事实根据的向壁虚造，推崇书写真实、平凡的文学作品。文学研

---

① 梅光迪：《人文主义和现代中国》，载罗岗、陈春艳编《梅光迪文录》，辽宁教育出版社2001年版，第221页。
② 《文学研究会宣言》，《小说月报》1921年第12卷第1号。
③ 茅盾：《茅盾全集》（第18卷），人民文学出版社1989年版，第157页。

会在理论上以"为人生而艺术"为基本原则,要求文学要反映社会与人生,这就决定了他们与现实主义一致的创作方向。郑振铎在谈论《小说月刊》与《文学周报》时认为:"这两个刊物都是鼓吹着为人生的艺术,标示着写实主义的文学的;他们反抗无病呻吟的文学;反抗以文学为游戏的鸳鸯蝴蝶派的'海派'文人们。他们是比《新青年》派更进一步的揭起了写实主义的文学革命的旗帜的。"[①]可见,文学研究会作家倡导的现实主义有明确的现实针对性和话语策略意识,在于批判文学中的柔弱游戏、消遣娱乐之风气,要实现文化界的正本清源,进一步通过文学革命实现思想革命和社会革命。出于此目的,文学研究会在创作态度上主张科学客观精神,在手法上倡导如实描写。从文学创作实践上看,文学研究会作家是主动有意识地学习现实主义、自然主义的创作方法,投身现实生活中去,发现"人生问题"和"社会问题",用文学作品表现人生、批评人生和追问人生。文学研究会作家是"问题小说"和"问题剧"的创作主力军,是易卜生《娜拉》《国民之敌》等社会问题剧的主要翻译者。叶圣陶、冰心、王统照等一批"为人生"的作者,正是经过"问题小说"的创作实践而走上现实主义道路的。

  浪漫主义的主情追求与创造社的"创造"精神达成了默契,从而浪漫主义成为了创造社的显著标志。创造社与浪漫主义之间的等号,是通过"张扬情感"的共同追求实现的,这是一种文学风格、文学气质上的呼应。浪漫主义把文学中的情感表现放到了至高无上的地位。郭沫若认为:"我们知道文学的本质是始于感情终于感情的。文学家把自己的感情表现出来,而他的目的——不管是有意识的或无意识的——总是在读者心中引起同样的感情作用

[①] 郑振铎:《中国新文学大系·文学论争集·导言》,载赵家璧主编《中国新文学大系》第2集,上海良友图书印刷公司1935年版,第8页。

的。那么作家的感情愈强烈愈普遍，而作品的效果也就愈强烈愈普遍。这样的作品当然是好的作品。"[1] 从情感的张扬来看，郭沫若的《女神》、郁达夫的"自叙传"小说、成仿吾的"流浪汉"小说等，都是深备浓烈而峻急的情绪，释放想象与灵感的代表作品。此外，创造社成员还是大力翻译西方浪漫主义文学作品的主力军。例如，郭沫若看重"主情主义"而翻译了歌德的《少年维特之烦恼》，引起了"维特热"；《创造》季刊开设"雪莱纪念号"，集中介绍雪莱、华兹华斯等西方浪漫主义作家。真正为创造社插上浪漫主义旗帜的，还是1935年郑伯奇所撰写的《中国新文学大系·小说三集·导言》。这篇"导言"对"创造社作家的浪漫主义倾向"作了比较详细的分析："第一，他们都是在外国住得很久，对于外国的（资本主义的）缺点，和中国的（次殖民地的）病痛都看得比较清楚；他们感受到两重失望，两重痛苦。对于现社会发生厌倦憎恶。而国内国外所加给他们的重重压迫只坚强了他们反抗的心情。第二，因为他们在外国住得很久，对于祖国便常生起一种怀乡病；而回国以后的种种失望，更使他们感到空虚。未回国以前，他们是悲哀怀念；既回国以后，他们又变成悲愤激越；便是这个道理。第三，因为他们在外国住得长久，当时外国流行的思想自然会影响到他们。哲学上，理知主义的破产；文学上，自然主义的失败，这也使他们走上反理知主义的浪漫主义的道路上去。"[2] 郑伯奇详细分析了创造社与浪漫主义发生关系的社会原因，并明确了二者在追求个性自由和张扬主观精神上的一致性。从此，创造社便与浪漫主义紧密联系在了一起。

值得注意的是，创造社主要成员虽然强调文学创作中情感的张力，强调

---

[1] 郭沫若：《革命与文学》，载《郭沫若论创作》，上海文艺出版社1983年版，第33页。
[2] 郑伯奇：《中国新文学大系·小说三集·导言》，载赵家璧主编《中国新文学大系》，上海良友图书印刷公司1935年版，第12页。

作家主观力量在文学创作中的注入,但在创造社前期,他们从未正式亮出浪漫主义的旗号,甚至他们在谈论浪漫主义时,时常保持警醒和反思的态度。1922年,郭沫若在《创造》季刊《编辑余谈》中写道:"我们这个小社,并没有固定的组织,我们没有章程,没有机关,也没有划一的主义。我们是由几个朋友随意合拢来的。"[1] 这个说法也可以看出郭沫若对创造社"松散自由"的结社结果的解释,也正如郑伯奇指出这是一群留日学生在苦闷意绪下的一种"团结"。既然是"没有划一的主义",那么浪漫主义也定然不是其群体的创作宗旨,乃是出自于后人的评述和定论。1923年,成仿吾在《写实主义与庸俗主义》中批判浪漫主义,认为"从前的浪漫的 Romantic 文学,远离生活与经验,利于幻想……它们是不能使我们兴起热烈的同情来的。而且一失正鹄,现出刀斧之痕,则弄巧反拙,卖力愈多,露丑愈甚"[2]。成仿吾还进一步推崇写实主义:"为的反抗这种浪漫的文学,兴起的是另一种取材于生活,表现作家经验的写实文学,它使我们从梦的王国复归到了自己。"[3] 1925年"五卅运动"以后,中国社会的急剧变化加速了创造社的转向。后期创造社在走向革命文学的过程中,直接宣布浪漫主义是反动的。1926年,郭沫若在《革命与文学》一文中揭示:"然而第三阶级抬头之后,以个人主义自由主义为核心的资本主义渐渐猖獗起来,使社会上新生出一个被压迫的阶级,便是第四阶级的无产者。在欧洲的今日已经达到第四阶级与第三阶级的斗争时代了。浪

---

[1] 郭沫若:《编辑余谈》,载北京大学等主编《文学运动史料选》(第1册),上海教育出版社1979年版,第209页。

[2] 成仿吾:《写实主义与庸俗主义》,载徐俊西主编,朱立元编《海上文学百家文库·91·周扬、成仿吾、李初梨、彭康、朱镜我卷》,上海文艺出版社2010年版,第209页。

[3] 成仿吾:《写实主义与庸俗主义》,载徐俊西主编,朱立元编《海上文学百家文库·91·周扬、成仿吾、李初梨、彭康、朱镜我卷》,上海文艺出版社2010年版,第209页。

漫主义的文学早已成为反革命的文学。"①1927年，郁达夫在《文学概说》中指出了浪漫主义的空想弊端，太过浪漫而脱离了现实："物极必反，浪漫主义的发达到了极点，就不免生出流弊来。就是空想太无羁束，热情太是奔放，只知破坏，而不谋建设，结果弄得脚离大地，空幻绝伦。大家对此，总要感到一种不可名状的空虚，与不能安定的惑乱。尤其是有科学精神的近代人，对此要感到一种不安。"②从上述创造社成员的主张中可以十分清楚地看到，创造社的主要成员们直面浪漫主义这一文学思潮时基本上是持反思和疏离的态度。

但不知出于何因，也很难断定从什么时候开始，文学研究会与现实主义始终结合在一起，而创造社与浪漫主义也始终分不开，并且这两大社团还成为新文学社团中风格对立、界别清晰的两大流派。许多文学史著作也一直沿用这种说法，比如同样影响较大的《中国现代文学三十年》（1998年修订本）再一次明确了这样的结论："'五四'时期以文学研究会为代表的现实主义和以创造社为代表的浪漫主义可以说双峰对峙，各有千秋，共同为新文学做出了巨大的贡献。"③

（二）文研会的"浪漫"与创造社的"现实"

事实上，针对"现实主义的文研会与浪漫主义的创造社"这个论述，20世纪30年代的学者就有过质疑。1935年，郑伯奇在《中国新文学大系·小说三集·导言》中虽然肯定了文研会与创造社各自的整体倾向，但也提

---

① 郭沫若：《革命与文学》，载北京大学等主编《文学运动史料选》（第1册），上海教育出版社1979年版，第443页。
② 郁达夫：《文学概说》，载《郁达夫文集》第5卷，花城出版社、生活·读书·新知三联书店香港分店1982年版，第90页。
③ 钱理群、温儒敏、吴福辉：《中国现代文学三十年》（修订本），北京大学出版社1998年版，第17页。

出:"文学研究会被认为写实主义的一派,创造社是被认为有浪漫主义的倾向。""这也不过是个大概的区分。文学研究会里面,也有带浪漫主义色彩的作家;创造社的同人中也有不少的人发表有写实倾向的作品。"① 可见,在当时文研会与现实主义、创造社与浪漫主义就保持了一定的距离。李长之进一步认为:"有着世界文艺思潮的巨流中之一小流的意味的中国新文学,自五四到现在还在同一阶段里,就是写实的倾向。浪漫的作品,我们几乎没有,以文学研究会与创造社的对立看,创造社的小说勉强可以代表浪漫,可是充满了的还是个人生活上的穷和愁,其理想的色彩,主观的色彩,热情的色彩,可说没有得到什么发展。反之,张资平的小说是写实主义的。鲁迅、叶绍钧、茅盾的小说,代表文学研究会的文学活动的,也仍然是写实主义的。郭沫若多少在诗里有了些浪漫的气息,然而时候没有多久,大多数作家也并不能承认这是正路,他自己更以为与新获得的信念相冲突,所以终于厌弃了。"② 李长之肯定了写实主义在中国新文学土壤中生根发芽的过程,而浪漫主义则与新文学显得疏离。因此,郑伯奇认为"我们所有的只是民族危亡,社会崩溃的苦痛的自觉和反抗争斗的精神……所以我们新文学运动的初期,不产生于西洋各国十九世纪的浪漫主义,而是二十世纪的中国所特有的抒情主义"③。后来的王富仁、罗钢认为:"创造社成员那种内在地要摆脱封建主义'文以载道'思想束缚的愿望,使他们几乎本能地会把西方浪漫主义者强调艺术独立性的理论接过来,'为艺术而艺术'在他们那里也便有其存在的根据。但他们的反

---

① 郑伯奇:《中国新文学大系·小说三集·导言》,载赵家璧主编《中国新文学大系》第5集,上海良友图书印刷公司1935年版,第9页。
② 李长之:《论人类命运之二重性及文艺上两大巨潮之根本的考查》,载《李长之文集·第三卷·批评精神》,河北教育出版社2006年版,第76页。
③ 郑伯奇:《〈寒灰集〉批评》,载王自立、陈子善编《郁达夫研究资料》,知识产权出版社2010年版,第283页。

封建的进步倾向又使他们不会从根本上否认艺术的社会功能,这个问题上的矛盾性也就成了他们的主要特征。"① 这也就回到了我们前文所讲的,西方各种主义和思潮进入中国,为中国文学提供的是一种借鉴,中国新文学有自己的主义,只不过在不同阶段化用和吸收了西方文艺思潮的手法。文学研究会虽然是所谓的客观写实,说"所谓"是因为文学研究会作家主观抒情不多,但未必都是写实。同样,创造社作家虽然主观抒情较多,但也未必不写实。

文学研究会骨子里是高度理想化的,是很浪漫的。文学研究会更注重文学的社会价值,但不能因为强调文学的社会性就判定它为全然的现实主义,创造社的文学创作难道不具备高度的社会价值吗?高旭东在《论文学研究会理论倡导与文学创作的矛盾》中就明确提出,文学研究会的创作具有非现实主义创作的倾向。茅盾的《子夜》尽管分析了当时中国的社会形势,写出了吴荪甫的悲剧,但对吴荪甫是很有些期待的,虽然写出了民族资本家的悲剧结局,但对民族资本家的同情是存在的。一生坚守"爱的哲学"的冰心,本质上更是浪漫主义的。冰心的诗作以童心和自然来阐发爱的哲学;冰心的小说,总是不自觉走向温柔婉转、含蓄诗化,有着难以抑制的理想与抒情。同样作为文学研究会女作家,庐隐却可以被看作是创造社郁达夫"自叙传"的另一种翻版。庐隐小说中有着对自我情感的一泻无余的表现和悲伤美学的底蕴,《海滨故人》中的露沙、《或人的悲哀》中的亚侠、《彷徨》中的秋心等主人公都是情绪感极强的浪漫体质。本着"为人生"创作的王统照在回顾他"五四"时期的创作时,也说自己以"不生动的文字写青年,恋爱,虚浮的幻想"。② 至于叶圣陶,这个常常被作为最经典的现实主义的作家,其实也具有

---

① 王富仁、罗钢:《前期创造社与西方浪漫主义美学》,《文学评论》1984年第2期。
② 参见高旭东《论文学研究会理论倡导与文学创作的矛盾》,《天津社会科学》2000年第5期。

极其理想化的浪漫。这一点茅盾也承认:"在最初期(说是《隔膜》的时期罢,民国八年到十年的作品),叶绍钧对于人生是抱着一个'理想'的,——他不是那么'客观'的。他在那时期,虽然也写了'灰色的人生',例如《一个朋友》,可是最多的却是在'灰色'上点缀着一两点'光明'的理想的作品。他以为'美'(自然)和'爱'(心和心相印的了解)是人生的最大的意义,而且是'灰色'的人生转化为'光明'的必要条件。"① 以"爱的哲学"的方式解决社会问题是不折不扣的理想主义的童稚气。叶圣陶著名的长篇小说《倪焕之》深情地描写了主人公的教育救国的举措,虽然叶圣陶也写出了倪焕之教育救国走不通的悲剧,但至少可以说倪焕之是一个绝对的理想主义者,是浪漫主义的人物。谁都知道教育救国是个天大的浪漫主义的命题!

而创造社的郭沫若、郁达夫、成仿吾、张资平这一干作家虽然富有浪漫气质,但在根本上秉持的却是现实主义,在关键时刻都是清醒的现实主义者。前期创造社成员强调主观、强调自我,针对是有着强烈个性解放、反抗社会压迫的现实主义诉求。《女神》中的要把一切吞了的"天狗",情感是狂放的,充满了浪漫主义的风格,但"天狗"所呼吁的现实目标,解放自我和大胆创造的精神具有强烈的时代性和社会性。此外,创造社成员对社会现实都有着深刻的苦闷和痛彻的反思。当1921年创造社在日本成立,社团亮出"为艺术而艺术"的主张时,其背后充满了异国他乡弱国子民的沉重痛苦,创造社的浪漫主义一点也不轻盈,反而带有革命色彩。他们对情感张扬的呼吁,对个性自由的呼号来自深沉的现实主义关怀,所有要达到振聋发聩作用的文学,都无法成为本质的浪漫主义。客观冷静的创作手法难以表达他们震颤的心灵

---

① 茅盾:《中国新文学大系·小说一集·导言》,载赵家璧主编《中国新文学大系》第3集,上海良友图书印刷公司1935年版,第23页。

和翻涌着的时代情绪，因此他们在风格上走向了浪漫，而他们的文学底色依旧是现实主义。后期创造社更是直接转向了革命文学，投入社会革命的浪潮中。1927年，在"四一二"事变前夕，郭沫若的《请看今日之蒋介石》详尽而具体地揭露了蒋介石阴谋制造"赣州惨案""南浔事件"和"安庆惨案"的血腥罪行，这不仅需要高度浪漫的激情，更要有清醒的现实主义的胆识和气魄，具有重大的革命现实意义。同年，郁达夫的《广州事情》从政治、教育和农工阶级三个方面深刻分析了广州的现实，这绝不是一个浪漫主义作家所能做到的。在郁达夫创作的《过去》《迷羊》《微雪的早晨》《她是一个弱女子》等一系列作品中都能看出他致力于客观叙事、展现社会变革的现实主义追求。郭沫若、郁达夫的这种观察分析现实的敏锐深刻，揭露现实的大胆坦率以及预见的正确，是高度的现实主义思想。此外，作为创造社的核心成员，成仿吾还参加了红军长征，是唯一有教授头衔的知识分子，还同徐特立一起任干部团政治教员，这是他现实主义的人生选择。至于后来疯狂沉溺于写作多角恋爱小说的张资平，作品发行量巨大，在当时是天文数字，赚得盆满钵满，这恐怕也不能说是浪漫之举，而是一种清醒的现实举措。

（三）互看中的"辩证法"

"五四"各个社团的思想争鸣，不仅为它们各自登场画上了浓墨重彩的一笔，而且也为我们留下了丰富的思想资源。但同时又要注意的一点是，从"五四"开始，一种非此即彼、二元对立的"割裂"式话语便始终如影随形，深刻地影响了新文化、新文学的走势和发展方向。

如果说五四新文学是带着一个非常显眼的话语模式登上历史舞台的——"要什么而不要什么"，这个模式频繁地出现在陈独秀、胡适等人的新文学构想当中。比如在那篇著名的《文学改良刍议》当中，谈到语言作诗，号召大家要用"二十世纪之活字",而不要用"三千年前之死字";谈及作文,则提倡要用《水浒传》那样的文字,而不要用"秦汉六朝文字"。[①] 比起胡适,陈独秀似乎更钟爱这种表达方式,他在《文学革命论》中这样表达对新文学建设的期望,又在《〈新青年〉罪案之答辩书》上这样扬起"德先生"和"赛先生"两面大旗,而"德先生"的对立面,就是孔教、是礼法、是旧伦理和旧政治;"赛先生"的对面,就是旧艺术和旧宗教。而这两位先生想要合起来拥护,那么就"不得不反对国粹和旧文学"。[②]

五四新文学之所以要采用这样激进的方式来否定传统文学,根本目的在于确定自身的合法性,将新与旧的关系推向极致的水火不容,把批判的锋芒直指"旧"的一切,这既是新文学作家整体的文化态度和文化选择,也是他们具体的文化策略和论争方式。在今天看来,无论是文言文和白话文,还是严肃文学与通俗文学,它们之间更多的是审美的差异,而不是先进与落后的区别。只是说在"五四"特殊的时间节点里,这种激进的态度被赋予了现代化的意义,而我们也不得不承认,这种"矫枉必须过正"的文化姿态在中国现代化转型中确实发挥了重要的作用。当新文学以排除、驱逐旧文学的姿态站稳脚跟后,这种二元对立的模式也没有随之消失,而是转向新文学内部,文学研究会和创造社又因为文学是"为人生"还是"为艺术"的问题而酣战不止。创造社的"异军突起"不仅是别开一面的美学风格,更是一种横空出世的态度。郭沫若曾坦诚地承认:"文学研究会和创造社并没有什么根本的不同,所谓人生派与艺术派都只是斗争上使用的幌子。"[③] 这种"没有什么根本的不同"反映到创

---

① 参见胡适《文学改良刍议》,《新青年》1917年第2卷第5号。
② 参见陈独秀《〈新青年〉罪案之答辩书》,载《陈独秀文章选编》,生活·读书·新知三联书店1984年版,第317页。
③ 郭沫若:《郭沫若全集》(第12卷),人民文学出版社1992年版,第140页。

作上就更加明显，虽然这两个社团在创作风格上有着明显的差异，但我们也很难说文学研究会和创造社开辟了现代文学在创作上的现实主义和浪漫主义的分流。相反，随着新文学的不断演进，昔日社团宣言的声音仿佛还在耳边，作家的实际创作却越来越出现一种反拨。文学研究会创作的一批"问题小说"，真的是现实主义吗？今天看来这些作家为问题开出的药方反而充满了一种浪漫主义的天真，创造社的郭沫若、郁达夫，真的就那么浪漫吗？1927年，郭沫若写下了《请看今日之蒋介石》的讨伐檄文，郁达夫写下了《广州事情》的揭露文章，二人尖锐的批判程度和对时事的洞见，远远突破了一个浪漫派文学家的范围。而这种复杂性也恰恰说明了文学社团常常与其主张之间产生的悖论，正是在这种悖论中，我们得以观测到文学社团的立体面向。

三、"后五四"路在何方：革命文学论争与文学格局的重塑

当时间来到了20世纪20年代末30年代，"五四"已经远去，那个关于启蒙理想的玫瑰色梦也破灭了，不断的战乱和紧张的局势，让这个时期的文学团体在文学价值的思考和建构上形成了与"五四"初期完全不同的分野。尽管文研会和创造社有着"为人生"与"为艺术"的争论，但总体而言还是针对文学本身的讨论，而到了30年代，文学团体的聚合，不再完全出于文学本身的价值理念，而更多在"文学应该用来干什么"这一问题上产生分歧和划分阵营，就像有的学者说的那样："20年代文学群体主要是以艺术追求的大致相同来加以聚合的。而30年代文学群体则主要是以其政治倾向的一致性为其标识的。"[①] 围绕着文学的"功用"问题，进入"后五四"阶段的各个文

---

① 朱晓进：《政治文化与中国二十世纪三十年代文学》，人民出版社2006年版，第55页。

学团体和流派,它们在思想主张上的分野就发生在文艺应该表现什么上。在"文艺人性论""文学革命论""文学自由论""文学社会性""文学的闲适性"等话题的争论中,后期创造社、新月社、现代派、左翼作家、"第三种人"、"京派"、"海派"等多个社团卷入其中。

(一)脱掉"五四"的衣衫:革命文学论争与文学价值的重建

1927年底,创造社元老郑伯奇提议与鲁迅合作恢复《创造周报》,"共同办一个刊物,提倡新的文学运动"①,郭沫若也表示赞同,并已在报纸上发表声明。但由于成仿吾已经赴日邀请冯乃超等新锐回国,为创造社的发展转换方向,李初梨、冯乃超这群从日本回国的青年大多学社会科学出身,且之前没有亲身经历国内的革命运动。在他们看来,大革命的失败是因为缺乏先进的理论指导,因此他们是带着强势的理论姿态进入论争场的,对于与鲁迅合作恢复《创造周报》的事情自然不感兴趣,他们想做的是自己创办一个全新的刊物——《文化批判》,轰轰烈烈地开展一次文化运动。一时间,到底是合作复刊还是创办新刊,用郭沫若的话来说就是"两个计划彼此不接头,日本的火碰到了上海的水,在短短的初期,呈出了一个相持的局面"②。为了社团的团结,社团元老们不得不做出妥协,终止了与鲁迅的合作。郭沫若曾就此事回忆道:"我深深地知道,假如我要坚持我的主张,照当时的情形来看,创造社便可能分裂。"③

---

① 郑伯奇:《创造社后期的革命文学活动》,载《创造社资料》(下),福建人民出版社1985年版,第873页。
② 郭沫若:《跨着东海(摘录)》,载饶鸿竞等编《创造社资料》(下),福建人民出版社1985年版,第829页。
③ 郭沫若:《沫若自传》下卷,求真出版社2010年版,第554页。

事实上，当我们回顾新文学的发展历程时会发现，无论是五四新文学初期的新旧对抗，还是文学研究会和创造社关于"为人生"还是"为艺术"的争论，他们背后隐藏的都是一种"非此即彼""推倒重来"的逻辑，因而都带有理念先行的特点，它是宣告新文学格局重新洗牌的强势预告。到了1928年，当后期创造社企图开辟一片新的天地，进入曾经五四新文学主导的文化场域时，想要发出自己的声音，占领自己的话语场，就不能仅仅靠着历史的自然演进和文学思潮的自然更替，还必须依赖对文学革命以来的新文学发展路径的阐释与评价。于是我们又看到了熟悉的"五四"式"要什么不要什么"的话语模式，只不过这次讨伐的对象由旧文学变成了五四新文学自己。以后期创造社、太阳社为代表的革命文学开始了对五四知识谱系的颠覆，冯乃超在回顾五四文学革命时这样提出："文学革命以来——白话文运动以来，封建思想的代言者——旧文学——确定地衰替了。然而，这个文化上的新运动获得了什么东西呢？白话文底确立！然而，不上两年，《红楼梦》的考证，《儒林外史》的标点，风靡天下了。这又有什么意义？我们不能不把潜伏着的根本的社会的根据裸露出来。"[1] 在冯乃超看来，新文学虽然很快确立了自己的合法性，但也很快地"返古"了。曾经的新青年先锋们，现在看来也走到了时代的对立面，比如说叶圣陶，消极厌世"反映着负担没落的运命的社会"，再比如说鲁迅，他反映"社会变革期中的落伍者的悲哀，无聊赖地跟他弟弟说几句人道主义的美丽"。[2] 曾经的五四先锋者们都被纳入批判的范围之内，他们大声宣告阿Q的时代已经死了，号召要迎来新的文学，首先要脱去"五四的衣衫"。可以想象，这种强势的话语进场必然伴随着一系列不可避免的

---

[1] 冯乃超：《艺术与社会生活》，《文化批判》1928年第1号。
[2] 冯乃超：《艺术与社会生活》，《文化批判》1928年第1号。

论争。革命文学对五四文学的全面接管,首先要对五四以来建立的"人的文学",强调对个人、个性的文学价值进行批判。

在向"五四"代表发难的同时,后期创造社还把批判的触角引到了太阳社身上,《文化批判》第2号又刊登了李初梨的长文《怎样地建设革命文学?》,批判蒋光慈发表在《太阳月刊》创刊号上的论文《现代中国文学与社会生活》,讽刺他"有一片婆心,想把文坛的一切众生都超度到'革命文学'的天堂"①。据杨邨人的说法,正是这次攻击促成了太阳社的成立:"创刊号出版的时候还没有成立太阳社的企图,等到受到创造社的袭击以后,才感觉着非有联合战线的队伍不足以迎敌,便标明了旗帜招引同志充实战斗的力量,于是乎成立了'太阳社'。"②对于这种情况,郭沫若曾回忆道:"形成一种联合战线的打算,不仅完全被扬弃,反而把鲁迅作为了批判的对象,让蒋光慈也被逼得来和另一批朋友组织起太阳社来了。于是语丝社、太阳社、创造社三分鼎立,构成了一个混战的局面。"③

文学论争的发生,有的时候不仅仅是文学思想的争鸣,伴随着争鸣同时发生的,也是社团力量的重组和文坛局势的变化。拿后期创造社来说,强势的文化立场虽然为革命文学理论占据了话语场的优势,但他们激进的态度在一定程度上产生了负面的影响。对于这种不由分说的批判性,一些创造社元老实际上是持怀疑态度的,郭沫若在《留声机的回音——文艺青年应采取的态度的考察》中,认为语丝派的文学家有一部分人是"不自觉",而另有一部分人(包括鲁迅),"是觉悟而未彻底",在实践上"倒还没有甚么积极的反革

---

① 李初梨:《怎样地建设革命文学?》,《文化批判》1928年第2号。
② 杨邨人:《太阳社与蒋光慈》,《现代》1933年第3卷第4期。
③ 郭沫若:《跨着东海(摘录)》,载饶鸿竞等编《创造社资料》(下),福建人民出版社1985年版,第830页。

命的行动"。但是，就像上一次妥协一样，作为一个群体的创造社此时已经在提倡革命文学的路上驰骋，很难停下来甚至反过来自行纠错。社团形式就像一把双刃剑，它可以让一种新的思潮在登场的时候势如破竹，也可以让本来一些细微但极端的问题，放大乃至失去控制。

（二）人性还是阶级性：新月社与革命文学的交锋

作为带头提倡"革命文学"的文学社团，创造社坚持主动出击的策略，在狠命攻击鲁迅的同时，也主动挑起与"新月派"的论争。1928年2月1日，成仿吾发文骂胡适的追随者是"半死的大妖小怪"[①]。2月15日，李初梨将"新月派"称为"官僚化了的《新青年》右派"[②]。3月15日，郭沫若给徐志摩扣上"有意识的反革命派"的帽子。[③]1928年3月，"新月派"开始反击。在《〈新月〉的态度》中，徐志摩含蓄地指责"革命文学"是"功利派"等等，声言"不能允许它继续存在"。[④]三个月之后，梁实秋又在《文学与革命》中以"天才论"和"人性论"为基础否定"革命文学"的存在。

以"革命文学"首倡者自居的创造社当仁不让地担起了与"新月派"论争的责任。1928年7月，彭康在《创造月刊》上驳斥徐志摩的"健康"与"尊严"原则。一个月后，冯乃超在同一刊物上驳斥了梁实秋的"天才论"和"人性论"。彭康与冯乃超的文章发表后，创造社与"新月派"的论争暂告一

---

① 参见成仿吾《从文学革命到革命文学》，《创造月刊》1928年第1卷第9期。
② 参见李初梨《怎样地建设革命文学？》，《文化批判》1928年第2号。
③ 参见麦克昂《留声机器的回音——文艺青年应采取的态度的考察》，载中国社会科学院文学研究所现代文学教研室编《"革命文学"论争资料选编》（上），人民文学出版社1981年版，第222—223页。
④ 参见徐志摩《〈新月〉的态度》，原载《新月》1928年创刊号，后收录于徐志摩《徐志摩作品·精华本》，长江文艺出版社2014年版，第218页。

段落。一年后,梁实秋旧事重提,在《新月》月刊上发表《文学是有阶级性的吗?》,再次否定文学的阶级性。1930年2月,冯乃超怒斥梁实秋为"资本家的走狗"[1],梁实秋愤而在《新月》月刊发表《资本家的走狗》,冯乃超则在《拓荒者》上发表《文艺理论讲座(第二回)——阶级社会的艺术》对梁实秋进行进一步批判。此后,双方论争停止。

创造社与"新月派"的论争表面看是文学之争,实际上是也包含人性、政治与文化之争。总的来说,其论题包括以下三个方面:一是文明的创造者是天才还是民众?"新月派"认为天才是文明的创造者,也是"一般民众所不能少的引导者"[2]。就文艺而言,"文学家是民众的先知先觉"[3],是天才,是领袖,而创造社认为人是社会的产物,天才是民众的一员,要"受着环境的决定,同时,又受着历史的制约"。文明不是天才创造的,而是一定历史时期的民众共同创造的。[4] 二是文学创作的原则是什么?徐志摩认为文学要坚持"尊严与健康"两大创作原则。在他看来,"尊严,它的声音可以唤回在歧路上彷徨的人生。健康,它的力量可以消灭一切侵蚀思想与生活的病菌"[5]。而创造社认为社会"内在地含有矛盾,矛盾促进发展",因此,没有超阶级的"健康"与"尊严",由于当时的时代是新兴阶级斗争的时代,因而要坚持建立在阶级

---

[1] 冯乃超:《文艺理论讲座》,载中国社会科学院文学研究所现代文学教研室编《"革命文学"论争资料选编》(下),人民文学出版社1981年版,第913页。

[2] 梁实秋:《文学与革命》,载《梁实秋文集》(第1卷),鹭江出版社2002年版,第310页。

[3] 梁实秋:《文学与革命》,载《梁实秋文集》(第1卷),鹭江出版社2002年版,第311页。

[4] 参见冯乃超《冷静的头脑——评驳梁实秋的〈文学与革命〉》,载中国社会科学院文学研究所现代文学教研室编《"革命文学"论争资料选编》(上),人民文学出版社1981年版,第553页。

[5] 徐志摩:《〈新月〉的态度》,《新月》1928年创刊号,后收录于徐志摩《徐志摩作品·精华本》,长江文艺出版社2014年版,第222页。

斗争实践与变革社会基础上的"真的正的"原则，即"我们对于同一的阶级自然会'互助'，会'情爱'，而对于敌对的阶级一定要'仇恨'，要斗争"。[1] 三是衡量文学的标准是人性还是阶级性？梁实秋主张"人性是测量文学的唯一标准"[2]，而冯乃超则指出在阶级社会中，文学必然带有阶级性，一旦人性离开时代和社会，就会变成空洞无物的抽象概念。[3]

总的来说，创造社与"新月派"的论争由创造社挑起，主要发生在梁实秋与彭康、冯乃超之间，而彭康与冯乃超都没有什么像样的文学作品，影响力都相对较小，尤其是他们的马克思主义文艺理论功底不够深厚，有些问题阐述得不是很透彻，因此与"革命文学"论争相比，这场论争既不很激烈，也不够深刻。但是，随着鲁迅的加入，情况便发生了转变。

1928年3月，徐志摩发表《〈新月〉的态度》，鲁迅对于其中流露的试图将文学定于一尊、否定"革命文学"的想法非常不满，便在4月发表的《文艺与革命》中义正词严地指出"斗争呢，我倒以为是对的"，"正人君子者流"之所以"大骂'偏激'之可恶"[4]，是因为他们是"饱人"，想维持"饱人"的地位，深刻地剖析了"新月派"反对"偏激"的阶级根源。随后，梁实秋在《关于卢梭——答郁达夫先生》中说鲁迅引用辛克莱的话攻击白璧德是"借刀

---

[1] 彭康：《什么是"健康"与"尊严"——〈《新月》的态度〉底批评》，载中国社会科学院文学研究所现代文学教研室编《"革命文学"论争资料选编》(上)，人民文学出版社1981年版，第531页。
[2] 梁实秋：《文学与革命》，载中国社会科学院文学研究所现代文学教研室编《"革命文学"论争资料选编》(下)，人民文学出版社1981年版，第1076—1080页。
[3] 参见冯乃超《文艺理论讲座》，载中国社会科学院文学研究所现代文学教研室编《"革命文学"论争资料选编》(下)，人民文学出版社1981年版，第902页。
[4] 鲁迅：《文艺与革命（并冬芬来信）》，载《鲁迅全集》第4卷，人民文学出版社2005年版，第84页。

杀人"。为此，鲁迅以 4 月 23 日发表在《语丝》上的《头》予以反驳，指出若说自己是"借刀杀人"，那么梁启超借批评卢梭来批评浪漫文人则是"借头示众"[1]，性质更为恶劣。

1929 年下半年，梁实秋在《新月》月刊上频繁发起对以鲁迅为代表的革命文学家的攻击。7 月 10 日，发表《论批评的态度》指责当时文坛批评风气不严正，将矛头指向革命文学作家；9 月 10 日，发表《文学是有阶级性的吗？》《论鲁迅先生的"硬译"》，前者通过否定文学的阶级性、否定革命文学，后者抨击鲁迅翻译的马克思主义文艺理论为"硬译"和"死译"；10 月 10 日，发表《"不满现状"，便怎样呢？》，责难鲁迅只发表杂感而提不出建设性的主张；11 月 10 日，发表《资本家的走狗》《答鲁迅先生》；次年 1 月 10 日，又发表了《鲁迅与牛》。针对梁实秋咄咄逼人的进攻，鲁迅以《萌芽月刊》为阵地，分别于 1930 年 1 月和 3 月发表了《新月社批评家的任务》《"硬译"与"文学的阶级性"》《"丧家的""资本家的乏走狗"》，对梁实秋的观点进行了全面而深刻的批判，杀伤力非常大，使梁实秋失去了还击之力。

概言之，鲁迅和"新月派"的论争主要包括以下三个论题。

一是文学是有阶级性的吗？梁实秋以偏概全，以人性否定阶级性。对此，鲁迅指出所谓无产者只有辛苦诚实工作就能得到相当资产的说法，其背后隐藏的是"中国有钱的老太爷"的虚伪与傲慢。针对梁实秋所谓文艺应以艺术性而非宣传力为评价标准的说法，鲁迅告诉他这是"自扰之谈"，真正的无产阶级文学也有艺术性，"并不用标语和口号"。[2]

二是梁实秋是"资本家的走狗"吗？最早给梁实秋冠上"资本家的走狗"

---

[1] 鲁迅：《头》，载《鲁迅全集》第 4 卷，人民文学出版社 2005 年版，第 92 页。
[2] 参见鲁迅《"硬译"与"文学的阶级性"》，载《鲁迅全集》第 4 卷，人民文学出版社 2005 年版，第 206—211 页。

之名的不是鲁迅，而是冯乃超。梁实秋得知后先以自己不知道主人是谁为由为自己洗白，接着反咬一口，暗示革命文学家们"到共产党去领卢布"，是共产党的"走狗"，这在当时是很可能给革命文学家带来杀身之祸的。针对梁实秋不知道主人是谁的狡辩，鲁迅一针见血地指出这样的人乃是"丧家的""资本家的走狗"，痛骂其比"刽子手"还下作。[1]

三是鲁迅的翻译是否是"死译"？鲁迅在译完《文艺与批评》后感到"因为译者的能力不够，和中国人本来的缺点"，因而在翻译时只得"硬译"，这本是坦诚地承认自己不足的做法，却被梁实秋用来大做文章。他先是带着嘲讽质问鲁迅："我们'硬着头皮看下去'了，但是无所得。'硬译'和'死译'有什么分别呢？"责备鲁迅将"死译"的责任推给"中国文"。[2]对于梁实秋的嘲讽，鲁迅指出他所谓看不懂，实则是"自己的胡涂或懒惰"造成的，根本原因是由于他的阶级偏见使他拒绝接受无产阶级文艺理论，所以不愿看、不想看。[3]鲁迅与梁实秋的论争是左翼文艺阵营与以"新月派"为代表的自由主义文艺阵营之间发生的影响最大的一次论争，反映的是在大革命失败、国民党政权逐渐巩固的转折时期，中国的两类知识分子关于中国该往何处去、文艺该怎样发展问题的不同追求。通过论争，双方分别影响了一批青年知识分子，促使知识分子队伍加速分化重组，逐渐形成左翼与自由主义知识分子分庭抗礼的局面。

---

[1] 参见鲁迅《"丧家的""资本家的乏走狗"》，载《鲁迅全集》第4卷，人民文学出版社2005年版，第251—253页。
[2] 参见梁实秋《论鲁迅先生的"硬译"》，《新月》1929年第6、7号合刊。
[3] 参见鲁迅《"硬译"与"文学的阶级性"》，载《鲁迅全集》第4卷，人民文学出版社2005年版，第199—217页。

(三)"京海之争",争什么?

"京海之争"这个名字是极具误导性的,它让我们天然地感觉这是一场"京派"与"海派"之间的论争,而"海派"文学和"京派"文学所呈现出来的"南与北""城与乡""现代与传统"的对照模式更是让我们加深了这一印象。但实际上,这场论争所蕴含的问题要比我们想象的复杂得多。"京派""海派"连同在上海的左翼文学阵营都卷入了这场论争。"京海之争",到底争的是什么?是文学的态度,还是文学与商业的关系?又或是文学与政治的关系?各个派别在这些争论中的态度不乏和解,歧见中也不乏协同。

对于发生在20世纪30年代的这场论争,学界其实有几个不同的命名版本,有的将它称为"京海之争",有的称为"京海论争",区别都不是很大。但特别值得注意的是,在刘炎生的《中国现代文学论争史》中,这场论争被他称为"京派与海派问题"论争:"到1934年前后,产生了一场关于'京派'与'海派'问题的论争。"[①] 也就是说,在刘炎生看来,这场论争不是京与海之间的论争,而是一次对文坛是需要"京派"文学还是"海派"文学的大讨论。这提醒了我们,"京海之争"的"京"与"海",不仅是参与论争的双方,也是被讨论的两个文学问题。我们现在比较公认的是,这场论争之所以爆发主要源于京、海两地文学风气的差异。比如,黄键就认为沈从文之所以率先对"海派文学作风"大加挞伐,最主要的原因在于他长期以来对上海文坛风气的厌恶。[②] 李天纲在《文化上海》中也将"海派"视为一种文坛风气,认为北平的知识分子把"海派"从一个文学层面引申到社会学层面,特指上海文化的秽言秽行,尤其在文坛上表现得更为突出。[③]

---

① 刘炎生:《中国现代文学论争史》,广东人民出版社1999年版,第372页。
② 参见黄键《京派文学批评研究》,上海三联书店2002年版,第133页。
③ 参见李天纲《文化上海》,上海教育出版社1998年版,第9页。

确实，在《文学者的态度》这篇颇具"导火索"意义的文章里，沈从文批判的是"玩票白相"的风气，他们"以放荡不羁为洒脱"，"以终日闲谈为高雅"，不在"作品成绩上努力"，只在"作品宣传上努力"，并且沈从文在文末强调这种风气既存在于上海的书店杂志，也存在于北京的各大教育机关。[①] 按理说，沈从文对文坛上不良风气的批判应该不难引起其他同行的共鸣，然而事实非但没有如此，反而激发起了上海文人的不满，苏汶、曹聚仁、徐懋庸、鲁迅等人纷纷撰文对沈从文进行了反驳。这场论战渐渐由一场"文坛风气之辩"演变成了"南北文坛之争"。因此，很多研究者也认为"京海之争"是"文学史因文化气候差异的一番'对打喷嚏'"[②]，北京与上海两地的文化差异越来越成为研究京、海两派的一个重要视角。近些年来一系列关于京、海文学研究的成果大多延续了"京派与海派""北京与上海"的这个思路。

争论的焦点之所以会产生这种转移，如果说直接原因是来源于沈从文在海派风气表达上的某种暧昧和模糊，那么更根本的原因可能还是来自他以及其他北方文人长期对"上海"的一种偏见。早在"京海之争"爆发之前，沈从文就多次在文章里表达了对上海的不满。1930年，他发表《现代中国文学的小感想》，在沈从文的"小感想"里，即便中国有同时代接近、对社会健康的作家，也一定不是上海作家，"不是写恋爱故事的张资平，不是写《瓶》写《我的幼年》的郭沫若"[③]。1931年8月，刚刚离开上海，沈从文就发表《窄而霉斋闲话》，里面充满了对上海文坛的不满：认为上海的文人，有一种像商人

[①] 参见沈从文《文学者的态度》，载《沈从文全集》第17卷，北岳文艺出版社2002年版，第52页。
[②] 杨义：《京派文学与海派文学》，上海三联书店2007年版，第1页。
[③] 沈从文：《现代中国文学的小感想》，载《沈从文全集》第17卷，北岳文艺出版社2002年版，第34页。

一样的沾沾自喜,"混合市侩赚钱蚀本的纠纷里去",但又干得呆头呆脑。这样的风气使得文学创作也变成了一种"玩儿",文学作品变成了玩具,最后出现一种"大家玩玩"的白相文学态度。这是沈从文最厌恶的对待文学创作不严肃、不庄重的"玩"文学的态度。1932年底,沈从文发表《上海作家》一文,再次将矛头指向上海作家。①

虽然沈从文在《文学者的态度》里没有把不良的风气特指为上海文坛,但有了这些批判的"前史",也不怪上海作家会自动"对号入座"了。从苏汶发表《文人在上海》开始,曹聚仁、徐懋庸、鲁迅、胡风、姚雪垠等人纷纷撰文回应。在这些回应里,上海的文人并没有跟着沈从文的逻辑继续批判文坛的不良现象,反而是拿着这些现象转而批判"京派",认为"京海无以异也",一场本来应该是文坛作家们团结起来驱赶不良风气的讨论,逐渐变成京、海两地的较量,难怪沈从文感叹道"我希望看到一点别人有理性很诚实的意见"②,最后却"令我极失望"。或许在沈从文心里确实有一个"海派"的名单,但《文学者的态度》这篇文章创作的初衷,并非为了揪出几个"海派"来,而是确实是在呼吁大家要共同抵制这种不良的风气。沈从文最初对于"海派"的抨击,很大程度上确实倾向于对当时文坛上某些不良作家和编者所营造的"文坛登龙术"生态的批判,而不是意在对某几个作家进行"海派"定性,但由于这种指涉的含混,引发了上海作家的不满,从而使一场文坛风气批判转成京沪两地、南北作家之间的相互批判。当上海作家开始回应沈从文,南北对话局面开始形成的时候,这场论争的焦点又一次发生了转移。

在《文学者的态度》里,沈从文不管批判的是一种整体的风气,还是

---

① 参见沈从文《上海作家》,载《沈从文全集》第17卷,北岳文艺出版社2002年版,第42页。
② 沈从文:《关于"海派"》,载《沈从文全集》第17卷,北岳文艺出版社2002年版,第59页。

某个特定区域的文人群体，都是出于他对文学商业化的不满。白相和玩票的文学之所以能够扰乱文坛，背后的动因在于商业资本的支持。早在《文学者的态度》发表之前，沈从文就多次对上海文坛与商业过于紧密提出了批判，1930年沈从文发表《论中国创作小说》，里面谈到文坛的最新局面，认为自从新文学的中心从北京转移到上海之后，在出版界也兴起了商业的竞买，并且把时间准确地定位在了"民十六"之后。[1]1931年的《窄而霉斋闲话》一文里，沈从文又提出"京样的人生文学"和"海派的浪漫文学"（实际上已经暗含了"京海之争"中的京海对立模式），认为"海派"的浪漫文学"混合到商人市侩赚钱蚀本的纠纷里去"[2]。因此不少研究者也提出沈从文对"海派"的不满，主要因为"海派"是"商业化的才子"。[3]

对于沈从文对文人商业化的质疑，苏汶《文人在上海》给出的解释是文人在上海的生存环境不同于北京的优渥，除了写稿赚钱之外，很难找到其他的生存糊口方法。因而，以稿换钱来维持生活，这并不是一件可耻的事情。如果说这篇文章还是针对上海文人商业化这个问题的探讨，那么接下来曹聚仁等人的加入却让这场论争的焦点转移到了另一个方向。

1934年1月17日，曹聚仁在《申报·自由谈》上发表《京派与海派》。在这篇文章里，曹聚仁将京、海两派的差别做了一个生动的比喻："京派"就像是大家闺秀，"海派"就像是摩登女郎。在表示"京派""海派"并无差异之后，曹聚仁进一步转向对"京派"的阐释："京派"教授因为与统治者关系

---

[1] 参见沈从文《论中国创作小说》，载《沈从文全集》第16卷，北岳文艺出版社2002年版，第196页。

[2] 沈从文：《窄而霉斋闲话》，载《沈从文全集》第17卷，北岳文艺出版社2002年版，第40—41页。

[3] 参见杨义《京派和海派的文化因缘及审美形态》，载《杨义文存》第4卷《中国现代文学流派》，人民出版社1998年版，第89页。

过近，时刻都面临着被杀头的危险，所以，他们只好事事都听统治阶级的话，而自己就埋头只做自己的学问，更有甚者还可以与统治者做一些交易，给统治者提建议、做批评，使得统治者对其爱护不暇。① 不到一个月，徐懋庸发表《"商业竞卖"与"名士才情"》，这篇文章的话语模式其实跟曹聚仁颇为相似，指出如果按沈从文所说，"海派"是一种"商业竞卖"，那么"京派"就是一种"名士才情"，虽然二者都要用钱，但商人是直接赚来的，名士则来得曲折，经过无数机关盘剥百姓，等到了自己手上的时候腥气已经消失，自己也自认为清高了。这样的名士在徐懋庸看来不过是官僚势利之徒罢了：官场得意时，他们就无心也不必意在文学；官场失意之时，就开始作诗弄赋，吟风弄月，成为一个名士。②

"京派"是与统治阶级挂钩的，这个观点在鲁迅那里发展得更加清晰，于是便有了关于"京海之争"那个经典的评述："京派是官的帮闲，海派则是商的帮忙而已。"③ 不难发现，在曹聚仁、徐懋庸、鲁迅的这一系列文章发表之后，论争的焦点发生了变化，对"海派"商业的批判转向了对"京派"政治性的批判，"京派"的角色也从"批判者"变成了"被批判者"，连带着胡适等人一起被拉上了审判台。带着这样的解读，我们再回过头去看一些当事人的态度，之前那些不被注意的观点也逐渐浮出水面，比如说师陀，他多次在谈起这场论争时都认为京、海二者的分歧来自政治问题，而非写作问题④（这一点我们将在后面的章节具体讨论）。

---

① 参见曹聚仁《京派与海派》，《申报·自由谈》1934 年 1 月 17 日。
② 参见徐懋庸：《"商业竞卖"与"名士才情"》，《申报·自由谈》1934 年 1 月 20 日。
③ 鲁迅：《"京派"与"海派"》，载《鲁迅全集》第 5 卷，人民文学出版社 2005 年版，第 453 页。
④ 参见师陀《致杨义》，载师陀著，刘增杰编校《师陀全集》第 5 卷，河南大学出版社 2004 年版，第 102 页。

值得注意的是，将这场论争纳入政治问题的视野下来谈论，已经不局限于"京派"与"海派"之间的矛盾，有不少研究者认为就连苏汶之所以要发声，也是为了借"海派"之名贬损左翼，"其目的是欲将左翼作家于无形中统统纳入'海派'圈子里去"[①]。吴述桥先生也继续发展了这种看法，甚至认为"京海之争"完全是以苏汶为首的"第三种人"针对左翼文学的一次有意的攻击，意图是为了将左翼扣上"海派"的帽子，进而将其排挤出去。[②]

也就是说，"京海之争"蕴含的冲突是多重的，它既来自"京派"与"海派"之间，也来自"海派"的内部；既关涉商业风气对文学的侵蚀，也蕴含着政治态度的分歧，甚至某种程度上还涉及文学场域的竞争问题。这些问题蕴藏在20世纪30年代那场论争里，也被各位研究者以各自的视角捕捉到，但是当我们回归到"京海之争"的原始点时，不禁想问这样一个问题：究竟是什么让这场普通的文学论争变得如此复杂？为什么"京派"的发言人明明是沈从文，但论争中讨论的"京派"却变成了胡适和周作人？这背后是谁定义了"京派"？为什么被点名的"海派"又表示没参加"京海之争"？那么参加的又是谁？为什么沈从文想要讨论的文坛风气问题没有展开，反而被转移到京派"近官"的焦点上来？是谁在转移论争的焦点？

这些问题的答案其实都指向了一个群体——那就是当时与"海派"同在上海的左翼作家。在前文的论述中，笔者为了不那么快揭示出答案，特别隐去了上海发言文人的流派属性。我们不妨在此稍作总结回顾：当沈从文发表《文学者的态度》批判"海派"之后，将"京派"与"海派"并置推上前台的，是曹聚仁；当被点名的"海派"几乎没人发声回应沈从文时，上海的曹

[①] 吴立昌：《论20世纪30年代"京""海"之争》，《南京师范大学文学院学报》2002年第2期。
[②] 参见吴述桥《论"第三种人"在京海之争中的角色及影响》，《文艺争鸣》2011年第17期。

聚仁、徐懋庸、鲁迅、廖沫沙、森堡（任钧）、胡风等人纷纷撰文反驳；当沈从文讨论"海派"文坛风气的时候，鲁迅提出如果"海派是商的帮忙"，那么"京派"就是"官的帮闲"，这番言论直接锤定了"京派"与官僚勾结的关系。曹聚仁、徐懋庸、鲁迅、胡风、森堡等人，他们都有一个共同的身份——左翼文人。左翼非但不是这场论争的局外人，反而成了"海派"发声的主要力量，并且左翼作家的加入对于这场论争的走向、性质都有着重要的影响。如果说前些年"革命文学"论争对左翼文学运动的主体建构还起到了积极推进的作用，那么"京海之争"看上去似乎只是一场不痛不痒的文人笔战而已。参战的左翼文人既没有借此大谈无产阶级文学理论，也没有伺机大肆批判同在上海的"海派"，以巩固左翼自身力量。或许也正是因为此，当下文学史中谈起"京海之争"，很少会将左翼文人的态度作为一个重要研究对象，谈起左翼文学参与的论争，也很少会将"京海之争"纳入其中。如此一来，左翼作家在"京海之争"中的态度往往也被一起忽略掉了。当下关于"海派"的定义和外延已经逐渐扩展，从鸳鸯蝴蝶派、新感觉派到张爱玲等作家都渐渐被纳入"海派"的范畴，在这样的语境中，"海派就是'左联'"的说法自然不可能成立。但是，如果回到"京海之争"的历史语境，不可否认的一点是，当时的左翼文人确实成了"京海之争"中上海方面的主要力量，并且对于这场论争的发展、定性和评说方面起到了不可忽视的作用。

四、文学如何抗战：文学团体的"战时联合"

当时间进入20世纪30年代后半段，局势又一次发生了重要的变化，战争成为时代的主题。在中华民族陷入战争危机、实现民族解放的关键时刻，战争作为时代最大的政治，我们就不能不考虑它的特殊性。如何在统一的意识、高度的组织、最大的效率下获得战争胜利,也是文艺界同人们苦苦思索的问题。如果说在抗战之前,文学话语权的争夺、艺术主张的分歧、文学思想的差异还让各个社团流派处于一种"对抗形态",那么随着抗日战争的全面爆发,这种"对抗形态"便在全民抗战的热潮中逐渐消失,"联合"代替"对抗"成为了新的趋势。

(一)"文协":民族危机下的"社团大联合"

"用着特殊的文笔武器""和全面的战事配合起来"成为这一时期文学发展的主题。抗日救亡的政治运动,需要文艺界形成"统一战线",阶级矛盾在民族危机面前逐渐让位,在政治战略和文学书写中对民族话语进行塑形成为新的风向。国防文学的提出、文协的成立,以及作家在小说中的家国书写都体现出民族话语建构的努力。除了在理论上号召"国防文学"以响应党在战略上的转移外,在组织上,"文协"的成立更是为统一战线的推进提供了重要的支持。作家"不再拘束于自己的狭小的天地里,不再从窗子里窥望蓝天和白云,而是从他们的书房,亭子间,沙龙,咖啡店中解放出来,走向了战斗的原野,走向了人民所在的场所;而是从他们生活习惯的都市,走向了农村城镇;而是从租界,走向了内地……这是一个不小的改变,也还是一个不小的开拓,使文学活动真正的放到了战斗的生活领域中去"[①]。就像老舍所说的那样:"每个工作者到达一处,就像河水中投下一块石,立刻荡起一些文艺的波浪。"[②] 文学与民族命运前所未有地结合起来,民族战争也推动了现代文学的国家化和大众化,"中国的文艺,经此一番巨变之后,将截然地,与以前的文

---

① 罗荪:《抗战文艺运动鸟瞰》,《文学月报》1940年第1卷第1期。
② 老舍:《三年来的文艺运动》,载《老舍全集》第17卷,人民文学出版社2008年版,第265页。

艺异趋,这是可以断言的。以后的中国文艺,将一般地富于革命性,民族性,世界合作性,是毫无疑问的。从前的那些不正确,无实感,有造作性的革命文学,民族文学,必将绝迹于中国的创作界,也是毫无疑问的。所以经此一番抗战之后,中国文艺才真正地决定了与社会合致,与民族同流的可能与必然"①。

为了更有力地团结作家,1938年3月27日,中华全国文艺界抗敌协会(简称"文协")在武汉汉口成立。"文协"的基本宗旨为"联合全国作家共同反对日本帝国主义侵略,完成中华民族自由解放,建设中华民族革命文艺,并保障作家权益",并且号召进一步将文艺大众化:"我们要把整个的文艺运动作为文艺的大众化运动,使文艺的影响突破过去狭窄的知识分子的圈子,深入于广大的抗战大众中去。"②为了充分发挥融入群众的启发者角色,"文协"频繁组织文化工作团、战地慰问团、服务团、访问团、演剧队和抗敌宣传队,开展抗敌文艺活动;提出"文章下乡""文章入伍",推进抗战文学创作,同时还编印抗战宣传材料和通俗文艺书刊;开展街头剧、诗朗诵等大众文艺活动等一系列的工作,希望通过文艺实践来激发受众的主体感觉,进而引发思想上的变化。对于"文协"在抗战中所发挥的重要作用,郭沫若曾这样表示:"抗战以来在中国文艺界最值得纪念的事,便是'中国文艺界抗敌协会'的结成。一切从事于文笔艺术工作者,无论是诗人、戏剧家、小说家、批评家、文艺史学家,各种艺术部门的作家与从业员,乃至大多数的新闻记者、杂志编辑、教育家、宗教家等等,不分派别,不分阶层,不分新旧,都一致地团

---

① 郁达夫:《战时的文艺作家》,载《郁达夫全集》第11卷,浙江大学出版社2007年版,第292页。
② 《发刊词》,《抗战文艺》1938年第1卷第1期。

结起来，为争取抗战的胜利而奔走，而呼号，而报效。"① 郭沫若在《中国战时的文学与艺术》中总结说：在抗日的旗帜下，全中国的文艺工作者不分阶级、阶层、文学流派，为了救亡走到一起，这是一个特殊的现象，也是文学发展将民族命运高度融合的一个体现。"这种战争的艺术性或创造性，集中了人民的意志和一切的力量，特别是对于文学家艺术家们，使他们获得了一番意识界的清醒，认清了自己所从事的文学艺术的本质和尊严……为文艺而战斗，为战斗而文艺，成为了一而二二而一的东西。作家们增强了他们的自信自觉，这些精神便是可能产生高度艺术作品的母胎。"② 拿老舍来说，在抗战前老舍一直游离于政治圈之外。他以善写北京市井生活、直刺国民劣根性而蜚声文坛，在文学与政治关系的主张上，老舍始终坚持的是文学的审美性诉求与非功利的书写态度，认为"以文学为工具，文艺便成为奴性的"③，对于曾经红极一时的普罗文学、革命文学，老舍也直言批评，认为革命文学的倡导者太重视"普罗"，而忘了文艺。但在大时代风雨中，老舍的文学立场也开始发生了巨大的转变。史景迁曾描述老舍这方面的写作情况："1930年回国后，在山东济南的一所大学任教。他对自己所看到的日本侵犯中国的证据感到十分的震惊。他写了一部新小说，是关于一个中国家庭悲剧性地卷入日本的阴谋之中的故事……小说的唯一一份手稿，在1932年1月日本军队轰击上海，炮轰该城时被烧成灰烬。"④ 在"文协"成立后，老舍一反不介入政治生活的旁观

---

① 郭沫若：《新文艺的使命——纪念文协五周年》，载《沫若文集》第13卷，人民文学出版社1961年版，第90页。
② 郭沫若：《中国战时的文学与艺术》，《半月文萃》1942年第1卷第3期。
③ 老舍：《中国历代文说·下》，载《老舍全集》第16卷，人民文学出版社1999年版，第37页。
④ [美] 史景迁：《天安门：知识分子与中国革命》，尹庆军等译，中央编译出版社1998年版，第246页。

姿态,积极参与"文协"的相关工作。从"文协"成立直到抗战胜利,老舍一直是它的积极组织者和实际负责人,为坚持抗日宣传、巩固文艺界抗日统一战线做了大量工作。他曾如此阐释自身文艺观的嬗变:"在抗战时期已无个人可言,个人写作的荣誉应当改作服从——服从时代与社会的紧急命令——与服务——供给目前所需——的荣誉,证明我们是千万战士中的一员,而不是单单给自己找什么利益。"①"文协"号召"文章下乡",老舍便身体力行,创作了大量的通俗文艺作品,其中包括鼓词、旧剧、民歌等。从1938年3月至6月,老舍更是以每月一出戏的速度写出了《新刺虎》、《忠烈图》、《烈妇殉国》(又名《薛二娘》)、《王家镇》等4部抗战剧。正如他所认为的,在战争中,大炮、刺刀当然非常有用,但戏剧小说、鼓词小曲同样有用,"我的笔须是炮,也须是刺刀"②,"我是个国民,我就该尽力于抗战;我不会放枪,好,让我用笔代替枪吧"③。除了在创作上身体力行之外,老舍也自觉地对通俗文艺的理论建设问题进行了思考,撰写了《通俗文艺散谈》《释"通俗"》《制作通俗文艺的苦痛》《抗战中的通俗文艺》等近十篇关于通俗文艺的文论,系统地探讨和总结了通俗文艺的内容、形式以及与新文艺的关系。

(二)"言必抗战"还是"与抗战无关":战时联盟的分歧

在全面抗战的背景下,文学界造就了一种"言必抗战"的文学创作环境,就像茅盾说的那样:"我们目前的文艺大路就是现实主义!除此而外,无所谓'政策'。""遵守着现实主义的大路,投身于可歌可泣的现实中,尽量发挥,

---

① 老舍:《写家们联合起来!》,载《老舍全集》第14卷,人民文学出版社1999年版,第96页。
② 老舍:《八方风雨》,载《老舍文集》第14卷,人民文学出版社1989年版,第287页。
③ 老舍:《八方风雨》,载《老舍文集》第14卷,人民文学出版社1989年版,第287页。

尽量反映——当前文艺对战事的服务，如斯而已。"[1] 然而，在如何最大限度发挥文艺为抗战服务的特殊功能上，即便是在"文协"这样一个大联合的旗帜下，也仍然存在一些认识上的分歧和实践上的难题。从整体来看，绝大多数文艺工作者都认可文艺为抗战服务的基本前提，文艺创作也在短时间内迎来了繁荣，但在这种繁荣的背后，仍然存在着另一股暗流的涌动。文学创作本身的复杂性没有因为抗战的激情而变得简单。

1938 年 12 月，梁实秋应国民党《中央日报》社长程沧波之邀，在重庆担任该报副刊《平明》的编辑工作，并在创刊伊始刊出一则《编者的话》："文字的性质并不拘定。不过我有几点意见。现在抗战高于一切，所以有人一下笔就忘不了抗战。我的意见稍为不同，与抗战有关的材料，我们最为欢迎，但是与抗战无关的材料，只要真实流畅，也是好的，不必勉强把抗战截搭上去。至于空洞的'抗战八股'，那是对谁都没有益处的。"[2] 此言论一发表，立即引起了文艺界的激烈反应。针对《编者的话》，罗荪首先发表《"与抗战无关"》一文，公开对梁实秋提出批评："在今日的中国，想找'与抗战无关'的材料，纵然不是奇迹，也真是超等天才了。"[3] 随后，宋之的、陈白尘等人也相继撰文予以批驳，《新蜀报》《国民公报》《大公报》以及《抗战文艺》等报纸杂志也先后刊载文章直接或间接地参加了讨论。这次论争最终以 1941 年 4 月 1 日，梁实秋"以一种不可言说"之苦不得不宣布辞去《中央日报·平明》的主编告终。

总体来看，这场围绕"文艺是否与抗战有关"的论争，是在抗战文艺

---

[1] 茅盾：《还是现实主义》，《世界知识、妇女生活、中华公论、国民周刊战时联合旬刊》1937 年第 3 期。
[2] 梁实秋：《编者的话》，《中央日报·平明》1938 年 12 月 1 日。
[3] 罗荪：《"与抗战无关"》，《大公报》1938 年 12 月 5 日。

的创作题材层面展开的。梁实秋认为此阶段的文艺创作，不需要局限于所谓的"与抗战有关"，这显然与"文协"的宗旨是相违背的。在"文协"看来，抗日战争的爆发应使"文艺工作者再不应该也再不可能局守于所谓'艺术之宫'，徘徊于狭窄的知识分子的小圈子中"[①]。梁实秋的提倡，或许是源于他自身对文学创作审美性的追求，也或许是对当时"抗战八股"泛滥的不满，这本身是无可厚非的。但是在特殊的战时阶段，这种对创作题材自由的追求与抗战统一战线是背道而驰的，在面对这一场艰巨的抗日持久战上，梁实秋的这番言论是有可能引发精神上的溃散的，这也无怪于"文协"的诸位作家反应如此之大。就连一贯温和的老舍在代表"文协"草拟的《致〈中央日报〉的公开信》中都这样言辞激烈地表示："梁实秋先生个人行动，有自由之权，本会亦无从干涉。唯对于'文坛坐落何处'等语之居心设词，实未敢一笑置之。在梁实秋先生个人，容或因一时逞才，蔑视一切，暂忘团结之重要，独蹈文人相轻之陋习，本会不欲加以指斥。不过，此种玩弄笔墨之风气一开，则以文艺为儿戏者流，行将盈篇累牍争为交相谇诟之文字，破坏抗战以来一致对外之文风，有碍抗战文艺之发展，关系甚重；目前一切，必须与抗战有关，文艺为军民精神食粮，断难舍抗战而从事琐细之争辩。"[②] 即便老舍其实很早也察觉到了抗战文艺存在的一些问题："抗战以来的文艺，无论在哪一方面，都有点抗战八股的味道。"[③] 联盟的形式、方向的统一，一方面可以以高效的形式组织起分散的资源，最大限度地发挥文艺的功效，以应对"战时"这样特殊的处境，但另一方面也会带来写作上的同质化和公式化。虽然在这场

[①] 《全国文艺界抗敌协会成立大会》，《新华日报》1938年3月27日。
[②] 罗荪：《〈抗战文艺〉回忆片断》，载上海文艺出版社、《中国现代文艺资料丛刊》编辑组编辑《中国现代文艺资料丛刊》第1辑，上海文艺出版社1962年版，第210页。
[③] 老舍：《制作通俗文艺的苦痛》，《抗战文艺》1938年第2卷第6期。

论争中，梁实秋以告辞的姿态败下阵来，但是他在告辞之后创作出的《雅舍小品》可以视为他对这一事件的隐性表达："对于'抗战文艺'，我愧无贡献，我既不会写，也不需要我写。就是与抗战无关的文学作品，我也没有成绩可言……此外便是给刘英士先生主编的《星期评论》写了一些短文，以后辑成《雅舍小品》。"[①] 从这个角度来看，《雅舍小品》给我们带来的也不仅仅是一种淡然，也蕴藏了梁实秋对"文艺与抗战"关系的一次隐性抗争。

---

① 梁实秋：《回忆抗战时期》，载《梁实秋文集》编辑委员会编《梁实秋文集》第5卷，鹭江出版社2002年版，第229—230页。

第三章

地缘因素与文学社团的谱系分布

中国现代文学社团的蜂起与地缘因素紧密联系，不仅社团的兴起受到同乡的影响，社团的分布也呈现出明显的地缘特征。现代文人社团的历史地理分布呈现出中心北移、多点开花的局面。晚清时期的文人结社集中在江南一带，新文化运动之后，文人社团的中心逐渐向京、沪转移，同时湖湘、福建、云南、岭南等地域性文人社团也涌现出来，在各具特色的地缘文化的基础上发展了新文学的社团。在文学创作上，地域文人的结社行为对新文学文坛的地域文化格局及其发展趋势产生了深刻的影响，形成了江浙、北京、上海、巴蜀、岭南、福建、湖湘、东北等不同的文学区，体现出多点分布的格局。"我们的文学史相当程度地忽视了地域的问题、家族的问题，忽视了作家的人生轨迹的问题。这些地域、家族、作家的人生轨迹和他们的社会交往，对作家的文学生命的形态的形成和变异起到很大的作用，这是不应该忽视，而应该受到力求绘出中国色彩的文学地图的人们高度重视的。"[1] 中国现代作家的地理分布特征影响了个体的文学创作，更为重要的是，不同地域的文学圈层影响下形成的中国现代社团的格局，丰富了现代文学流派和思潮。

一、同乡·同人·同盟

在中国传统社会的发展过程中，乡土亲谊对于社会生产、文化聚合有着

---

[1] 杨义：《重绘中国文学地图通释》，当代中国出版社2007年版，第5页。

重要的影响，特别是同门、同籍的联系往往使得文化发展呈现出地域的整体特征。自古以来，传统的地缘人际与其形成的文化关系网本就是一体两面的体现，虽然清末民初的中国处于由传统社会向近代社会转型的过渡阶段，但传统的地缘人际纽带仍发挥着重要的作用，新文化、新文学的肇始往往与某一地聚合的文化传统、相似的文化风格和相通的文化理念有关。现代文学社团的兴起与发展，其组织结构中往往受到同乡因素的影响。一个地域的文人因为相似的文学追求、相同的文化背景聚合在一起，形成同人团体，在这样的组织单位中，进行文学创作，彼此进行文学启发，更进一步加强了彼此之间的联系，就形成了社团同盟，因此，我们看到《新青年》里的安徽人、文学研究会里的浙江人、语丝社里的绍兴人等以其同乡的文化血脉，凝聚在一起，促成了新的文学生产。

（一）《新青年》里的安徽文人群

《新青年》作为新文化运动中的核心阵地，其撰稿人队伍的籍贯、早年经历和政治活动往往有着同乡之间的联系。在《新青年》早期撰稿人队伍的聚合中，地缘、人际关系乃是不可忽视的重要因素。陈独秀作为《新青年》的主编和发起人之一，以他为代表的皖籍新文化同人对新文学运动产生了集中、深远的影响。"《新青年》自初创以迄于首卷六期，杂志性质基本上可称之为以陈独秀为中心的皖籍知识分子的同仁杂志。"[1] 尽管《新青年》在迁到北京，以北京大学作为主阵地时，采取了同人分编的组稿方式，但是《新青年》早期的篇目安排与文章风格，则呈现出陈独秀的个人色彩和其所处地域的文化色彩。据统计，《新青年》第 1 卷出现的撰稿者共 18 位，除彭德尊、汝非、

---

[1] 陈万雄：《五四新文化的源流》，生活·读书·新知三联书店 1997 年版，第 82 页。

谢鸿、方澍、孟明、李穆、李亦民、萧汝霖等生平不详者外，已经查知生平者有 10 位；而在这 10 人中，属于皖籍的就有 7 位，其中包括高一涵、汪叔潜、刘叔雅（文典）、潘赞化、高语罕、陈嘏和陈独秀。[①]"《青年杂志》首卷作者有名有号可考诸人中，只谢无量和易白沙非安徽籍"[②]，即便是谢无量和易白沙并非安徽籍，但谢、易二人与安徽有着千丝万缕的联系，深受安徽地域文化的浸染。清末民初，这些安徽籍和非安徽籍的撰稿人曾长期在安徽从事革命活动，与陈独秀建立了或深或浅的友谊，随后自然而然加入陈独秀倡导的文学革命的队伍中。其中如潘赞化[③]、汪叔潜[④]、高语罕[⑤]等还曾在辛亥革命前与陈独秀一起参与反清革命活动，在民国初年共同参与了反袁运动。而高

---

① 参见杨琥《同乡、同门、同事、同道：社会交往与思想交融——〈新青年〉主要撰稿人的构成与聚合途径》，《近代史研究》2009 年总第 169 期第 1 期。
② 汪杨：《新文化运动与安徽》，安徽大学出版社 2014 年版，第 97 页。
③ 潘赞化（1885—1959），安徽桐城人。清末即与陈独秀在安徽芜湖一带从事反清活动。"二次革命"后流亡日本，后赴云南参加护国讨袁运动。参见李公宸《辛亥革命在安徽》，载中国人民政治协商会议全国委员会文史资料研究委员会编《辛亥革命回忆录》第四集，文史资料出版社 1981 年版，第 387 页。
④ 汪叔潜，生卒年不详，留日期间参加同盟会，后在皖从事反清革命活动。民国成立后，当选为第一届国会众议院议员。1915 年，在上海成立通俗图书局，创办《通俗》杂志，进行反袁宣传。《新青年》创刊后，曾与陈独秀协商，拟与亚东图书馆、群益书社等联合成立出版社。参见汪孟邹《梦舟日记》（1915 年 6 月 22 日），转引自沈寂《陈独秀传论》，安徽大学出版社 2007 年版，第 347 页。
⑤ 高语罕（1888—1948），安徽寿县人。辛亥革命爆发后，与韩衍、易白沙等组织安徽"青年军"。五四时期安徽新文化运动的主要推动者之一。参见李宗邺《回忆高语罕》，《芜湖党史资料》1983 年第 3 期。

一涵^①和刘文典^②两位，也曾参与过安徽的革命活动，章士钊创办《甲寅》杂志后，又与陈独秀同为《甲寅》杂志的撰稿人。而陈嘏是陈独秀长兄孟吉之子，《青年杂志》从创刊始，即发表其译作，并使其担任该刊英文编辑。

我们熟知的是，《新青年》群体中的浙江籍文人，尤其是 1918 年以后，江浙籍文人在《新青年》中起到了"挑大梁"的作用，但是回溯《新青年》早期，可以发现作为一场新思想、新文化革新运动，它最初所依赖的则是传统的地缘人际网络关系，而这种地缘人际关系还并非后来的江浙文化，而是以发起人陈独秀为代表的皖文化。《新青年》是以陈独秀为首的皖籍知识分子为主初办的同人杂志，且互相间有共事革命的背景；随着《新青年》的创刊，在陈独秀的周围迅速地集结了以皖籍进步青年知识分子为主的作者队伍。值得注意的是，陈独秀借由与自己有过革命友谊和相似文化观念的"同乡人"凝聚起了《新青年》最初的依靠力量，但是一定程度上也局限了《新青年》的视野。以往常常将《新青年》视作新思想、新观念的代表和旗帜，但是从社会史的角度看，《新青年》撰稿人队伍的聚合却显出其"旧"纽带的作用，与旧传统、旧文化之间密不可分。在《青年杂志》第 1 卷第 1 号上，汪叔潜撰有《新旧问题》一文，指出当时的中国是"上自国政，下及社会，无事无物，不呈新旧之二象"。^③但新旧之间的界限又不分明："旧人物也，彼之口头

---

① 高一涵（1885—1968），安徽六安人。1913 年，留学日本，次年，为《甲寅》杂志撰稿。1916 年，与李大钊组织"神州学会"。《新青年》早期他是仅次于陈独秀的主要撰稿人。参见高一涵《回忆五四时期的李大钊同志》，载中国社会科学院近代史研究所编《五四运动回忆录》（下），中国社会科学出版社 1979 年版，第 339—342 页。

② 刘文典（1889—1958），字叔雅，安徽合肥人。1909 年，赴日留学。1912 年回国后，任《民立报》编辑。"二次革命"后流亡日本。《甲寅》杂志撰稿人。

③ 汪叔潜：《新旧问题》，《青年杂志》1915 年第 1 卷第 1 号。

言论，则全袭乎新；自号为新人物也，彼之思想方法，终不离乎旧。"[1] 这种新旧杂糅的特征，在《新青年》身上同样存在，尤其在它创刊的初期，新的理念、新的思维模式，但往往借用的又是旧的组织方式，《新青年》借用了地缘因素形成的聚合，随后必然随着文化革新的需要调整自己的组织模式。因此，在文学革命开始后不久，《新青年》的作者群开始逐步扩大，如河北的李大钊，湖南的杨昌济，广西的马君武，四川的吴虞，浙江的钱玄同、蔡元培、周作人、周树人、沈尹默等纷纷加入其中。但是，尽管《新青年》快速地吸收了不同地域的作家加入，但《新青年》依旧有着同乡的"惯性"，第二卷中仍有不少安徽籍作者，比如绩溪人胡适、桐城人光升、休宁人程宗泗以及怀宁人程演生等。而那些非皖籍的撰稿者们，则与陈独秀关系熟稔或有过一定的交往，依旧是一定圈子里的《新青年》，同人的性质则一定程度上体现在了较为集中和固定的圈层中。比如，苏曼殊，其"生平第一个得力的朋友，是仲甫"[2]。以《新青年》为中心，皖籍知识分子们得以在省外的领域再一次地聚合在一起，他们不仅是新文化运动的缔造者和创新者，更是新文化的大力传播者和深入实践者。

（二）文学研究会与浙江文人群体

对新文学的发展产生过巨大影响的还有浙江文人群体，特别体现在文学研究会中的浙江籍作家群体上。仔细辨别会发现，浙籍作家几乎占据现代文学的半壁江山，从地域上看，可谓现代文学史中最为活跃的群体，也是推动现代文学发展最为用力的群体。这一方面得益于晚清以来浙江口岸通商便利

---

[1] 汪叔潜：《新旧问题》，《青年杂志》1915年第1卷第1号。
[2] 柳无忌：《苏曼殊及其友人》，载柳亚子编《曼殊全集》第5册，北新书局1929年版，第77页。

带来的近代化，另一方面来自晚清以来浙江良好的传统文化根底。作为中国第一个大型新文学社团，文学研究会的12位发起人中，有6位是浙江人（周作人、郑振铎、沈雁冰、蒋百里、朱希祖、孙伏园），《文学研究会宣言》由周作人起草，在文学研究会的成立大会上"推蒋百里君主席。首由郑振铎君报告本会发起经过"[1]。由此看出，在文学研究会的成立过程中，浙江作家担负着实际领导者的角色，起着聚合各路作家的核心作用。在钱理群等著的《中国现代文学三十年》中，以100字以上（约4行）的连续篇幅重点介绍的作家约165位，其中浙江籍的作家有33位，约占总数的20%。范伯群著《中国近现代通俗文学史》中以1页以上篇幅介绍的60多位作家中，浙江籍的作家有7位，分别是萧山的蔡东藩，天台的陈慎言，绍兴的朱贞木，宁波的孙了红，杭州的陈蝶仙、陈小蝶，慈溪的徐訏。[2] 无论是严肃文学还是通俗文学，现代文学的发展中，浙江籍作家都大大贡献了自己的力量。

进一步分析会发现，"为人生"的文学主张和提倡现实主义的文学理念，是文学研究会作为新文学社团的核心观念和要领，而其理论主张大率由浙江作家提出，这体现出浙江作家对文学研究会方针的根本指导意义。周作人在"宣言"中提出"我们相信文学是一种工作，而且又是于人生很切要的一种工作"，其后沈雁冰发表《文学与人生》，郑振铎发表《文学的使命》等文，进一步阐说"宣言"确定的任务，奠定了该会的理论基石，使该会的创设有着明确的方向与路标。尽管文学研究会成员复杂，会员的创作倾向并不完全一致，但他们在"为人生"的旗帜下集结，保证该会从成立开始便有着自己的鲜明特色，使之成为中国新文学中一个典型的现实主义文学社团，这与它的

---

[1] 参见《文学研究会会务报告（第一次）》，《小说月报》1921年第12卷第2号。
[2] 参见朱利民《文化浙商与中国现代出版文化构建》，浙江工商大学出版社2018年版，第34页。

创始人周作人、沈雁冰等浙江作家的理论导向密切相关。其中沈雁冰所起的作用是更为突出的。他既是该会的机关刊物《小说月报》的主编，又是当时名重一时的文艺批评家，发表了在所有文学研究会作家中数量最多的文艺批评文章，为该会实施既定的创作方向产生了深层的影响。文学研究会存在近十年之久，会员扩充到130余人，成为新文化运动中影响显著的社团，其中浙江作家的贡献无疑是首屈一指的。

二、文学社团与现代地域文学格局的形成

中国现代文学的发展，在时间上呈现阶段性的发展，在空间上呈现出地域性的特征。对中国现代文学影响颇大的社团，也受到了不同地域文化的影响，其中有江南文化对江浙作家群的影响、西南文化对川蜀作家群的影响，还有东北文化对东北作家群、晋文化对赵树理以来的山药蛋派的影响。文学社团一方面依托地域文化得以凝聚和分化，另一方面随着各个社团作家的创作，进一步加深了某一地域文化为特征的现代地域文学。如果对中国现代文学作一鸟瞰，便可以发现，在地域性的作用下它十分清晰地呈现出板块状态。依照这些板块对中国现代文学发展的重要性以及其本身的规模，可以将它们排列为江浙文学、湖南文学、京派文学、海派文学、四川文学、晋陕文学、山东文学、东北文学等，每一块以地域标记的现代文学，都具有其地域历史文化特色，并且形成了新文学创作中的新的风景。在中国现代文学史上，一个地域就是一面风景。一部现代文学史就是由这些风景构成，而每一个地域都有自己的一种性格，一部现代文学史就是一个性格复杂的生命体。

（一）江浙文学传统与现代江浙作家风格

江南文化可以看作是中国古代抒情审美风格的主要展现者和演绎者，江南文化的抒情传统流淌进了现代文学的风格旗帜中，同时现代文学又对此进行了新的阐释、发展和建构，不仅承接了江南文化抒情传统中的含蓄、蕴藉、富有韵味和悠远的情感脉络，同时面对中国社会现代的境况、现代人的心灵和思想，为其增添了新的审美格调和时代内涵。20 世纪，中国是在一种充满了屈辱和痛苦的情势下走向世界的，中国的文化亦是如此，中西双方并未在平等和开放的基础上实现交流和借鉴，因此，中国近现代文化既有它充满危机的温床，又有自身忧患感伤的历史基调。中国人首先面临的就是传统社会秩序的解体，而遭遇的空前的意义危机，这种危机意识埋伏在现代中国人的生命中，更深刻地蛰伏在现代作家的精神世界和心灵底色中。因此，几百年来江南文化中的高贵典雅、雍容大方的抒情格调，自然要应对时代的气质进行调整和适应。江南文化中的闲适、从容转换为唤醒民众摆脱危机和苦难的思想文化启蒙的重任，书写民族的苦难，关注民众的精神痛苦，成为现代文化的大势所趋。往深了说，江南文化在传统中所依托的贵族性、古典性，不得不调整为关注底层、注视苦难。那种从传统士大夫阶层中生长出来的抒情格调、文人品性俯下了身子，扎根进了泥土，从而感知到了精神生命全方位的扭曲和苦痛。在这个过程中，又能看到江南文化对底层、苦难、命运的诗性书写，一种更高的人道主义的浪漫和理想情怀，江南文化为中国现代文学发展作出了独特的历史贡献。

从历史上看，江南之地自南宋之后，得到了极大的开发，无论是政治、经济，还是文化艺术都走向了空前的繁荣，成为中国社会发展的重心所在。自近现代以来，江南之地凭借着便利的水利运输、临海交通，依托着悠久的历史经济基础和物质积累，在开埠通商、新建学堂、兴建工厂、出国交流等多方面具有得天独厚的优势，因而，江南文化圈中的现代作家，不仅敏锐地率先感知到"天下未有之大变局"，并且怀有深沉的民族忧患意识，以敢为天下先的方式，推动和参与着中国近现代社会中一系列的变革。在新文化、新思想的推广方面，现代江南作家密切关注社会，主动参与现实，积极建设新的社会文化。中国文学史上一场声势浩大的文学革命便有许多江南文人的助力，他们成为整个现代文学史上阵容强大的作家群体，书写了变革时代现代中国人的心灵情感。

自"五四"以来，江浙出了众多著名作家，他们都是某一个方面的代表人物或领袖，在文体创作或者自我风格塑造上，有自己的独特意义。如鲁迅，是新文学革命的集大成者，在小说、杂文等方面都具有开拓意义；如周作人，是"人的文学"的倡导者、现代美文的开路人；如茅盾，是文学研究会的主帅、社会剖析小说的领袖与开拓者；如徐志摩，是新月派的领袖、新格律诗的倡导者；如郁达夫，是创造社的主将、自我抒情小说的开创者；如朱自清，是文学研究会的主将、现代美文最高成就的体现者；如周瘦鹃，是鸳鸯蝴蝶派的主将；如艾青，是与郭沫若并立的自由诗的高峰；等等。如果说五四时期文学的天空是群星璀璨，那么这幅星空图中江浙作家则是耀眼的星群。而江浙作家深深浸润在江南文化的传统之中，并且以艺术性创造进行了转换。从地域性的角度切入考察中国现代文学的品格构成及色彩构成，对于了解它的生成与发展是十分有意义的。正是这些迥异的地域性格构成了现代文学的丰富性与复杂性，显示了它的生命力。

以鲁迅的杂文为例，被视为"前无古人后无来者"的杂文写作，其风格也深植在越地的历史文化之中。鲁迅对于文体的创造性建设尤其体现在他的杂文写作中，以往我们常强调鲁迅杂文匕首投枪式的笔法、冷嘲热讽的笔调，对鲁迅杂文这种以一击置敌于死地的性格有深刻的体会，但是鲁迅杂文笔法的形成其实也有地域性。蒋梦麟对此曾作过解释:"'刑名钱谷酒,会稽之美。'这是越谚所称道的。刑名讲刑法,钱谷讲民法,统称为绍兴师爷。宋南渡时把中央的图书律令,搬到绍兴。前清末造,我们在绍兴的大宅子门前常见有'南渡世家'匾额,大概与宋室南渡有关系。绍兴人就把南渡的文物当吃饭家伙,享受了七百多年的专利,使全国官署没有一处无绍兴人,所谓'无绍不成衙',因为熟谙法令律例故知追求事实,辨别是非;亦善于歪曲事实,使是非混淆。因此养成了一种尖锐锋利的目光,精密深刻的头脑,舞文弄墨的习惯。相沿而成一种锋利、深刻、含幽默、好挖苦的士风,便产生了一部《阿Q正传》。"[1] 蒋梦麟的此番考证,令人意识到鲁迅杂文的笔法与绍兴地域文化有密切的关系。

除了鲁迅之外,江南文化给予江浙作家的滋养更多的是一种诗性的审美品格。几百年历史中,江南文化在艺术传达上,形成了追求物象的明丽、情感的细腻,追求唯美色调和感伤情怀的独特品性。李泽厚认为:"重点展示的是内在的智慧,高超的精神,脱俗的言行,漂亮的风貌;而所谓漂亮,就是以美如自然景物的外观,体现出人的内在智慧和品格。"[2] 江南文化无疑具有这样的品性,江南之地的自然景观与人文情愫在几百年的历史文化中成为审美的对象,成为江南文学中的独特表达,同时涵养了江南文人的精神气质,当他们在经历人生的起伏时,自身的思想抱负、情感跌宕投射到江南的自然与人文底蕴中,通过审美艺术的表达,转换为另外一种文化资源,这样的传递过程,在江南之地生成和发展了数百年,独属于江南文化的审美意识特征和诗性的审美品格由此生发、积淀、传承。

---

[1] 蒋梦麟:《西潮·新潮:蒋梦麟回忆录》,新星出版社2016年版,第302—303页。
[2] 李泽厚:《美的历程》,生活·读书·新知三联书店2017年版,第85页。

除却鲁迅这一座现代文学的高峰外，自新文学诞生以来，江南地区走出了庞大的现代作家群，他们形成了一种"井喷"的创作态势。其中还包括茅盾、周作人、郁达夫、徐志摩、朱自清、丰子恺、戴望舒、柔石、施蛰存、夏衍、艾青、穆旦……他们在面对20世纪急遽变化的社会时，表现出了一种积极、主动、进取的精神状态，他们以深沉的抒情方式、精细的艺术表现手法，描摹和刻画人性，挖掘蛰伏在国民心理、江南文化中浸润的风俗民情，使其成为现代作家的创作素材。他们善于剖析隐藏在其中的文明劣根性和精神疾苦，从而形成了独特的对压抑情感和苦闷情感的书写特色，形成了坚韧、沉郁的风格类型。同时，因为过早接触"个性""平等""自由"等现代价值，现代作家对个人主体的关注更加独到和深刻，他们对现实人生有着深切的感悟，文学中所呈现的主体的精神状态更加细致精要。

在现代江南文人群体中，"白马湖作家群"在一众的"现代"作家之外，他们将具有深重的历史责任感的"五四"的文化精神与江南文化特有的隐逸情怀和个性自由结合得自然、巧妙。从精神传统和气质品性来看，"白马湖作家群"深受江南文化的影响。因为身处白马湖，天然的自然环境为他们提供了一个相对空旷、"封闭"的创作环境。外面的世界是急剧变动的社会，是一个瞬息万变的大舞台，而白马湖是一个边角，但又是一个具有文化涵养的边角。"白马湖作家群"的文学创作整体上呈现出相对稳定的、如山水般平和澹泊的美学倾向，他们的"共名"已经体现出一种灵气十足、淡泊自然的风格。他们一方面将白马湖作为精神依托，同时又将其充分审美化、文学化，进行再表现。

江南文化对江南作家的涵养还体现在其对柔美风格的表现和中意上。江南的"水文化"血脉，使这一方空间在弥漫着蒙蒙水汽的同时，也表现出"女性化"的审美倾向。"女性化"已然超脱日常生活的性别含义，具有一种文化的象征，代表着古典、蕴藉、温柔、大方的审美追求。费振钟认为"20

世纪以来,江苏男性作家在他们的作品里普遍显出对女性的欣赏和关怀,从总体上看,它是使'女性'因素内向或内质化,亦即直接以'女性化'的审美意识影响和作用于作品的构成"[①]。"白马湖作家群"的创作中便有许多抒情的文字,带有柔美的风格,特别是在散文中表现出的江南气韵,为现代文学贡献了独特的抒情笔调。

　　白马湖作家的文章常常表现为一种静穆的美、超然的美,可以说是一种比较适于保守的退隐心态的美学风格,与当时的时代主潮相比,可说是很不一样的。但实际上,白马湖作家从未真正地隐居,并未走向单纯的文学审美的空间中故步自封,而是"身在其间"而"心在其外",他们短暂地隐于东山,守在春晖,为了"教育理想、与老友相聚和远离都市喧哗"。经亨颐曾敬告春晖师生:"白马湖不是避人避世的桃源,是暂时立于局外,旁观者清,不受牵制,造成将来勇猛的生力军的所在。"[②]而"白马湖作家群"在整个新文化的氛围中留下的文化立场则是"比起那种纯然阳刚硬朗、大开大阖的风格要机巧柔和得多、含蕴稳健得多、有韧性得多",这也和江南之地特殊的文化环境密切相关。"白马湖作家群"契合了陈思和所言的"二十世纪开始,许多知识分子都是集学问、教育、出版于一身,在三方面同时为现代文化建设做出了贡献"[③]。"白马湖作家群"几乎人人都有着十分丰富的编辑经历,如叶圣陶就是其中的代表。叶圣陶曾任商务印书馆、开明书店编辑,他长期参与各类报刊的编辑工作,同时担任教科书与国文读物的编纂工作,民国时期的《国文百八课》《文章讲话》《初中国文教本》和《开明新编国文读本》等都经过

[①] 韩松林主编,费振钟著:《费振钟文学评论选》,江苏凤凰文艺出版社2017年版,第163页。

[②] 经亨颐:《勖白马生涯的春晖学生》,载浙江省上虞市政协文史资料委员会编《白马湖文集》,1993年,第226页。

[③] 陈思和:《告别橙色梦》,广东人民出版社2018年版,第447页。

了叶圣陶的编辑。叶圣陶将他的教育理念也投射到编辑工作中。"白马湖作家群"不仅在白马湖这一空间实践着新的教育机制,力图保持教育的独立性,同时也在教育之中继续践行着新文化、新文学的理念。

(二)巴蜀文化与新文学中的西南特色

20世纪20年代初、中期是民族新文学在各个领域开始全面建设的重要时期。在这一时期,巴蜀作家不仅积极参与了新文学的全面建设,而且在诗歌、话剧、散文等领域发挥了奠基开派的重要作用。巴蜀文化滋养了一批现代文学中的巴蜀作家,以郭沫若、巴金、李劼人、沙汀、艾芜、罗淑等为代表,他们沉浸和搜集自己独特的地域感受,开掘着乡土题材,同时又注目着时代问题。郭沫若称李劼人的小说是"小说的近代《华阳国志》",是"四川大绸"。巴金也这样赞扬:"只有他才是成都的历史家,过去的成都都活在他的笔下。"[1] 而何其芳的诗歌和散文都受到了晚唐五代花间词风的影响,西蜀《花间集》浓丽的色彩、雕琢的语言引起他莫大的兴趣,这也是一种地域感受,一种对地域文学传统的深刻感受。

郭沫若是从夔门走出的巴蜀才子,作为中国新文学第二大社团——创造社的主要发起者和核心人物。如果说胡适的《尝试集》是语言上的第一部新诗集,那么郭沫若的《女神》却是真正意义上的第一部新诗集,它集中而强烈地表现了五四时代精神,震撼了一个时代和这个时代的热血青年,首开一代豪放雄健的诗风和自由体诗的艺术先河,成功构筑了中国新文学发展史上浪漫主义的第一座艺术高峰,为中国诗歌开辟了一个新时代。

《女神》在文学史上的卓越地位是不容否定的。闻一多也认为《女神》不

---

[1] 谢扬青:《巴金同志的一封信》,《成都晚报》1985年5月23日。

仅在艺术上与旧诗词相去甚远,"最要紧的是他的精神完全是时代的精神——二十世纪底时代的精神。有人讲文艺作品是时代底产儿。《女神》真不愧为时代底一个肖子"①。那么,郭沫若的《女神》是如何与巴蜀的地域特色联系在一起的呢?这主要是巴蜀的历史底蕴、人文传统给了郭沫若文学创作风格上的极大滋养,巴蜀的山水更是养成了他俯仰天地的开阔胸襟。1923年,远在日本的郭沫若在给成都草堂文学研究会的信中就写道:"吾蜀山水秀冠中夏,所产文人在文学史上亦恒占优越的位置。工部名诗多成于入蜀以后,系感受蜀山蜀水底影响,伯和先生的揣拟是正确的。"②郭沫若还以故乡的河流"沫水""若水"作为笔名。郭沫若在《我的童年》中,将家乡风物注入文学创作:"大渡河流入岷江(府河)处的西南岸,耸立着一座嘉定府城,那在乡土志上是号称'海棠香国'的地方,但那种有香的海棠在现在是已经绝了种了。从嘉定的大西门出城差不多完全是沿着大渡河的西南岸走,走不上十里路的地方,要渡过流入大渡河的雅河(这大约是古书上的若水)。再往南走,在离城七十五里路远的一个市镇,名叫沙湾,那便是我的故乡了。沙湾的市面和大渡河两岸的其他的市镇一样,是一条直街。两边的人家有很高而阔的街檐,中间夹着一条仅备采光和泄水用的窄窄的街心。每逢二、四、七、十的场期,乡里人负担着自己的货物到街上来贩卖。平常是异常清冷的街面,到这时两边的街檐便成为摩肩接踵的市场了。场的西面横亘着峨眉山的连山,东面流泻着大渡河的流水,乡里人要用文雅的字眼来形容乡土人物的时候总爱用'绥山毓秀,沫水钟灵'的字句。"③因而,在《少年时代》和《学生时代》

---

① 闻一多:《〈女神〉之时代精神》,《创造周报》1923年第4号。
② 沫若:《通讯:草堂社诸乡友:奉读草堂月刊第一期……》,《草堂》1923年5月第3期。
③ 郭沫若:《我的童年》,载郭沫若著作编辑出版委员会编《郭沫若全集·文学编》第11卷,人民文学出版社1992年版,第8—9页。

两部作品中，郭沫若都是以蜀人、蜀事、蜀地为题材，讲述了个人求学和走出夔门的经历，更为广角度地描绘了20世纪前30年巴蜀的历史背景、自然风光和社会生活。因而，在创作《女神》时，虽不言巴蜀，但是其风格与气质总是让人想到巴蜀之地起伏的山川、奔腾的大江、跌宕而壮阔的社会现实。在《凤凰涅槃》中，把一切投入烈火、与旧世界决裂的英雄气概，毁弃旧我、再造新我的痛苦和欢乐，既是与五四精神一脉相通，同时也与巴蜀的气魄、洒脱的精神品质相连。

除郭沫若外，还有康白情、吴芳吉、周太玄、王光祈、邓均吾等巴蜀诗人，在新诗初创的时期，他们共同为中国新诗的建设作出了可贵贡献。康白情是新诗社的扛鼎诗人，他与袍哥文化、袍哥文化精神的关系尤显复杂，他的人生经历、社会活动与袍哥文化联系紧密。康白情在1919年和1920年间，倾情于新诗创作。其诗集《草儿》在当时的影响仅次于胡适的《尝试集》和郭沫若的《女神》，而与俞平伯的《冬夜》齐名。相较于新诗初创时期的其他诗人，康白情能充分发挥白话的生命活力，在意境创造上也独步一时。因而朱自清感叹说，在当时"似乎只有康白情先生是个比较纯粹的抒情诗人"[①]。除了创作参与中国新诗建设外，康白情还以《新诗的我见》等文章，对现代诗学建设作出了可贵奉献。康白情的家乡四川安岳近现代以来袍哥发展迅猛："清至民国，全县52个乡镇共有仁、义、礼字号袍哥154个公口，各行业约6万多人参加。"[②] 康白情的祖辈是清初湖广填四川的移民，康白情的父亲是晚清的贡生，因参加袍哥而不曾上进，而康白情9岁便加入了袍哥"仁"字义安公。1922年2月，他写有《洪盟》四章，该诗为："南山有桐，鸟集其枝。

---

① 朱自清：《荷塘月色：朱自清散文集》，百花文艺出版社2017年版，第308页。
② 四川省安岳县志编纂委员会编纂：《安岳县志》，四川人民出版社1993年版，第811页。

君子有朋，兄姊与之。瞻天父兮！瞩地母兮！君子有朋，永其侣兮！夫妇衣服，兄姊手足。衣服之敝，尚可缝也；手足之折，不可易也。落机苍苍，密河泱泱；洪盟皇皇，于世有光。患难相将，安乐无忘！"①参加袍哥的独特经历使康白情的人生深具传奇色彩。

艾芜的创作中较为系统和全面地展现了中国西南的独特自然环境。因为曾有川滇、滇缅一带漂泊流浪经历，艾芜的《南行记》立足于巴蜀，但是又突破了巴蜀，辐射到了整个西南文化区域。在《南行记》中，云贵川地区的自然风貌，群山起伏、江河湍流成为他绵延不尽的文字。艾芜更为宝贵的是给中国现代文学的地域版图展现了一幅原始、野蛮同时充满生命力甚至是异域风光的西南风景图。在这样的氛围中，艾芜关注的依旧是人民的生存，他写出"像病了的水牛，一条条躺在荒漠的天野里——这就是云南东部的山呵，可怕的山呵"②的文字，配合着西南独特的风光，呈现出现代人生的肃杀、艰难和野蛮。

浅草社、沉钟社的主要发起人和成员主要也是来自巴蜀，如陈炜谟、陈翔鹤、林如稷、邓均吾和赵景深等。因此，这实际上就是以蜀中作家为主的两个文学社团。这两个文学社团具有与创造社相近的艺术倾向，所办《浅草》季刊与《沉钟》周刊在当时也颇有影响。鲁迅曾指出："他们的季刊，每期都显示着努力：向外，在摄取异域的营养，向内，在挖掘自己的灵魂，要发见眼睛和喉舌，来凝视这世界，将真和美歌唱给寂寞的人们。"③在创作中，邓均吾以诗歌为主，陈炜谟、陈翔鹤、林如稷和赵景深等则以小说为主。他们的作品于朴实中带着悲凉，并有着浪漫主义色彩。尽管时值乱世风云，但《沉

---

① 康白情：《洪盟》，载《河上集》，亚东图书馆1924年版，第13—14页。
② 艾芜：《边地夜记》，贵州教育出版社2002年版，第29页。
③ 何一民、王毅主编：《成都简史》，四川人民出版社2018年版，第370页。

钟》周刊一直坚持到1934年才告停刊，因而被鲁迅称为"确是中国的最坚韧，最诚实，挣扎得最久的团体"[①]。

在中国新文学发展史上，巴蜀作家对现代戏剧的贡献是持久而显著的。继曾孝谷之后，在20世纪20年代为中国现代戏剧建设再立新功的主要是郭沫若和蒲伯英。郭沫若以他的"三个叛逆女性"成为中国现代历史剧的开拓者，并一开始就体现了一种浪漫抒情风格和古为今用、"失事求似"的史剧观。他在卓文君、王昭君、聂莹这3个历史人物身上，灌注了追求人的尊严、反对封建礼教、蔑视封建皇权、向往自由和舍身为国等鲜明的五四时代精神，表现了一种和《女神》共振的主旋律。与郭沫若不同，蒲伯英在本时期的最大贡献是致力于传统戏剧向现代戏的改革。他提出的艺术要自由创造、教化的艺术和以民众精神为动力等一系列戏剧改革主张，在当时的中国戏剧界产生了较大影响。

从地域文化来看，巴蜀文学有其较为固定的地理范畴，但是在现代作家的笔下，往往又从巴蜀写开，观照到整个西南地区。从现代社会的发展历程来看，西南文化片区在现代中国无疑有着鲜明的民族特色、地域风情和独树一帜的民风民情。在现代新文学诞生的历程中，西南文学首先是以一种迥异于主流文学的边地"异质色彩"吸引人们的关注。蹇先艾的《水葬》《在贵州道上》等小说，散发着浓郁的边地色彩，因而鲁迅说"他所描写的范围是狭小的，几个平常人，一些琐屑事，但如《水葬》，却对我们展示了'老远的贵州'的乡间习俗的冷酷，和出于这冷酷中的母性之爱的伟大，——贵州很远，

[①] 中山大学中文系鲁迅研究室编：《鲁迅论中国现代文学》（下册），中山大学中文系鲁迅研究室1978年版，第419页。

但大家的情境是一样的"①。马子华也是早期西南新文学的重要代表，茅盾曾专门写了《关于乡土文学》一文评介他的《他的子民们》，茅盾指出："描写边远地方的人生的作品，近来渐渐多起来了；《他的子民们》在这一方面的作品中，无疑的是一部佳作。作者似乎并不注意在描写特殊的风土人情，可是特殊的'地方色彩'依然在这部小说里到处流露，在悲壮的背景上加了美丽。"②鲁迅和茅盾都同样注意到了这些来自西南边疆的写作者笔下的"异质"色彩；"老远""远""边远""特殊的风土人情"等言辞，体现的不仅是地理空间的遥远和地域文化的差异，显然还包含着早已凝固成型的主流文化对边地文化的审视视角。

从巴蜀放眼整个西南，特殊的地域文化影响下，大巴蜀文学为现代文学贡献了独特的文学风景。其中既有西南自然风光，也有少数民族风情，还有原始的自然生态。以蹇先艾、李劼人、沙汀等作家的作品注视古老的西南边地宗法制乡土社会，将西南社会中的落后风俗着重加以描写。例如，蹇先艾的《水葬》《在贵州道上》，马子华的《他的子民们》，沙汀的《在其香居茶馆里》，李劼人的《死水微澜》等作品，从中得以见到西南社会积重难返的病症，具有记录和批判时代的意义。这些川籍作家深受"五四"影响，在挖掘乡土的落后风俗时，还侧重展现民众的愚昧麻木，充满批判的思想力度，以启蒙的姿态对西南乡土社会进行文明的烛照。西南地区丰富多彩的节日、祭祀、宗教、婚丧、神话、歌谣等多元文化交汇的环境氛围，会自然而然地渗透进作家的创作中，不少作品更因过于鲜明的民俗文化色彩而堪称民俗文学。

---

① 鲁迅：《中国新文学大系·小说二集·导言》，载赵家璧主编《中国新文学大系》第4集，上海良友图书印刷公司1935年版，第8页。
② 矛盾：《关于乡土文学》，载王光东主编《中国现当代乡土文学研究》（上卷），东方出版中心2011年版，第19页。

李劼人的《死水微澜》是一部典型的巴蜀风味小说，展现了清末民初四川地区的社会变迁，小说中充满了巴蜀风味的语言、场景和生活内容，歌会的活动、东大街灯会、青羊宫道观法事活动等都极具本土民俗色彩。延续到20世纪50年代初期，随部队进入西南的冯牧、柏桦、公刘、苏策等军旅作家的边地作品中，依旧有大量对西南地区的环境描写，在他们的作品中，西南风光成为特殊的文学资源，又被注入新的需要表达的时代内容。

除去早期巴蜀作家开阔的视野所注目到的西南文化，形成了超越巴蜀之外的西南文学创作，西南文学的风格整合和长足发展，更是受到抗战时期大学内迁的深刻影响。一大批来自曾经新文化运动中心——北京的高校在西南扎根，新文学与新文化在西南的地理环境中与当地的文化艺术实现了交融和沟通。

抗战时期，内迁的大学促进了西南联大的开办，也促进了西南文化和文学的发展。西南联大时期的文学作品充满了云南的人文景象、民风民俗和民间文艺。例如，在迁滇途中，闻一多就指导学生采集民歌。从长沙到昆明，历时68天，行程3500里，接着再从昆明到蒙自，刘兆吉采集到2000多首民歌。刘兆吉又在闻一多的指导下，对采集到的民歌进行整理，编辑成《西南采风录》一书。在昆明，闻一多有了新的感受"你们说这是原始、是野蛮，对了，如今我们需要的正是它。我们文明得太久了，如今人家逼得我们没有路走，我们该拿出人性中最后最神圣的一张牌来，让我们那在人性的幽暗角落里蛰伏了数千年的兽性跳出来反噬他一口"[1]。在云南风光的浸润中，闻一多在文学创作中更加注重原始生命力的书写。西南边地的神话、传说、歌谣等逐渐进入"五四"以来的新文学创作中。西南地域文化、地域文学、民间

---

[1] 杨杨：《大学之光：行走在云南深处的西南联大》，云南人民出版社2019年版，第11页。

文学、少数民族文学与"五四"以来的新文学、主流文学实现了交融和沟通，进一步充实了现代文学。

（三）特殊历史性地域中的东北作家群

相较于江南和巴蜀，东北在地域性上，自然生态形塑下的人文精神对这一地区的作家创作的影响没有历史遭遇对他们的影响大。地域特征对于东北而言，还应加上"历史性"这样的特殊限定词。"九一八"事变之后，中国社会的进程被突然截断，而东北地区也突然陷入殖民地的历史惨状中，至此，东北地区的历史、文化在原本掺进满族等民族因素的情况下，变得更加复杂、多义和难以厘清。东北土地中渗透进了中国现代社会最为复杂、纠葛、波澜起伏的政治斗争、民族战争和历史兴亡。东北抗战时期的文学和文化在书写和反映民族救亡方面走在了前面，例如，东北沦陷初期《夜哨》文学和《文艺》文学，《夜哨》文学跨域到上海，成为中国20世纪30年代抗日文学的先锋及典范。东北的文学创作在这一时期也呈现出深刻、厚重、悲悯、充满苦难的集体特征。

"九一八"事变后，东北沦陷，东北青年逃离日伪统治的家乡，流亡各地，萧红、萧军、罗烽、白朗、舒群等流亡关内的东北作家以文学群体的方式在现代文坛异军突起，"东北作家群"初次让东北以文学的形式进入中国文坛的整体视野。他们尽管大多已经不在家乡而被迫南下，流亡四处，但他们携带着东北粗犷的原始生气和遭遇了侵略后的荒蛮与大义，以一种新的文学现实、文学形式惊动了当时的文坛，他们的文学实践深深地影响了20世纪30年代的中国现代文学。

东北作家群作为一个群体步入文坛是在1936年。尽管在20世纪30年代中期，东北作家群才有一个"共名"，但他们的创作早就显示出共同的东北历史、地域的特征。在生活经历、创作题材和艺术特色等方面，东北作家群的成员存在着大致相同的特点，潜在准备了一个文学流派的基础规模和主要特征。总体来看，东北作家群并不是自觉联合起来的，他们不像新文学发轫时期的文学研究会等社团，具有组织的自发性、基本一致的艺术准则和创作纲领，也没有较为固定的文学活动，但是东北作家群内在具有的最根本的创作动力和文学底色是相通的。抗日战争时期东北作家群在文学创作中描绘了中国广袤大地上人们关于爱国精神、民族利益及责任担当的图景。他们的文学创作往往指涉一个更加广大的前景，即国家、个人的命运，历史与现实的激荡。

东北作家群有着相似的人生经历和较为一致的创作倾向，这便是"流亡"。流亡是20世纪30年代中国面对的最大的历史背景和现实遭遇，它来自不可抗拒的外部力量对本民族发展进程的突然截断，流亡与政治、革命、民族冲突和压迫紧密相关。东北的陷落，首先使许多东北的本土人民被迫从富有的东北大地相继流亡到关内，这是一趟背井离乡的逃亡，他们每一个人身上都有着家园陷落、河山破碎的悲愤，对自身命运和民族命运的迷茫和未知。可以说，这一次巨大的历史创伤，带给了东北人民深重的灾难，同时也为东北地区的文学创作者增添了沉重、悲愤的色彩与内容，甚至有很多人至此走上了文艺的道路，以一种新的方式记录故乡的蒙难、历史的悲愤。因此，东北作家群的创作紧紧围绕着"危亡""救亡""民族"等政治性的主题话语，同时又兼具东北独特的地域文化特征和历史文化内涵，有着深厚的民族情、乡土情。在东北作家群的创作中可以看到，东北的旷野、河流、草原、山林既辽阔，又悲郁，历史和现实、本土和异族杂错在一起，民族矛盾、政治对抗、军事冲突、敌我斗争构成了东北作家群小说创作的重要题材。五四新文化的批判历史的反思精神、反帝爱国主义的精神，融汇着东北彪悍而雄健的地域文化色彩，呈现出更加多元、深厚而独特的审美追求。东北作家群的作品往往具有浓重的地域色彩，充满了黑土地粗犷雄健的野蛮之力，同时又因为抗日救国的时代局势，其对土地深沉的情感和慷慨的激愤进一步融入他们的笔下。尤其是在东北作家群的创作中，现代文学史上第一次集中鲜明地呈现了东北土地上的抗日救国情形。不仅是融入东北的历史、民俗风情和民族特征，东北作家群的创作中更有一种失去家园的痛彻心扉之感。无论是沦陷后的痛苦还是保家卫国的壮烈与艰辛，东北作家群的创作可以说是现代文学史上最为深刻的现实主义的一种。东北作家群的流亡史与东北土地的沦陷史重叠在一起，抗日的民族精神也集中地展现在了他们的创作之中。

东北作家群在艺术风格上呈现出凝重、沉郁、隐晦的趋势，他们开了抗日文学先河；对反帝反封建题材的特殊处理方式，丰富了中国现代文学的表现手法；为"乡土文学"注入新的时代内容，扩大了影响，为东北当代文学发展在文艺思想及创作活动方面提供了雏形。萧红是一位个人生命与文学创作高度悲情的作家，萧军的文学风格则是充满力道的，端木蕻良的气质和才华带有"贵族"的气息，骆宾基的写作充满了思索的意味，罗烽的作品蒸腾着悲愤、沉痛的情感。总之，东北作家群在创作风格上各有特色，但是在精神气质和精神底色上有着东北历史文化的烙印。

三、社团的超地域性辐射

我们看到在不同地域文化影响下成长起来的一批作家，他们在相同的文化背景和相似的审美追求下走到一起，结社或者成为一种流派，在他们的创作之中固然有着鲜明的地域特色，但在一些社团流派的发展中，也呈现出了超越地域性的、更高、更统一的文化品格。

（一）京派作家群的超地域性

京派作家群体的形成主要来自北京的文化氛围和对中国传统文化精神的认同，因此京派作家群体呈现出一种超越地域性的精神联系。"京派"是一个非地域性、非血缘性的社团群落，他们共同坚守人道主义和自由主义，坚守传统文化风范。

20世纪30年代，京派文学逐步形成，在五四新文化退潮之后，北京凝聚起更为稳固的学院文化，现代大学教育已经取得了较为充分的发展。从大学文化的层面来看，京派作家与大学的密切关系影响了其文化立场，大学为京派作家提供了丰富的学术资源和深厚的文化底蕴，使得他们在文学创作中展现出独特的风格和视野。京派作家在文学理念上注重理性，在文学表达上情感更加内敛，面对人性问题，京派作家往往有冷静的眼光，这使得他们的作品具有深刻的内涵和独特的审美价值。大学对京派作家的影响还体现在重学理、重知识的学者式写作方式上，因此京派作家的创作往往具有"理趣"和"雅致"，具有较高的文学性和艺术价值。也正是因为身处大学的原因，京派作家在文学创作中更加关注社会现实，更加聚焦人性的问题，他们以独特的视角和深刻的洞察力，揭示出社会现象背后的本质规律，反映出人性的复杂与矛盾。总之，京派作家与大学的密切关系在很大程度上塑造了他们的文学立场和文学姿态。他们在理性与情感、学理与知识的平衡中，创作出了一批具有深刻内涵和独特审美价值的作品。从京派作家的创作中可以看出，从容大度、淡定平和的文学气质与怀古的乡土气息是其共有的特点。京派作家创作中弥散的氛围时常模糊掉他们自我的展现，这正是京派作家超越自我的体现。他们虽然有着清晰的文化立场和自我风格，但常常在写作中将自我隐去，展现出更为宽广的文化气息，在沉郁静穆的整体气象中将自我表达升华到新的境界。

如果从地域上来说，京派作家来自不同的地域空间，其各个作家本身的地域文化认同就相对比较复杂。对于京派文学来说，对历史文脉的认同是一个复杂的问题。由于京派作家来自不同的地域，他们各自拥有独特的文化基因和背景。在历史上，燕赵大地汇聚了多个民族，共同生活，形成了这片土地包容并蓄的文化氛围。而近代以来，京津冀地区长期属于同一行政区划，三地的社会发展紧密相连。京津文化对京派作家的创作以及京派文学的形成产生了深远的影响，这一点不容忽视。沈从文的著作《边城》虽然是以湘西边地的人情人性为主题，然而，这部作品与京城古老文化的对比映照密不可分，沈从文是在京城写就的《边城》，他是在对京城的文化反思和吸收中回顾和建构了一个边城。再如朱光潜，在20世纪，随着现代大都市如北京、天津、南京、上海以及青岛等的崛起，这些城市的文化对朱光潜产生了深远的影响，激发了他对文明与文化的深入反思。在朱光潜的文学理念中，"静穆"这一概念在1930年开始沉寂并安静下来，回归历史文化古都北平。朱光潜的文学理念势必与北京的古都文化以及这背后的深厚的历史文脉密不可分。沈从文的作品关注边地的人情人性，而朱光潜的理念则强调文学的内在美学和历史文化内涵。这两位作家在不同的地域和文化背景下，探讨了人与文化、现代与传统的关系，这种对现代文明的思索则呈现出京派成员的共同特征。京派是地域性与超地域性的结合，超地域性强于地域性则是京派文学的独特之处，这反映了京派文学深广的蕴涵。

京派文学的超地域性主要体现在以下两个层面上：首先，"京派"在地域上有着北京—云南的广泛性。20世纪30年代的"京派"特指北平地区的学院派作家群体，而全面抗战爆发后，一大批京派成员随北大、清华等大学一起，迁到大后方昆明，其中包括朱自清、闻一多、卞之琳、冯至、林徽因、沈从文、朱光潜等，迁到云南的京派作家群落不断在大学校园中扩大着影响，培育了汪曾祺、鹿桥、穆旦、袁可嘉等一大批新京派的代表。因此，京派是超越北京地域的。更为重要的是，京派作家在创作中还吸取了新感觉派的心理分析等手法，如废名的《桃园》与《桥》、萧乾的《梦之谷》、林徽因的《九十九度中》等。京派作家的超地域性总体体现在三个方面：一是京派作家自身所属的文化地域和文化空间；二是京派作家在北京凝聚又在云南延续的超越地域的体现；三是京派作家吸取其他社团流派的创作手法，具有的超越地域属性的包容态度。

从时间上来看，京派还具有历时性。学界对京派文学的认知与理解，大多局限于20世纪30年代活跃于京津等地的作家群体所构成的一个特定文学流派。然而，将"京派"视为一个特定时间段和地方特色的文学流派，显然不足以概括其全貌。这种认知甚至可能忽略京津冀地区丰富复杂的文学现象，以及其多样性。在京津冀一体化战略背景和历史机遇下，京派文学应突破时空束缚，扎根于京津冀千年的历史文脉，以更丰富的内涵、更深厚的底蕴、更宏大的气象，呈现出一种"大京派"的新格局。从"大京派"的历时性来看，京派文学传统可追溯至汉魏时期燕赵大地流传的《燕歌行》《白马行》《燕丹子》，20世纪30年代以周作人、沈从文、废名、李健吾为代表的京派文学，以西南联大为核心的京派作家群，随后是以孙犁为代表的白洋淀派，直至当代以王蒙、刘绍棠、刘心武、邓友梅、王朔、徐则臣等为代表的"新京味文学"。在这一由"旧京"到"新京"，由"小京"到"大京"的动态传承过程中，京派文学完整地展现了京津冀文学的发展脉络与最新趋势。

在对待中外文化的态度上，京派作家持以中立包容、沉稳宽厚的文化姿态。尽管大多数京派作家具有西方留学背景，但他们对中国古典传统有着共同的重视，特别看重传统文化中的含蓄和抒情的特征。例如，朱光潜，一方面他对英国文学有着自觉的吸收，主张学习以华兹华斯和柯律治为代表的浪漫主义文学。同时，他又深感中国传统中的陶渊明精神，西方浪漫主义的张扬个性与传统文化中的收敛含蓄融合在一起，古典趣味和西方审美兼具。朱光潜在《文学杂志》创刊号中写道："对于文化思想运动的基本态度""就是自由生发，自由讨论"，"一种宽大自由而严肃的文艺刊物对于现代中国新文艺运动"，"应该认清时代的弊病和需要，尽一部分纠正和向导的责任"，"在读者群众中养成爱好纯正文艺的趣味与热诚"。[1]该杂志的作者多为京派的学者型文人，他们在对外国文艺思想与文学作品的译介过程中，呈现出浓郁的纯文学气息，力图通过办刊培养纯正文艺的风气和文化上的宽容并包的态度。

（二）海派的超地域性

海派文化主要由近代吴越文化、西方文化以及中国传统文化混杂而成，在现代中国，再也没有一种地域文化像海派文化一样包罗万象。"近代上海是世界性与地方性并存，摩登性与传统性并存，先进性与落后性并存，贫富悬殊，是个极为混杂的城市。"[2]海派文化是一种现代意义上的都市文化；另一方面，上海在20世纪30年代所具有的特殊的政治性，使得海派文化的背后也具有一股革命的色彩。

海派文学虽然依托于上海，从概念上看，具有地域性文学的特色，但是实际上它又是超地域的，因为海派文学呈现出中国现代社会早期都市文学的特征，海派文学与其说是上海的文学，不如说是都市的文学、都市的精神文化。海派文学的灵活多变，特别是它们的生产方式、文学运作机制共同构成了其都市性的一面。

---

[1] 朱光潜：《我对于本刊的希望》，《文学杂志》1937年创刊号。
[2] 熊月之：《乡村里的都市与都市里的乡村——论近代上海民众文化特点》，《史林》2006年第2期。

海派文学的独特性，突出表现在它以现代都市为背景的文学创作上，这与现代时期其他文学审美经验形成了鲜明的对比。尤其是在乡土中国，乡土文学的创作占据了主流，而海派文学以现代都市为背景的文学创作，其核心在于凸显现代都市生活对人们精神世界的影响。

上海作为一座现代都市，其成长历程充分展现了现代都市的普遍特征。高度集中的国内和国际资本、新型现代高科技产业、持续增加的外来移民人口，以及租界这一特殊的示范区域，所有这些元素共同在精神文化层面构建了一种独特的氛围。上海的都市文化和都市经验塑造了新的文化氛围和人生体验，这使得现代文学的内容必然增加描摹这部分体验的文学作品，对于千百年来习惯于乡村生活模式的中国人来说，上海社会和文化空间中所汇聚的各种社会和人生经验，无疑具有极大的陌生感。

近代以来，上海社会和文化空间的多样性和丰富性主要表现在两个方面。一方面，许多在中国传统社会中习以为常的经验和价值观念，在上海的社会空间中都有可能遭遇挑战和改变。另一方面，在上海这一特殊的社会环境中成长起来的中国人，他们在都市生活中逐渐形成了适应现代都市生活的风俗习惯和各种社会生活方式。例如，在这个以经济活动为日常生活主要内容的空间，传统社会的人际关系和伦理关系受到很大的挑战，面对人际关系的变化，甚至是人精神世界的突转，海派文学自然担负起呈现这一精神现象的责任。因此，在海派文学的创作中，意识流的表达、个人主观色彩的浓重宣泄成为了一种独特的文学风格。海派文学准确地捕捉到了现代都市生活对人们精神世界的影响，以及在这种影响下人们的生活变化。这种独特性使得海派文学在我国文学史上占据了重要的地位，同时也为我们提供了一个理解和探究现代都市人精神世界的独特视角。

海派文学的都市性不仅体现在其文学创作的内容上，还体现在其文学创作的机制上，在于整个文学生产流程上的都市化。对于文学领域而言，出版对文学生产流程的完成有着极大的影响，而都市在制度和物质层面的建设为出版提供了有利的条件。19世纪末，外国传教士基于传教需求，设立了印刷工厂，印刷宗教教义的相关读物，这些最初的出版活动为后面文学出版事业做了铺垫。当时外国在华的印刷出版机构大多数集中在沿海口岸，上海自然成为现代出版业的重心。19世纪末至20世纪初，上海迅速崛起为中国最大的出版基地。随后，随着新文学的重心南移，上海文学市场引进了一大批作家，作家群落的聚集进一步促进了都市文学的兴起，再加上现代刊物组织流程的完善、稿费制度的完善、职业文人的兴起等情况，上海的文学市场逐步完善。有了文学的生产市场，随后上海的文学消费市场进一步反作用于文学的生产，海派文学的创作内容扩大，既有聚焦市场需求，讲述都市爱情生活的文学类型，如张资平、叶灵凤、刘呐鸥、穆时英、邵洵美等人的作品，还有另外一股潜在的海派文学，则表现了现实性的另一面：书写现代大工业基础上产生的社会底层与工人的生活，带有左翼的性质，如郁达夫、丁玲、茅盾、蒋光慈等人的创作。海派文学的内容丰富起来，既包括了都市的市场的一面，也包括了都市阶级下的政治的一面。总之，从最初的将鸳蝴派的创作视为海派的一种，到将新感觉派的创作理解为海派的代表，再意识到20世纪30年代的左翼潮流也是海派的分支，这三者反映和表现的具体内容尽管有很大不同，但共同生长在上海这一特殊的文化场域，也为"海派"注入了更多的内涵。

总之，京派与海派都具有超越地域性的更为深刻而广泛的内容。它们所受到的文化影响，既有时间上的差异，也有地域上的差异。在同一地域文化圈中成长起来的文学流派，所接受的主要文化影响或许并非同质。因此，概括地对比京派与海派，容易陷入现代中西文化比较中简单地将中西文化视为互相对立的两种文化的误区，而缺乏精细的分析。然而，也应认识到，源于两种地域文化圈的京派与海派文学，尽管内部存在较大差异，但仍具有各自独特的总体文学风格和气质。这种文学风格和气质，构成了人们探讨京派与海派的基本文学前提。

第四章
现代教育与文学社团的代际更迭

"五四"时期新文学社团的结成，除了先天的地缘关系、同乡因素之外，还有一个重要的后天因素——学缘关系。如果说五四新文化的发生是一个"睁眼看世界"的过程，那么"五四"文学社团的出现就是一批看过世界的青年们回国之后的聚集。留学生们归国之后，身上不可避免地带有那些国家的文化观念、生活习惯、审美追求，相似的留学背景、文学理念和生活经验的人之间注定会相互吸引，更不用说不少后来回国结社的同人之前在国外的时候就是彼此照应的游子；当然还有一部分是校园青年学生，他们或是受学校文化氛围的影响，或是对自己老师的追随，进而形成某种文化圈子。在经由学缘关系构成的社团中，既有文化背景的影响，也有思想文化的吸引，更有人际关系的错综，尤其值得我们关注。

一、留学背景的先在影响

回顾整个中国近现代文学和文化史，最初的一批重要而有影响的知识分子几乎都有着留学国外的经历。在睁眼看世界和向西方学习的过程中，一批知识分子通过各种各样的方式融入世界文化的浪潮，除了通过翻译、译介国外的新作品、新思想这种知识型的输入，另一个更为有效的途径就是走出国门、留学海外的体验型输入。异国文化和留学生活不仅开阔了现代作家的眼界，丰富了他们的知识储备，也为他们回国建设新文化提供了新的思路和指引。相对来说，"留日派"和"欧美派"是当时最为集中和突出的两大文学军团。

（一）留日体验与创造社的聚集

甲午中日战争结束之后，日本取代西洋成为中国模仿学习的榜样。风靡一时的《劝学篇》中，张之洞力陈学习日本的好处："至各种西学书之要者，日本皆已译之，我取径于东洋，力省效速，则东文之用多。"[1]1898年8月2日，光绪皇帝晓谕群臣："出国游学，西洋不如东洋。东洋路近费省，文字相近，易于通晓，且一切西书均经日本择要翻译。着即拟订章程，咨催各省迅即选定学生陆续咨送；各部院如有讲求时务愿往游学人员，亦一并咨送，均毋延缓。"[2]在朝廷的大力推动下，留日运动逐渐进入了蓬勃发展时期。郭沫若在1928年曾这样豪迈地说过："中国文坛大半是日本留学生建筑成的。创造社的主要作家是日本留学生，语丝社的也是一样。此外有些从欧美回来的彗星，和国内奋起的新人，他们的努力和他们的建树，总还没有前两派的势力浩大，而且多是受了前两派的影响。"[3]对于一个充满激情的诗人，我们可以理解郭沫若的这番话说得有些夸张，但是"留日派"作家在当时中国文坛所产生的巨大作用和影响以及他们对推动新文学发展所作的突出贡献，却是不容置疑的。

创造社是一个典型的由留学日本的人构成的文学社团，无论是前期的骨干成员还是后期承担起创造社转型的先锋力量。1914年，郭沫若、郁达夫和张资平考入东京第一高等预科学校，1916年，成仿吾与郭沫若相识。几位同样身在异国他乡的游子早在创造社成立之前就已经是很好的朋友。1918年8月，在日本福冈箱崎神社的海岸边，郭沫若和张资平就有要一起"创办文艺

---

[1] 张之洞：《劝学篇》，中州古籍出版社1998年版，第128页。
[2] 朱有瓛：《中国近代学制史料》（第2辑上册），华东师范大学出版社1987年版，第17页。
[3] 郭沫若：《桌子的跳舞》，载《郭沫若文集》第10卷，人民文学出版社1954年版，第333页。

同人杂志"①的想法。1919年7月，受国内五四运动影响，郭沫若和九州帝大的同学组织成立了"夏社"，企图以文字出版活动开展救亡运动，而且其中又像郭沫若自述的那样因为"参加的同学，因为都是真正的科学家，不善于做文章，因此翻译和撰述的事就落在陈中和我的头上。陈中兄因为有肺吸血虫的毛病，精神不济，不久到了暑假，他又回到国内去了，于是便由我一个唱独角戏。自己执笔，自己写钢板，自己油印，自己付邮"②。为了获得更多的支持，郭沫若也积极与国内的报刊建立联系："因为要和上海的报界发生联系，夏社便专门订了一份《时事新报》……当时的《时事新报》，因为受了五四的影响，已经有《学灯》副刊了，主编者是郭绍虞。是这副刊吸引着我的注意，而且给予了我很大的鼓舞。"③通过《学灯》，郭沫若建立了与宗白华的联系，而通过宗白华介绍，郭沫若又认识了在东京留学的田汉，经由田汉，他们又认识了当时在京都第三高等学校念书的郑伯奇、穆木天。冥冥之中似乎有一根红线，将这群人牵引到了一起，而这也是后来创造社的骨干力量。

1921年，郭沫若回国成功推出《女神》之后，在泰东图书局赵南公的支持下创办了创造社。在推出《创造》季刊后，田汉、成仿吾、郑伯奇、邓均吾、洪为法、倪贻德以及穆木天、黄药眠等纷纷以此为阵地，以"异军突起"的姿态与当时已经占据文坛大半边天的文学研究会分庭抗礼。

创造社的"异军突起"虽然在一定程度上是一种为了尽快在文坛确立话语权的策略性操作，但创造社成员确实以一种群体的共性色彩表现了其鲜明的创作和理论特征，而这无疑与他们留日期间所受到的各种文艺思潮的熏陶分不开的。创造社骨干成员留学日本的时期，正是日本现代文学蓬发的时期。

---

① ［日］目加田诚：《郭沫若和福冈》，济民译，《郭沫若学刊》1989年第1期。
② 郭沫若：《凫进文艺的新潮》，《新文学史料》1979年第3辑。
③ 郭沫若：《凫进文艺的新潮》，《新文学史料》1979年第3辑。

一方面，日本文学对他们的耳濡目染，特别是日本"私小说"深刻地影响了创造社成员的浪漫主义气质。另一方面，日本又像个中转站一样向这群留学生们打开了西方文学的窗口。值得注意的是，这是一扇"日式的窗子"，创造社诸员对西方文学的阅读视野、兴趣导向，很大程度上是受到了当时日本语境对西方文学的选择的影响。比如，社员们集体认同的拜伦、雪莱、歌德、惠特曼、席勒、屠格涅夫、卢梭等作家，基本都是当时日本文坛上"火热"的作家，而这些作家有的在本国甚至并没有受到太多的推崇。

如果说以上这些是构成创造社"主情主义"特色的理论资源的话，那么创造社成员们在日本的体验则构成了他们文学主体性的现实资源。不同于留学欧美的群体，去往日本的留学生们大多处于生活比较贫困的状态，因此当他们在书写社会与人生不幸的时候，首先触动的是其自身痛苦的神经和倾吐他们自己心中的悲愤和不平。无论是郭沫若还是郁达夫，他们的留日体验虽然也有对民族国家这种宏大问题的反思，但更多是身处异国他乡所感受到的歧视、敏感和屈辱，这种屈辱既是一种"弱国"的心态，也是个体性的真切感受。生活需求的匮乏，会让他们更加容易关注到个体的困境和体验。所以他们关注更多的也是对自我精神状态的质疑、忏悔和焦虑。就像郭沫若在与宗白华通信中写到的那样："白华兄！我到底是个甚么样的'人'，你恐怕还未十分知道呢。你说有 Lyrical 的天才，我自己却不得而知。可是我自己底人格确是太坏透了。我觉得比 Goldsmith 还堕落，比 Heine 还懊恼，比 Baudelaire 还颓废。我读你那'诗人人格'一句话的时候我早已潸潸地流了眼泪。"[1] 对于这一点，郁达夫则表现得更为敏感："这些无邪的少女，这些绝对

---

[1] 郭沫若：《三叶集·郭沫若致宗白华》，载《郭沫若全集：文学编》第15卷，人民文学出版社1992年版，第16—17页。

服从男子的丽质，她们原都是受过父兄的熏陶的，一听到了弱国的支那两字，哪里还能维持她们的常态，保留她们的人对人的好感呢？支那或支那人的这一个名词，在东邻的日本民族，尤其是妙龄少女的口里被说出的时候，听取者的脑里心里，会起怎么样的一种被侮辱、绝望、悲愤、隐痛的混合作用，是没有到过日本的中国同胞，绝对想象不出来的。"①

在中国近现代新文学发展的这段短短的历史进程中，这群旅日的创造社作家以个人的生活经历和在日接受到的文化资源给中国现代文坛带来了鲜活而有力的冲击，这不能不说是一种独特而壮观的文学现象。

（二）英美思想与新月社的"绅士风度"

与"留日派"不同的是，"英美派"去往的是一个幅员更加宽广的地域，因此他们的特点就不像"留日派"那样集中和鲜明。现代中国作家留学欧美和其他国度的群体相对来说比较分散，文化背景更为开阔、复杂，文化心理特征也比较复杂。

从中国现代留学欧美作家群的群体特征看，它形成较早，延续较长，发展稳定，队伍庞大，并且在留学前后往往都经受过严格的训练、选拔，以及正规的教育。先后出现了包括社会科学和文学艺术在内的大批杰出的人才，其中，后来成为现代著名作家的代表人物有：属于留美群的冰心、陈衡哲、洪深、胡适、梁实秋、林语堂、闻一多、熊佛西、徐志摩、许地山、余上沅、朱湘等；属于留欧群的陈铨、冯至、季羡林、李金发、林语堂、罗家伦、宗白华（上述者留学德国）、丁西林、陈西滢、林徽因、邵洵美、丁文江、叶公

---

① 郁达夫：《雪夜——自传之一章》，载《郁达夫文集》第4卷，花城出版社、生活·读书·新知三联书店香港分店1982年版，第94—95页。

超、傅斯年、刘半农、钱锺书、徐志摩、许地山、杨绛、俞平伯、朱光潜、朱自清（上述者留学英国）、艾青、巴金、戴望舒、冯沅君、焦菊隐、李健吾、李劼人、李金发、梁宗岱、苏雪林、孙伏园、王独清等（上述者留学法、比、意等国）。

在留学欧美的作家群中，相对比较集中、有着比较密切联系、共同特色比较鲜明的是后来回国后组成新月派的作家群。在这群人身上，不仅比较充分地表现出了留学欧美作家群的一些基本特质，而且也比较生动地显示了鲜明的文化心理。

他们的主要特征首先体现在具有比较共同的文艺思想。比如，从徐志摩到梁实秋普遍都特别强调人性的重要，甚至认为人性应当成为文学审美和价值评判的唯一标准。他们还共同追求文艺的"纯正"性，讲求艺术的"形式"美。包括闻一多在内，他们普遍赞同康德"自由美"或"纯粹美"的文艺观念，欣赏济慈"纯形"的审美理想，认同王尔德"自然的终点便是艺术的起点"的看法。

此外，新月派中有的人，他们的文化姿态也是比较执着和特别的。比如，陈西滢与徐志摩在回国以后面对中国大众所流露出的那种优越感，有时甚至是自以为是和强加于人的文化姿态，往往令人生厌。他们常常言必称莎士比亚，口口声声我们是会说英语的，我们是喜欢莎士比亚的，不读莎士比亚怎么能生活?! 正是他们的这种姿态，引起包括鲁迅在内的许多人的不满。鲁迅就从不认为，必须要喜欢莎士比亚才能很好地生活。鲁迅对徐志摩在译介波特莱尔诗作时过于渲染其音乐美的说法，也表示了极大的不认同。鲁迅并不是否定波特莱尔诗歌中所蕴含的音乐特质和美感，而是反感徐志摩那种故弄玄虚的姿态，似乎不能欣赏波特莱尔诗歌中的音乐美，那就说明你的音乐感受差，你的耳朵听力弱，你的皮肤厚。鲁迅针锋相对地讽刺挖苦道："我就是皮肤厚，听力差，不懂那所谓的音乐。"①徐志摩等"新月"中人，一般家境较好，在国外的境遇也较为舒畅，因此，他们很难体味包括留日作家群等别人的痛苦和哀怨。比如，徐志摩就曾过于洒脱、过于随意地指责和挖苦郭沫若在某首诗中用了"泪浪滔滔"。在徐志摩看来，这样的诗句是很糟糕的，用"浪"来形容"泪"已经很是夸张了，而且还要加上"滔滔"，就更加不着边际了。然而，他并不了解郭沫若写这首诗的背景与苦处。在郭沫若当时看来，自己的遭遇不仅可以用"浪"来形容"泪"，而且的确足以达到了"滔滔"的地步，两人为此心存芥蒂多年。实质上是不同的文化心理在起作用。徐志摩等人还曾用比较刻薄的语言批评过郁达夫等创造社诸作家的作品，认为那就像是马路旁边的乞丐，故意地把自己身上的脓和血挤出来给路人看，以博得别人的同情和可怜。其实，徐志摩等人并没有刻意否定郁达夫等人作品价值的意思，而实在是对创造社诸作家的人生感受和心理体验缺乏基本的感悟与理解，这也从反面映衬出徐志摩等留学英美作家群的文化心态。正是出于文化心理的差异，以徐志摩为代表的留学英美的新月社与郁达夫为代表的留学日本的创造社之间，在审美追求和人生态度等方面都存在着较大的距离和较深的隔阂。

在某种意义上说，徐志摩、闻一多等新月诗人与郭沫若、郁达夫等创造社作家相当典型地代表了中国留日派作家和留英美派作家两大阵营各自不同的文化心理状态。他们的这种文化心理，不仅对中国现代文学的格局、理论思潮、审美风格产生了重要的作用，而且对整个20世纪中国文学甚至对中国的社会政治格局都产生了深远的影响，这一点现在越来越得到了人们的关注和重视。

---

① 鲁迅：《"音乐"？》，《语丝》1924年第5期。

胡适、徐志摩、闻一多等新月作家群,他们的文化心理主要表现在以下几个方面:一是在出门与思家之间痛苦。留学欧美的中国作家这方面的痛苦尤其强烈。以闻一多为代表,他在离家出国之后表现出了异常强烈的思家之情。他多次说过,不出国不知道想家的滋味,而且特别解释这里想的家,不是狭义的家、个人的家,而是"中国的山川,中国的草木,中国的鸟兽,中国的屋宇——中国的人"①。闻一多在尚未到达异国他乡之前就产生了强烈的孤独感,他在离家赴美途中所作的第一首诗就叫作《孤雁》,诗的劈头一句就把自己形容成"不幸的失群的孤客",此后每一段的开头差不多都以"孤寂的流落者""可怜的孤魂""流落的孤禽""失路的游魂"自喻,深切地表达了一代游子离家去国之际对家国的无限思念,对民族情感和文化情感的难以忘怀。然而,另一方面,美国的社会文化对闻一多所具有的巨大吸引和强烈的刺激,以及由此形成的震撼,也是不容忽视的。那里毕竟是一片新的天地,毕竟有新的素养和新的追求。像闻一多这样的心理矛盾,在留学欧美的作家之中是很有代表性的,而这与留日派的作家有明显的不同。日本与中国有太多的相似,日本那个孤岛似乎缺乏对中国留日作家的新奇的吸引,正如鲁迅所说,上野的樱花也不过如此。

二是在古典与浪漫之间徘徊。在这里,首先有一个究竟什么是浪漫的问题,具体说就是徐志摩究竟浪漫不浪漫?其实,徐志摩与新月社的文学主张都不仅不是浪漫主义的,恰恰是反浪漫主义的。他们所追求的是古典主义、唯美主义和形式主义,他们更讲究严谨、工整,这是新月诗人共同的理论基础,也是徐志摩的文学主张和审美追求。徐志摩和闻一多都有一种特别

---

① 闻一多:《1922年9月24日致吴景超》,载《闻一多全集》第12卷,湖北人民出版社1993年版,第77页。

执着的认真的作诗态度，尤其是徐志摩，从新月社最初的活动直到他生命的完结——实际上也是新月社活动的终结，他始终热情高涨、不遗余力，这一点是人们以往重视不够的。这里还有一个问题，就是抒情与浪漫的关系。主情、重情并不等于浪漫，浪漫是抒情的，但抒情并不一定意味着主情或重情，就像不抒情并不代表不主情、不重情一样，生活中许多人主情、重情但并不一定抒情。在这些方面，徐志摩、闻一多等留欧美作家所代表的新月社与郭沫若、郁达夫等留日作家所代表的创造社，显示出了一些明显的不同。比如，同样重情和抒情的郭沫若与闻一多在抒情的方式就很不一样。郭沫若是火山爆发、一腔热情，像喷发出来的岩浆，通红、火热，遍地流淌，到处燃烧，让人一看就清清楚楚、明明白白；而闻一多同样也是抒情，但他的方式却犹如一座没有爆发的火山，你能够感受到在地壳下面岩浆的滚动，你能感受到诗人情感的火与热，但它却没有喷发出来，它被诗人用特定的方式控制住了；郁达夫与徐志摩对待情感的方式也是很不相同的，郁达夫是真的浪漫主义，他追求现实中的完美，而徐志摩则是古典主义，他追求理想中的完美，所以，郁达夫对待自己的婚姻更为轻松潇洒，而徐志摩则在婚恋的情感中牵挂更多，烦恼也更多。因此说，徐志摩的那些所谓的爱情故事，其实并不都是浪漫的，他的东奔西跑、东牵西挂，他的疲惫乃至他的死，实际上都是一种责任。人们常常把天真与浪漫连在一起说，其实它们并不是一回事。徐志摩更多的是天真，徐志摩最大的魅力以及他人生最大的失败都源于此。

（三）苏俄信仰与革命文学队伍

比起留日派和英美派之于五四新文学的影响，留苏知识分子对现代文学的影响更多体现在20世纪二三十年代的革命文学上。正如毛泽东所指出："十月革命一声炮响，给我们送来了马克思列宁主义……走俄国人的路——

这就是结论。"①十月革命的胜利,让中国的知识分子开始从马克思主义中寻找救国的出路。从1921年4月开始,上海外国语学社便选拔第一批留学苏俄学生,分组从上海出发,根据现有资料整理可知,他们是:罗觉(罗亦农)、刘少奇、任弼时、肖劲光、蒋光慈(原名蒋光赤)、曹靖华、吴葆萼、彭述之、卜士奇、吴芳、胡士廉、廖化平、任岳、任作民、谢文锦、华林、韦素园、梁柏台、陈启沃、陈为人、汪寿华、柯庆施、许之桢、王一飞、傅大庆、周昭秋、袁达时、杨放之等。②1924年夏,蒋光慈与萧三等人从莫斯科回国参加革命斗争,蒋光慈在《新青年》季刊第3期上发表了《无产阶级革命与文化》一文,"无产阶级革命,不但是解决面包问题,而且是为人类文化开一条新途径"。"无产阶级文化,不但是可能的,而且是必然的。"③11月,蒋光慈又与同样留苏归来的沈泽民等一起,创办了"春雷文学社",以刊物《觉悟·文学专号》为阵地,企图通过革命文学的倡导来挽救现代文学界"靡靡之音"的潮流。④1925年以后,蒋光慈逐渐投身小说创作之中,他的《短裤党》就是受到苏联作家里别津斯基《一周间》的影响而创作的。另外一位值得一提的人是瞿秋白。他与蒋光慈差不多时间抵达俄国,1921年秋,东方大学开办中国班,已经有俄语底子和访苏经验的瞿秋白进入该校任翻译和助教,他曾这样记下中国留苏学生的心理:"一东方古文化国的稚儿,进西欧新旧文化,希腊希伯来文化;剧斗刚到短兵相接军机迫切的战场里去了;炸爆洪声,震天动地,枪林弹雨,硫烟迷闷的新环境,立刻便震惊了'东方稚儿'安恬

---

① 毛泽东:《论人民民主专政》,载《毛泽东选集》第4卷,人民出版社1991年版,第1471页。
② 参见郝世昌、李亚晨《留苏教育史稿》,黑龙江教育出版社2001年版;黄利群《中国人留苏(俄)百年史》,中国文史出版社2002年版。
③ 蒋侠僧(蒋光慈):《无产阶级革命与文化》,《新青年》(季刊)1924年第3期。
④ 参见《春雷文学社启事》,《民国日报·觉悟》1924年11月15日。

静寂的'伪梦'。"① 蒋光慈与瞿秋白初次相见是在1921年的共产国际第三次代表大会上,结识之后,二人便常常一起研究马克思主义,学习俄语和讨论文学,逐渐发展成好朋友。二人的友谊一直延续到回国之后,1927年,蒋光慈和瞿秋白还一起合作编写了《俄罗斯文学》一书,系统地介绍了苏联无产阶级文学的情况。瞿秋白的夫人杨之华曾回忆过二人的相处:"蒋光慈经常到我们家里来,同秋白谈论文学工作方面的问题,了解革命斗争的情况。他是一个努力从事革命文学创作又有文学才能的同志。"这一时期,蒋光慈先后完成了第一部短篇小说集《鸭绿江上》和第一部中篇小说集《少年漂泊者》,集内的每篇作品,都由瞿秋白提出具体意见,经过反复修改才定稿的。在瞿秋白的激励下,蒋光慈的创作热情不断高涨。② 1928年年初,由蒋光慈发起经瞿秋白同意,全部由共产党员组成的革命文学团体——太阳社在上海宣告成立。从此以后,蒋光慈接受了党的意见,开始专门从事文学活动,先后写下了诗集《哭诉》、小说《野祭》《菊芬》《最后的微笑》《丽莎的哀怨》,为"革命文学"的发展作出了重大贡献。

客观地说,如果从直接的域外体验来看的话,中国左翼文学的发展更多还是受到留日中国作家的中转影响,尤其是以后期创造社和太阳社为代表,毕竟留苏作家的数量是比较有限的,俄罗斯文学更多是以文化影响的方式对中国文艺界产生着巨大的吸引力。郑振铎曾经回忆说:"我们特别对俄罗斯文学有了很深的喜爱。秋白、济之是在俄文专修馆读书的。在那个学校里,用的俄文课本就是普希金、托尔斯泰、屠格涅夫、契诃夫等的作品。济之偶然

---

① 瞿秋白:《瞿秋白游记》,东方出版社2007年版,第83—84页。
② 参见赵英秀《瞿秋白与蒋光慈:一对殉于而立之年的亲密战友》,《党史纵览》2011年第3期。

翻译出一二篇托尔斯泰的短篇小说出来，大家都很喜悦它们。"①

二、学院教育的平台聚集

作为新文学的主要接受场域，校园一直是社团活动的重要空间，高校学院特有的文化氛围，为社团的发展壮大提供了肥沃的土壤，即便当后期新文学逐渐走出校园的象牙塔之后，一些非传统意义上的师承关系依然是构成流派社团的隐形纽带。因此考察学院教育以及松散的师承关系，对把握社团的发展与维持有着重要的作用。

（一）北京大学孵化的新潮社

五四时期各大社团如雨后春笋般地涌现，而新潮社可以说是其中一个耀眼的存在，这背后与北大的支持和滋养有着重要的关系。1916年，蔡元培被正式任命为北大校长，1917年上任后进行了一系列的改革，其中一个重要的举动就是邀请陈独秀北上担任北大文科的学长。在蔡元培的集结下，胡适、李大钊、鲁迅、周作人等人先后来到北大任教，用冯友兰的话来说就是"蔡先生在为文科换了新学长之后，又陆续聘请了全国在学术上有贡献的知名学者到北大开课，担任教师。学生们觉得学校的学术空气日新月异，也逐渐认识到大学是研究和传授学术的地方"②。这样的一个北大，为以新潮社为代表的学生社团提供了学术的氛围和发展的土壤。蔡元培曾表示："大凡研究学理的结果，必要影响于人生。倘没有养成博爱人类的心情，服务社会的习惯，不

---

① 郑振铎：《记瞿秋白同志早年的二三事》，载《郑振铎文集》第3卷，人民文学出版社1983年版，第300页。
② 冯友兰：《三松堂全集》第14卷，河南人民出版社2000年版，第216页。

但印证的材料不完全,就是研究的结果也是虚无。所以,本校提倡消费公社、平民讲演、校役夜班与《新潮》杂志等,这些都是本校最注重的事项,望诸君特别注意。"[1]强调追求高深学问的同时,也重视学生实践能力的培养,既仰观学术,也俯瞰人世。这种学术与社会的互动,既是蔡元培美育思想的体现,也是整个"五四"的时代精神。在这种情况下诞生的新潮社,背靠"五四"发源地,天生具备一定的优势。

1917年,傅斯年、罗家伦、顾颉刚、徐彦之等学生看着老师们主持下的《新青年》引发的强烈反响,也开始酝酿创办一个属于学生自己的《新青年》,经过多番商讨,在陈独秀、胡适等几位老师的支持下,1918年12月3日《北京大学日刊》中登载了新潮社的"成立启事":"同人等集合同趣组成一月刊杂志,定名曰《新潮》。专以介绍西洋近代思潮,批评中国现代学术上、社会上各问题为职司。不取庸言,不为无主义之文辞。成立方始,切待匡正,同学诸君如肯赐以指教,最为欢迎!"[2]

1919年1月1日,《新潮》第1卷第1号出刊,发刊词中这样写道:"《新潮》者,北京大学学生集合同好,撰辑之月刊杂志也","本志同人皆今日学生,或两年前曾为学生者;对于今日一般同学,当然怀极厚之同情,挟无量之希望"。[3]就这样,在北大这块"金字招牌"的拂照和资源支持下,《新潮》一出场即受到了广泛的关注。

引领这群学生们的,不仅仅有北大自由开放的校园气氛,还有《新青年》一众编辑的思想引领。除了选修课程、阅读先生们的文章外,罗家伦曾特别

---

[1] 蔡元培:《北京大学第二十二年开学式演说词》,载中国蔡元培研究会编《蔡元培全集》第3卷,浙江教育出版社1997年版,第701页。
[2] 《新潮杂志社启事》,《北京大学日刊》1918年12月3日。
[3] 《〈新潮〉发刊旨趣书》,《新潮》1919年第1卷第1号。

提到过北大一院的"群言堂"和"饱无堂"：

> 当时我们除了读书以外实在有一种自由讨论的空气，在那时我们几个人比较读外国书的风气很盛，其中以傅斯年、汪敬熙和我三个人，尤其以喜买外国书……除了早晚在宿舍里面常常争一个不平以外，还有两个地方是我们聚合的场所，一个是汉花园北大一院二层楼上国文教员休息室，如钱玄同等人，是时常在这个地方的。另外一个地方是一层楼的图书馆主任室（即李大钊的房子），这是一个另外的聚合场所。在这两个地方，无师生之别，也没有客气及礼节等一套，大家到来大家就辩，大家提出问题来大家互相问难。大约每天到了下午三时以后，这两个房间人是满的。所以当时大家称二层楼这个房子为群言堂（取群居终日言不及义语），而在房子中的多半是南方人。一层楼那座房子，则称之为饱无堂（取饱食终日无所用心语），而在这个房子中则以北方人为主体。（李大钊本人是北方人；按饱食终日无所用心，是顾亭林批评北方人的；群居终日言不及义，是他批评南方人的话。）这两个房子里面，当时确是充满学术自由的空气。大家都是持一种处士横议的态度。谈天的时候，也没有时间的观念。有时候从饱无堂出来，走到群言堂，或者从群言堂出来走到饱无堂，总以讨论尽兴为止。饱无堂还有一种好处，因为李大钊是图书馆主任，所以每逢图书馆的新书到时，他们可以首先看到，而这些新书遂成为讨论之资料。当时的文学革命可以说是从这两个地方讨论出来的，对于旧社会制度和旧思想的掊击也产生于这两个地方。这两个地方的人物，虽然以教授为主体，但是也有许多学生时常光临，至于天天在那

里的，恐怕只有我和傅孟真（斯年）两个人，因为我们的新潮座和饱无堂只隔着两个房间。①

"谈天""坐而论道"这种交往方式既是北大师生之间的重要交流方式，也是新潮社成员间交流的重要方式，而近代大学制度的建立，也产生了学科、宿舍等新的活动空间，也为这些年轻人提供了得以聚合、交流的便利条件。据罗家伦回忆："他（作者按：指傅斯年）房间里住了四个同学，一个顾颉刚，静心研究他的哲学和古史，对人非常谦恭；一个狄君武（当时名福鼎），专心研究他的词章，有时唱唱昆曲；一个周烈亚，阿弥陀佛地在研究他的佛经（后来他出家在天目山做了方丈）；一个就是大气磅礴的傅孟真，和他的一班不速之客的朋友罗志希等，在高谈文学革命和新文化运动。这是一个什么配合！可是道并行而不相悖，大家还是好朋友。"②对于这一段经历，傅斯年也曾这样回忆："民国六年的秋天，我和顾颉刚君住在同一宿舍同一号里，徐彦之君是我们的近邻。我们几个人每天必要闲谈的。有时说到北京大学的将来，我们抱很多的希望，觉得学生应该办几种杂志，因为学生必须有自动的生活，办有组织的事件，然后所学所想，不至枉费了；而且杂志是最有趣味，最于学业有补助的事，最有益的自动生活。再就我们自己的脾气上着想，我们将来的生活，总离不了教育界和出版界，那么我们曷不在当学生的时候练习一回呢。所以我们当时颇以这事做谈话的资料。颉刚的朋友潘介泉君，我的朋

---

① 罗家伦：《蔡元培时代的北京大学与"五四"运动》，载罗久芳《罗家伦与张维桢：我的父亲母亲》，百花文艺出版社2006年版，第49—50页。
② 罗家伦：《元气淋漓的傅孟真》，载《逝者如斯集》，台湾传记文学出版社1981年版，第168页。

友罗志希君常加入我们这闲谈。"[1]正是在这种闲谈、交往中,新潮社的成员们形成了趋同的理想信念和兴趣追求。

《新青年》对于《新潮》来说意义是非凡的,它不仅是《新潮》创立之时的学生版"对标",而且《新青年》的各位编者也尽其所能地对《新潮》上发表的文章和思想进行推荐,对新潮社冒进的新人积极地扶持和推举。1919年1月,《新潮》刚刚出版了创刊号,鲁迅就在给许寿裳的信中称:"大学学生二千,大抵暮气甚深,蔡先生来,略与改革,似亦无大效,惟近来出杂志一种曰《新潮》,颇强人意……第一卷已出,日内当即邮寄奉上(其内以傅斯年作为上,罗家伦亦不弱,皆学生)。"[2]其他的北大师长在稿件上也给予了《新潮》很大支持,蔡元培的《美术的起原》就发表在《新潮》第2卷第4号,他的《大战与哲学》和在天安门露天演说会的演说词《劳工神圣》及《致公言报函》《答林琴南君函》也分别登在第1卷的第1、第2、第4号的附录里。鲁迅的小说《明天》与译作《察拉图斯忒拉的序言》也都是发表在《新潮》上。可以说《新潮》与《新青年》之间构成了北大师生之间的相互交流和相互配合,对于整合新文化力量、培养新文学作家都起到了重要的作用。罗家伦曾经坦言道:"其实我们天天与《新青年》主持者相接触,自然彼此间都有思想的交流和相互的影响。"[3]新潮社在现代文学初创时期登场,尤其在文学创作上为新文化运动的发展提供了重要的力量,成长起一批锐意创新的新文学家,以社团的形式效应,为新文学的发展和成熟作出了可贵的尝试。

---

[1] 傅斯年:《〈新潮〉之回顾与前瞻》,《新潮》1919年第2卷第1号。
[2] 鲁迅:《致许寿裳》,载《鲁迅全集》第11卷,人民文学出版社2005年版,第369—370页。
[3] 罗家伦:《元气淋漓的傅孟真》,载《逝者如斯集》,台湾传记文学出版社1981年版,第169—170页。

（二）京、海两地高校学子的"浅草"与"沉钟"

除了文学研究会、创造社、新潮社这种影响力比较大的社团外，一些规模相对较小的社团，也以自身独特的文学追求和贡献在现代文学史上占据了一席之地，比如说活跃于20世纪20—30年代的浅草—沉钟社，这个被鲁迅称为中国的最坚韧，最诚实，挣扎得最久的团体，其实也是一个校园社团。之所以叫浅草—沉钟社，是因为它是由同一伙人先后以两个刊物（《浅草》和《沉钟》）为阵地形成的聚集群体。在学缘层面上，该社成员多为上海和北京两地的高校学生，尤其以复旦大学和北京大学为主体。

1919年，一个叫林如稷的青年从四川来到北京，在北京高等师范学校附属中学认识了罗石君等同学，二人曾围炉聚话，有了想成立社团的想法。1921年，林如稷"从北京转到上海读书，在那里认识同乡邓均吾和陈翔鹤，陈那年正在复旦大学读文学系，也常爱写点东西，我们便在次年不自量力地约集几个在北京求学的朋友陈炜谟、冯至等，创刊了《浅草》文艺季刊"[1]。也就是说，浅草社—沉钟社一开始就与北京、上海两地的学校有着重要的关系，特别以复旦大学和北京大学为主。据统计，《浅草》的核心成员就读于复旦的有陈翔鹤、胡絮若、王怡庵、陈承荫、周乐山诸人，而就读于北大者则有冯至、陈炜谟、高世华、李开先、汤懋芳、游国恩等人。

在《浅草》第1卷第1期的"卷首小语"里，他们写下了自己的宣言："在这苦闷的世界里，沙漠尽接着沙漠，属目四望——地平线所及，只一片荒土罢了。是谁撒播了几粒种子，又生长得这般鲜茂？地毯般的铺着：从新萌的嫩绿中，灌溉这枯燥的人生。荒土里的浅草啊，我们郑重的颂扬你；你们是幸福的，是慈曦的自然的骄儿！我们愿做农人，虽是力量太小了；愿你不

---

[1] 林如稷：《林如稷选集》，四川文艺出版社1985年版，第271页。

遭到半点儿蹂躏，使你每一枝叶里，都充满——充满伟大的使命。"① 浅草社的成员大多为在校学生，他们也不像《新青年》同人那样具有资深的名望和背景，京、海两地成员们之间的自由结社，让他们也无法像《新潮》那样直接受到北大的滋养，这群年纪尚小的青年们就像社名中的"浅草"一样，虽然力量尚小，组织得也较为松散，但具有着强劲的生命力。编者还特意取消了时兴的"批判栏"，以远离文坛上的各种纠纷，保持刊物的纯粹性："我们同人都是抱定不批评现在国内任何人的作品，别人批评我们的，也概不理论，任人估值，以免少纠纷的宗旨：所以我决意把批评栏取消了。"② 只发创作、不发评论，收稿不分宗派主义，保持自己"洁白的园地"，体现出一种纯粹、清新的校园特色。复旦大学的教授赵景深也给予了《浅草》有力的支持，除了在《浅草》上发表一篇诗歌外，还翻译了契诃夫的小说《一件小事》《一个阔朋友》，安徒生的童话《蜗牛和玫瑰》，巴比塞的小说《奇迹》和樊达克的小说《蓝花》等，为浅草社的外国文学引介作出了一定的贡献。1925年春，由于社团骨干林如稷远赴法国留学，一些核心成员也因故退出，《浅草》出到第4期后终刊，浅草社也随之停止了活动。

在《浅草》停刊了之后的1925年，陈炜谟从南京旅行后回京，冯至也从故乡重返北京，陈翔鹤在北京西山度过了一个苦闷的暑假，几人再次相聚在一起，一边谈着别后的寂寞与辛苦，一边筹划着新的一轮结社。恰巧这时远远传来几声晚钟，由此联想到德国戏剧家霍普特曼写的童话剧《沉钟》，几位青年便怀着把沉入湖底的钟撞响的精神，给刊物取名为《沉钟》。③《沉钟》的作者大部分都出自原《浅草》的队伍，由周刊到半月刊，中间经过几次停刊

---

① 《卷首小语》，《浅草》1923年第1卷第1期。
② 林如稷：《编辑缀话》，《浅草》1923年第1卷第1期。
③ 参见陈翔鹤《关于"沉钟社"的过去现在及将来》，《现代》1933年第3卷第6期。

复刊、再停刊再复刊直至终刊,《沉钟》坎坷地历经了近十年的时间,鲁迅曾给予了这个团体很高的评价:"但在事实上,沉钟社却确是中国的最坚韧,最诚实,挣扎得最久的团体。它好像真要如吉辛的话,工作到死掉之一日,如'沉钟'的铸造者,死也得在水底里用自己的脚敲出洪大的钟声。然而他们并不能做到,他们是活着的,时移世易,百事俱非;他们是要歌唱的,而听者却有的睡眠,有的槁死,有的流散,眼前只剩下一片茫茫白地,于是也只好在风尘澒洞中,悲哀孤寂地放下他们的箜篌了。"[1]

(三)西南联大:烽火中的社团群落

1937年8月,随着抗战局势的日益危急,为了保证大学教育的持续和安全,国民政府教育部决定将南开大学、清华大学、北京大学南迁至长沙,合并组成长沙临时大学,并且指定三校的校长分任长沙临时大学筹备委员会委员。当1600多名师生跋涉到长沙时已经是金秋十月,然而刚开学没多长时间,动荡的战事再一次让这个临时大学继续南迁,师生们兵分几路最终在昆明会合,学校正式改名为国立西南联合大学。从1937年到1946年,虽然是在战争的残酷环境中,西南联大自由的学术氛围和文化品格让这里成了战火中的精神堡垒和学术中心。学校存续的9年中先后出现了100多个社团,它们大部分由学生和老师自愿组合而成,相对来说比较独立松散,合则聚,不合则散,没有严格的规约。这些社团涉及政治、法律、英文、历史、物理、文学、戏剧、音乐等各个方面,文学方面则尤其以南湖诗社、高原文艺社、南荒文艺社、冬青文艺社、布谷文艺社、边风文艺社、文聚社、耕耘文艺社、

---

[1] 鲁迅:《中国新文学大系·小说二集·导言》,载赵家璧主编《中国新文学大系》第4集,上海良友图书印刷公司1935年版,第6页。

文艺社、新诗社、十二月文艺社等为代表。有学者曾这样总结道："西南联大的办学原则是坚持学术独立、思想自由，对不同思想兼容并包，校方不干预教师和学生的政治思想，支持学生在课外从事和组织各种社团活动。"①

南湖诗社就是其中一个影响较大的代表，在西南联大由长沙迁至昆明途中，经过几千里的长途跋涉，原本互不相识的中文系1940级的向长清和教育系1939届的刘兆吉，慢慢成了志趣相投的朋友。在条件艰苦的跋涉过程中，他们常常在一起写诗，并且相约到达昆明后要一起成立诗社。这个想法很快得到了同行的导师闻一多的支持，并且给出了他自己关于新诗的见解。在得到闻一多的鼓励之后，二人筹办诗社的决心更加强烈，到了昆明之后很快就集结起了兴趣相投的多个社员，后因校舍的原因，文学院和商法学院迁至蒙自，诗社也终于在美丽的蒙自南湖边正式成立了，也因此得名"南湖诗社"。除了发起人刘兆吉、向长清之外，主要社员还有穆旦、赵瑞蕻、林蒲、周定一、陈士林、刘重德、李敬亭、陈三苏、刘绥松等。闻一多、朱自清两人受邀担任指导老师，开启了联大文学社团请著名教师担任导师的先河。社员赵瑞蕻后来回忆道："由于这个诗社，我们有更多的机会得到闻、朱两位先生亲切的教导，这对我们以后做人做学问，从事诗歌创作和研究等方面都起了直接或者潜移默化的作用。"②

诗社办有壁报《南湖诗刊》。何为"壁报"？在物资匮乏的战乱环境中，想要顺利地出版、印刷、发行都是很奢侈的事情，社员们把写好的诗歌贴在旧报纸或者牛皮纸上，然后再贴到墙上，就算是公开刊出了，形成了一种独

---

① 西南联合大学北京校友会编：《国立西南联合大学校史（修订版）：一九三七至一九四六年的北大、清华、南开》"前言"，北京大学出版社2006年版，第3页。
② 赵瑞蕻：《离乱弦歌忆旧游——从西南联人到金色的晚秋（文学回忆录）》，文汇出版社2000年版，第119页。

特的"壁报"形式。穆旦的《我看》《园》,赵瑞蕻的《永嘉籀园之梦》等就是这个时期的作品。这些诗作带有鲜明的学院特征,对语言、形式有着自觉的追求,比如说《园》,这首写于1938年8月的诗歌出自在外文系二年级就读的穆旦之手,当时蒙自分校即将迁往昆明,穆旦怀着依依不舍的感情写下了这首诗:"从温馨的泥土里伸出来的/以嫩枝举在高空中的树丛/沐浴着移转的金色的阳光/水彩未干的深蓝的天穹/紧接着蔓绿的低矮的石墙/静静兜住了一个凉夏的清晨。"从这首诗的前半段来看,诗人通过一种童真的视角以各种色彩点染了景物,营造了一个静谧、清新的园中一角。而诗歌的最后一段"当我踏出这芜杂的门径/关在里面的是过去的日子/青草样的忧郁/红花样的青春",由景及情,告别的不仅是园中的景色,更是自己的青春年华。最后诗人"关"住的既是园子的这扇门,也是自己的记忆之门。虽然这是穆旦的早期之作,但其中迸发的诗情和灵气已经初显锋芒。

  事实上,除了这种组织性的社团之外,更重要的是在西南联大形成的这个诗人群落,他们其实并不构成一个统一的美学主张和诗学追求的流派,在"学术独立、精神自由"的文化理念下,形成了以穆旦、杜运燮、郑敏、袁可嘉等为代表的青年诗人群。穆旦、杜运燮、袁可嘉等人先后组织或参与南湖诗社、冬青文艺社、文聚社,穆旦、郑敏、杜运燮等九叶派诗人也基本上都是以西南联大为创作起点的。虽然他们在学校所待的时间或短或长,但西南联大绝对是滋养其文学品格、开拓其文学视野的重要土壤,他们对新诗的发展、对新诗艺术上的建构和探索做出了积极的思考和贡献。诞生于特殊环境下的西南联大文学社团和诗人群体,虽然都是背靠着学校,但是不像新潮社、浅草社那样的稳定性,战局的变化、时势的动乱都影响着这些社团的存活与发展,但是他们依然以自己的方式对现代文学的发展做出了新的尝试和探索,具有重要的贡献。

三、"门生""新人"与社团的发展

对于初入文坛的新人来说，师长、前辈的提携是相当重要的。前辈们开宗立派，青年学子或是通过学院教育成为其学生，或是自愿追随，聚拢在其周围，从而形成某种人际网络，既在风格上呈现出某种趋同性，也获取相互扶持、应和的群体效应。这些成长于"五四"光芒下的新一代作家，一方面因为前辈学者的照拂，幸运地登上了文坛，另一方面也成长为社团的新晋骨干力量，把握着社团后期发展的命脉。

（一）"章门"与"五四"文坛的分化

学术发展的链条是一环接着一环的，即便是那些突进的变革，背后也埋伏着或隐或现的相关线索。拿"五四"来说，五四新文学的风云变革与发展与章太炎及其门下的诸多弟子们有着密切的关联，甚至有过"章门王朝""五大天王"的说法：黄侃为天王、汪东为东王、吴承仕为北王、朱希祖为西王、钱玄同为翼王。钱穆曾这样记录过章太炎讲学时众弟子的表现："太炎上讲台，旧门人在各大学任教者五六人随侍，骈立台侧。一人在旁作翻译，一人在后写黑板。太炎语音微又皆土音，不能操国语。引经据典，以及人名地名书名，遇疑处，不询之太炎，台上两人对语，或询台侧侍立者，有顷，始译始写。而听者肃然不出杂声。此一场面亦所少见。翻译者似为钱玄同，写黑板者为刘半农。玄同在北方，早已改采今文家言，而对太炎守弟子礼犹谨如此。半农尽力提倡白话文，其居沪时，是否曾及太炎门，则不知。要之，在当时北平新文化运动盛极风行之际，而此诸大师犹亦拘守旧礼貌。"[①] 章太炎

[①] 钱穆：《八十忆双亲·师友杂忆》，生活·读书·新知三联书店2018年版，第185页。

的门生既有旧派，也有新文化派，虽然立场各为不同，但是面对老师章太炎，"诸大师犹亦拘守旧礼貌"。晚年章太炎曾在苏州刊刻《弟子录》，里面有谁没有谁，还曾引起过一阵纷纷扰扰的争论，直到今天，"章门弟子"具体有哪些还存在着不少的争议，但一般来说，鲁迅、周作人、朱希祖、钱玄同、黄侃、沈尹默、汪东、吴承仕、曹聚仁、刘文典等人，基本是被视为章太炎的弟子，他们或是新文化运动的主力军，或是国学造诣精深的学者，或是执教于国内各知名大学，成名后身边又聚集了一批新的"弟子"或年轻人，在现代文学史和学术史上都有着举足轻重的作用。

　　黄侃与钱玄同同为章门的弟子，又同在北大任教，在新文化运动上却持有完全不同的立场。二人在是否要废除文言文、主张白话文等问题上的冲突可谓到了针尖对麦芒的程度。钱玄同以章门弟子和古文大家的身份支持新文化运动，并且成功游说周氏兄弟也加入阵营，这对于新文化运动来说是一个重量级的支持。钱基博就曾认为五四白话文运动是得到章炳麟弟子钱玄同的"强佐"，才能"声气腾跃"。[1] 作为章太炎在文字学方面的继承者之一，钱玄同多次在提倡白话文运动的时候引用章太炎的思想为其"站台"："文学之文，用典已为下乘；若普通应用之文，尤须老老实实讲话，务期老妪能解，如有妄用典故，以表象语代事实者，尤为恶劣。章太炎先生尝谓公牍中用'水落石出''剜肉补疮'诸词为不雅……洪宪时代司法不独立，州县长官遇婚姻讼事，往往喜用滥恶之四六为判词。既以自炫其淹博，又藉以肆其轻薄之口吻。此虽官吏心术之罪恶，亦由此等滥恶之四六有以助之也。"[2] 这让倾向守旧派的黄侃极为不满，甚至常常有在课堂上提及钱玄同就破口大骂的场景。据当

---

[1] 参见钱基博《现代中国文学史》，上海古籍出版社2011年版，第390页。
[2] 钱玄同、独秀、蔡元培：《通信》，《新青年》1917年第3卷第1号。

时北大的学子回忆道:"不久,提倡文学革命的胡适之先生亦来北大任教,于是新派势力大增。当时北大内部师生对此项新运动,反应不一……教授方面,如章太炎先生的门弟子,亦显然分为两派。钱玄同、沈尹默是站在新的方面,黄季刚则反对新文学最力……他抨击白话文不遗余力,每次上课必定对白话文痛骂一番,然后才开始讲课。五十分钟上课时间,大约有三十分钟要用在骂白话文上面。他骂的对象为胡适之、沈尹默、钱玄同几位先生。他嘲笑新诗,他讥评沈忘恩负义,他骂钱尤为刻毒。"[1]

对于两位弟子截然对立的这场运动,章太炎虽然在公开场合并没有明确表示过自己的态度,但在致另一位弟子吴承仕的信中这样谈道:"天地闭,贤人隐,诚如来旨,乱世恐亦无涉学者。颇闻宛平大学又有新文学、旧文学之争。往者季刚辈与桐城诸子争辩骈散,仆甚谓不宜。老成攘臂未终,而浮薄子又从旁出,无意元祐党人之召章蔡也。"[2]这里,章太炎把新文化运动诸人称之为"浮薄子",可以看出他的态度是比较冷淡和不以为意的。这其实反映了章太炎一方面虽然提倡革命,但又极其保守,主张汉字复古的复杂态度。因此黄侃与钱玄同师兄弟之间的分歧,其实也可以视作章太炎思想两个方面的相互博弈。

至于钱玄同与鲁迅,则是另一种状况。二人曾同去日本留学,又几乎同时拜在章太炎门下,又一同深度参与了新文化运动,但最终依然走向分道扬镳的结局。钱玄同曾对二人的交往这样概括:"我与他的交谊,头九年(民前四—民五)尚疏,中十年(民六—十五)最密,后十年(民十六—二十五)

---

[1] 杨亮功:《早期三十年的教学生活·五四》,黄山书社2008年版,第18—22页。
[2] 章太炎:《与吴承仕》,载马勇编《章太炎书信集》,河北人民出版社2003年版,第308—309页。

极疏，——实在是没有往来。"[1] 二人关系的由密转疏，目前各种说法纷纭复杂，或许用鲁迅的话来说就是："五四的风暴已过，《新青年》的团体散掉了，有的高升，有的退隐，有的前进，我又经验了一回同一战阵中的伙伴，还是会这么变化。"当"五四"的火热已经远去，同仇敌忾的联盟也终将回到自己的轨道上，即便曾拜于同门，各自的思想路径、学术追求、人生选择也大不一样。鲁迅看不惯钱玄同后来与胡适、顾颉刚等人走得太近，而钱玄同对鲁迅日益走向革命也不予认同，渐行渐远是必然的事情。这既是同门之间的意见分歧，也是新文化阵营在面对建设一个什么样的"新文化"之时必然走向的分裂。

（二）"新月"的后起之秀

如果说"章门"弟子还带有一些传统意义上的师徒机制，那么新月社的新人发展更多具有了现代学院教育的意义。虽然新月社的后起之秀们也多是受到了老师们的提拔，但是新月诗人大多数是由英美派和亲美教育的清华、北大学生组成，相互之间的关系不像"章门"那么紧密，既有相似的文化价值观，又体现出一种松散、独立的特点。

新月派是一个比较复杂的流派，它在不同的发展阶段有不同的倾向，但总体上又有前后连贯的内涵。往上追溯的话，新月派的雏形可以从以闻一多、梁实秋为代表的清华学子的一系列文学活动开始算起，他们在《清华周刊》上发表的文字和进行的文学活动为新月派打下了基础。1922年，徐志摩回国结识梁实秋等人。1923年，这一群越走越近的年轻人正式结社，名为"新

---

[1] 钱玄同：《我对于周豫才君之追忆与略评》，载《钱玄同文集》第2卷，中国人民大学出版社1999年版，第305页。

月",随后创办了《诗镌》和《剧刊》,以古今并举、中西融合的文学观念为新月派提供了创作的平台。1927年大革命失败,新月派文人开始陆续南下,重聚于上海,创办新月书店和《新月》月刊,1933年《新月》停办。1934年5月,《学文》在北平创刊,"可以说是继《新月》之后,代表了我们对文艺的主张和希望"[1]。后期的新月社除了推出胡适、闻一多、梁实秋等知名作家的专著专集之外,也开始大力扶持新人:曹葆华、陈梦家、费鉴照、卞之琳等人,或是出身于清华、北大两校,或是与叶公超、徐志摩、闻一多等人有着密切的联系。

曹葆华1927年从四川考入清华大学文学院西洋文学系,在叶公超的指导下,先后翻译了瑞恰慈的语义分析、艾略特的现代诗论以及后期象征主义瓦莱里的纯诗理论,集结为《科学与诗》和《现代诗论》出版。叶公超亲自为《科学与诗》写序:"我希望曹先生能继续翻译瑞恰慈的著作,因为我相信国内现在最缺乏的,不是浪漫主义,不是写实主义,不是象征主义,而是这种分析文学作品的理论。"[2]1932年,曹葆华在新月书店先后出版了《灵焰》和《落日颂》两部诗集。在诗风上,曹葆华也是延续了新月派追求形式美、音韵节奏的风格和严密细致的学院派色彩。

1927年,陈梦家考入中央大学法律系的时候,闻一多也来到这所大学任外文系主任,年轻且又有才气的陈梦家在结识闻一多之后,二人颇为相得,他很快成了闻一多的得意门生。当闻一多离开中央大学后,徐志摩又继续接棒,挖掘陈梦家的诗歌天赋,陈梦家曾这样回忆道:"我也是这些被唱醒的一

---

[1] 叶公超:《我与〈学文〉》,载陈子善编《叶公超批评文集》,珠海出版社1998年版,第256页。

[2] 叶公超:《〈科学与诗〉序》,载瑞恰慈《科学与诗》,曹葆华译,商务印书馆1937年版,第4页。

个……他对年轻人的激励，使人永不忘记。一直是喜悦的，我们从不看见他忧伤过——他不是没有可悲的事。"① 就这样，在闻一多、徐志摩的影响和推荐下，1929 年，年仅 18 岁的陈梦家就在《新月》第 8 期上发表了自己的处女作《那一晚》，随后的第 9 期更是一口气发了四首诗歌。1931 年，在新月书店出版《梦家诗集》，而《新月》月刊也不遗余力地为这本诗集做了四次的广告，胡适等人专门为他写诗评，多加夸赞。同时，他还受到徐志摩的邀约，承担了《诗刊》的重要编辑工作，并且去编选《新月诗选》。一时间，陈梦家的名声大噪。

1931 年，在北京大学英文系就读大二的卞之琳，遇到了自己英诗课的老师徐志摩，据卞之琳回忆："大概是第二年初诗人徐志摩来教我们英诗一课，不知怎的，堂下问起我也写诗吧，我觉得不好意思，但终于老着脸皮，就拿那么一点点给他看。不料他把这些诗带回上海跟小说家沈从文一起读了。居然大受赞赏，也没有跟我打招呼，就分交给一些刊物发表，也亮出了我的真姓名。这使我惊讶，却总是不小的鼓励。"② 卞之琳由此而跃上诗坛，先后在"新月"系列的刊物（《新月》《诗刊》《学文》）上发表了 18 篇诗文。如果说是徐志摩给予了卞之琳登上诗坛的机会，那么叶公超则为他的诗歌之路开拓了新的空间。徐志摩飞机失事遇难后，卞之琳的英诗课便由清华大学的叶公超来代课："是叶师第一个使我重开了新眼界，开始初识英国 30 年代左倾诗人奥顿之流以及已属现代主义范畴的叶慈晚期诗。"叶公超"是第一个引起我

---

① 陈梦家：《纪念志摩》，载《陈梦家作品精选集》，山西人民出版社 2020 年版，第 176 页。
② 卞之琳：《〈雕虫纪历〉自序》，载卞之琳著，江弱水、青乔编《卞之琳文集》中卷，安徽教育出版社 2002 年版，第 445 页。

对二三十年代艾略特、晚期叶芝、'左倾'的奥登等英美现代派诗风兴趣的"[1]人。1932年9月,叶公超接编《新月》,集中组织了一批译介西方现代诗歌理论的稿子,卞之琳在上面发表和翻译了多首现代派诗歌。在诗歌创作上,卞之琳在多位新月前辈的影响下,进一步对新诗格律化进行了探索。在《诗的格律》一文中,闻一多阐发了自己关于新诗格律的一系列看法,为新诗的格律研究作了开端,这是对五四新诗大解放的一次规范化,但对格律的强调又不免让新月诗派陷入一种"戴着镣铐跳舞"的限制。在这个基础上,卞之琳进一步探索了格律诗应该如何在规范与自由中找到平衡和步法,达到诗歌的一种智性美。袁可嘉曾对卞之琳的贡献这样总结:他从前辈诗人闻一多、徐志摩那里学来了格律意识,使它发展为新诗格律的三点基本看法:以顿为中心环节,区分"说话式"调子和"哼唱式"调子,顿内不拘平仄。[2]

---

[1] 卞之琳:《星水微茫忆〈水星〉》,载卞之琳等编《水星》合订本,上海书店影印1985年版,第3页。
[2] 参见袁可嘉《十载寒窗:一个突破——读张曼仪著〈卞之琳著译研究〉》,载袁可嘉、杜运燮、巫宁坤主编《卞之琳与诗艺术》,河北教育出版社1990年版,第163页。

第五章
社约活动与文学社团的圈层建构

在文学史发展的洪流中，一个社团想要凭借自己的力量占据一席之地，获得话语权并不是一件容易的事情，在这基础上如何持之以久地保持自己的活跃度，真正地运作起来，更是难上加难。对外，需要时不时地与不同流派群体进行对峙与交锋，建立自己的话语权，争取读者，保证刊物销量以维持社团的运转；对内，要完善社约规范，组织活动，以加强内部社员们的情感联系，增加社团的认同感和号召力。传统文人结社，大多是通过雅集的方式相互唱和，在宴会上觥筹交错，在名胜风景处作诗文酬唱；进入近现代之后，文人们开始突破传统的私友性交往，走向一种公共性，或是通过聚餐、沙龙谈天说地，或是通过报刊媒介互相作书评、作序，形成现代性的公共交往网络。而在这一过程中也逐渐分化出了组织者、知识权威、追随者、连接者等多种角色的社团圈层结构。

一、公共空间与文人交往

当一群人因为共同的目的聚集在同一个场所的时候，一个"公共空间"就已经建立起来了。加拿大政治哲学家查尔斯·泰勒认为，公共空间可以分为"主体性的公共空间"和"跨区域的公共空间"。所谓主体性的公共空间是一种有形的空间，比如沙龙、街道、广场，可以为公众以共同关心的主题聚集在一起提供具体的场所；跨区域的公共空间则是一种无形的舆论共同体，比如，包括报纸、杂志、书籍和电子传媒在内的公共传媒，即便是分散在世界各地从未谋面的陌生人,也可以以共同的话题结合为一个现代社会公众空间。"公共性"空间的建构和营造,催生了相应人际交往和活动场域、社会媒介等现代性元素交融,这是我们观察中国现代文学社团流派的一个重要视角。

(一)雅集·沙龙·公园

雅集是一种从古代就延续下来的文人群体活动。在历朝历代,文人们或是以共同的理想信念为纽带,或是以审美惯习为牵引,或十日一会,或月一寻盟,三两好友相互在一起饮酒赋文、品诗抚琴、泼墨挥毫、焚香品茗等等,在推杯换盏中灵感一旦被激发,便挥毫泼墨,历史上很多经典的诗文和书画就是在这种场合下诞生的,比如大名鼎鼎的《兰亭集序》。"诗酒唱和领群雄,文人雅集开风气"说的就是三国时期,曹操、曹丕、曹植与各位文士集宴在邺城之下诗酒酬唱的场景。曹丕在《又与吴质书》中回忆当时的盛况说:"昔日游处,行则连舆,止则接席,何曾须臾相失。每至觞酌流行,丝竹并奏,酒酣耳热,仰而赋诗。当此之时,忽然不自知乐也。"除此之外,还有先秦稷下学宫、汉代梁园雅集、东晋兰亭雅集、唐代西山九老会、宋代的西园雅集、元代的玉山雅集等,都是雅集在不同时代的体现。这种形式能够流传如此之久,不仅因为它符合文人追求雅致、赋情山水的理想,而且更重要的是,这种形式背后还凝聚着一种追求同好、向往自由的文化认同和情感连接。

在进入近代之后,雅集的形式也没有消失,作为清末民初最大的文学社团,南社的组织形式体现出一种过渡性,雅集就是南社文人集合的一种重要机制。在被称为"南社大宪章"的《南社第三次修改条例》里面就有明确规定雅集的运作方式,比如说第十条规定:"各社友散处,每以不得见面为恨,故定于春秋佳日，开两次雅集。其地址、时期，由书记于一月前通告。"[1] 通过这种定期雅集活动宣告其正常运作，彰显其社团的凝聚力和号召力。值得注意的是，以继承"几复风流"自命的南社，结社的初衷并非纯粹为了文学，根本在于反满革命，因此大部分社友既是文人，又是革命志士。因此，南社每次雅集的号召就不仅仅是传统文人诗文酬唱的交游形式，而更多带有了社会性的意义和事务性的功能。每一次的雅集都是集中处理社事的一次聚会，比如说商讨将要出版的稿件，整理各位社友的地址以拟定通讯录，等等。在雅集上讨论、发表的诗文也多随着革命形势的变化、社会时局的动荡而变化，如高旭、陈汉元、陈去病、邵瑞彭、骆继汉、吕志伊、林景行、马小进、马君武等人《拟今日良燕会》，便由"华堂置美酒，良夜恣清游（汉元）"，忽觉"中夏剧萧条，吾身怀百忧（天梅）"，进而感慨"宇宙尽甲兵，苍生何时瘳（马君武）"。[2] 南社存续的十余年，我们从其收编的诗句中既可以看到对当时时局的政治批评，也能看到对重大历史事件和热点问题的及时记录。比如，高旭、邵瑞彭的《斜街联句》为国会解散而忧虑，叶楚伧、叶玉森、陈世宜的《迎春词联句》讥讽袁世凯的善后大借款，等等。这些诗句都显示了南社诗人对于社会公共话题的深度介入。雅集举办的频次也反映出一个社团的盛衰，南社的影响力和维系力在辛亥革命之后便日渐松散，雅集的组织也逐渐走向废弛。

不同于传统的集会，沙龙是一个舶来名词，它的法语本源意义为"客厅"，作为连接家庭与外部世界的半私密半公开的空间，"沙龙"本身就带有一定的公共空间领域的社会学属性。德国哲学家汉娜·阿伦特认为，近代资

---

[1] 柳亚子著，柳无忌编:《南社纪略》，上海人民出版社1983年版，第24页。
[2] 郭长海、金菊贞编:《高旭集》，社会科学文献出版社2003年版，第188—189页。

产阶级社会兴起之前是没有公共领域的,哈贝马斯也谈到法国皇家绘画与雕塑学院举办的沙龙展的重要性,这种室内沙龙的出席者既有贵族阶层也有市民阶层,因此这是一个独立于宫廷的谈论空间,这种公共领域的出现,标志着资产阶级开始构建独立于贵族专制国家的自主性社会实践场域。这种画展沙龙后来逐渐拓展到公共文化空间领域,多指有知识、有身份的人以言谈为目的的经常性的聚会。公共领域在私人和宫廷之间营造了一个商谈性质的社会空间。"在17—18世纪的巴黎沙龙里,贵族与富有市民、艺术家与学者聚集在一起,形成了一种远离宫廷和教会的新的公共空间。与贵族世界不同,沙龙基本上是一个开放的社交圈子,社会成分是混杂的,但在观念上是平等的。"[①]

20世纪30年代的北京,以林徽因"太太的客厅"为中心的文化空间真正具有了西方沙龙的特点。1931年,林徽因为了养病与梁思成从东北返回到北平,住进了北平北总布胡同3号,后来这个四合院成为许多知识精英聚会的场所。这里聚集着一大批广有影响的学者名流,如金岳霖、张奚若、陶孟和、钱端升、陈岱孙、周培源、叶公超、李健吾等,还有美国人费正清、费慰梅,到了后来更多的青年作家也加入进来,如沈从文、萧乾、卞之琳等。卞之琳曾回忆说:"当时我在她的座上客中是稀客,是最年轻者之一,自不免有些拘束,虽然她作为女主人,热情、直率、谈吐爽快、脱俗(有时锋利),总有叫人不感到隔阂的大方风度。"[②]

"太太的客厅"除了提供文人们谈天议论、激发灵感的空间场域之外,还

[①] 方维规:《序二 欧洲"沙龙"小史》,载费冬梅《沙龙:一种新都市文化与文学生产(1917—1937)》,北京大学出版社2016年版,第10—11页。

[②] 卞之琳:《窗子内外:忆林徽因》,载陈钟英、陈宇编《中国现代作家选集·林徽因》,人民文学出版社1992年版,第326页。

起到一种文坛圈层的建构作用。林徽因本人对于京派的集结起到了重要的作用，而一些年轻的后生和新人想要进入文坛，这种文人沙龙式的交往有着强烈的吸引力。萧乾就是其中一个幸运的例子。1933 年 11 月初，还是燕京大学学生的萧乾在《大公报·文艺》上发表了自己的小说《蚕》，林徽因看后致信沈从文，谈到萧先生文章甚有味儿，她喜欢，能见到当感到畅快。就这样，在沈从文的带领下，萧乾第一次踏进了这个向往已久的沙龙。他曾这样记载当年的情景："那次茶会就像在刚起步的马驹子后腿上，亲切地抽了那么一鞭。"① 就这样，萧乾慢慢进入了京派的中心地带，此后备受沈从文、杨振声、林徽因等人的赏识，不仅沈从文每月定期向他约稿，他还在《我的启蒙老师杨振声》中忆及杨振声对自己的提携："一九三三年至一九三五年间，除了去西斜街看望他，我还常同他一道参加在北平举行的文艺盛会、中山公园品茗或到朱光潜先生家去听诗朗诵。"② 李健吾也是一个例子。1934 年 1 月，从未谋面的林徽因女士给他写过一封长信，约他到梁家见见面。就是这样一封长信，把李健吾带进了"太太的客厅"，也带到了文坛的中心。成为客厅的常客后，李健吾与沈从文、林徽因、梁实秋、叶公超等人成立了"学文社"，创办《学文》月刊，刊发了京派各位文人的诗歌、小说等作品，产生了广泛的影响。无论是对于萧乾还是李健吾，"太太的客厅"作为一个文化和社会空间，起到了助力和扶持的阶梯作用。

除了沙龙之外，公园也是京派的一个重要聚集空间。沈从文接任《大公报·文艺副刊》以来，整个征稿、组稿、选稿、编稿的过程常常都在北平中山公园来今雨轩进行。沈从文每隔一两个月就邀约青年作家到来今雨轩，一

---

① 萧乾：《一代才女林徽因》，《读书》1984 年第 10 期。
② 萧乾：《我的启蒙老师杨振声（代序）》，载孙昌熙、张华编选《杨振声选集》，人民文学出版社 1987 年版，"前言"第 3 页。

边喝茶一边谈文学,王西彦曾回忆道:"我们常去的地方,是中山公园的来今雨轩,还有北海公园的漪澜堂和五龙亭。大概是每隔一两个月就聚会一次,所约的人也并不完全相同,但每次都是从文先生亲自写简短的通知信,且无例外地归他付钱做东。大家先先后后地到了,就么随随便便地坐了下来,很自然地形成了一个以从文先生为中心的局面。可是,交谈的时候,你一句,我一句,并不像是从文先生在主持什么会议,因而既没有一定的议题,谈话的内容虽大致以文学和写作为主,也可以旁及其他,如时局和人生问题,等等。时间也没有规定,每次总是两三个小时的样子。完全是一种漫谈式的聚会,目的似乎只在联络联络感情、喝喝茶,吃吃点心,看看树木和潮水,呼呼呼吸新鲜空气。"① 梁实秋也曾记下当时在公园聚会的心境:"下次会面是在一个星期后,地点是中央公园。人类的历史就是由一个男人一个女人在一个花园里开始的。中央公园地点适中,而且有许多地方可以坐下来休息……我通常是在水榭的旁边守候,因为从那里可以望到公园的门口。等人是最令人心焦的事,一分一秒的耗着,不知看多少次手表,可是等到你所期待的人远远的姗姗而来,你有多少烦闷也丢到九霄云外去了。"② 这种公园式的漫谈为青年人营造了一个相对宽松的公共空间,阶级和身份的差异并不会影响彼此之间的交往,参与者可以比较自由地表达观点。

1935年7月,萧乾接管了《大公报·文艺》之后,他延续了沈从文以来今雨轩为据点联络作者的传统:"一九三五年我接手编《大公报·文艺》后,每个月必从天津来北京,到来今雨轩请一次茶会,由杨振声、沈从文二位主

---

① 王西彦:《宽厚的人,并非孤寂的作家——关于沈从文的为人和作品》,载巴金、黄永玉等《长河不尽流》,湖南文艺出版社1989年版,第86页。
② 梁实秋:《槐园梦忆》,载《梁实秋文集》编辑委员会编《梁实秋文集》(第3卷),鹭江出版社2002年版,第527页。

持。如果把与会者名单开列一下，每次三十至四十人，倒真像个京派文人俱乐部。每次必到的有朱光潜、梁宗岱、卞之琳、何其芳、李广田、林徽因及梁思成、巴金、靳以（但不久他们二人赴沪了，靳以编《文季月刊》，说明当时我们还不忘《文学季刊》的日子）。还有冯至，他应也是京派的中坚。"[1]一方面凝聚知名作家，一方面提携文学新秀，从沙龙到公园，这些公共空间不仅是京派同人的俱乐部，更是他们沟通代际、培育后进的桥梁。

（二）饭局·俱乐部·咖啡厅

对于新月社的创立过程，徐志摩曾表示："从聚餐会产生'新月社'，又从新月社产生'七号'的俱乐部。"[2]也就是说，新月社的聚合和发轫，与文人之间的聚餐形式有着重要的关系。这群从欧美留学回来的留学生们，把这种西方的交际方式带入了中国饮食文化之中。

徐志摩本身对西方生活方式十分推崇，在留学时期他就常常出入各种名人社交圈，与罗杰·弗莱、罗素、阿瑟·韦利交往甚密，而且还曾参加过英国著名的精英知识分子文化团体"布鲁姆斯伯里"集团的聚谈。回国之后，徐志摩深知这种现代的社交形式对于他寻找志同道合的事业伙伴非常有效，他曾表示："几个爱做梦的人，一点子创作的能力，一点子不服输的傻气，合在一起，什么朝代推不翻，什么事业做不成。当初罗刹蒂一家几个兄妹合起莫利思、朋琼司几个朋友在艺术界里就打开了一条新路，萧伯纳、卫伯夫妇合在一起在政治思想界里也就开辟了一条新道。新月，新月，难道我们这个新月便是用纸板剪的不成。"[3]因此在北京松坡图书馆担任英文干事的时候，徐

---

[1] 萧乾：《萧乾全集》第七卷书信卷，湖北人民出版社2005年版，第634页。
[2] 徐志摩：《剧刊始业》，载《徐志摩全集》第4卷，上海书店1995年版，第114页。
[3] 徐志摩：《给新月》，《晨报副刊》1925年4月2日。

志摩在居住的石虎胡同七号常常举行各种聚餐活动，并且成为新月社的核心人物。陈西滢回忆道："新月社代表徐志摩，也可以说新月社就是徐志摩。新月社是一栋花园平房，有一间大房是可以开会等用，一间小饭厅，可以用来请客，可以摆下一个圆桌，有一个大师傅做的菜很好。有一个听差招待来客，里面有一间不大不小的房，是志摩的睡房及书房。他在此写信，做文章，也会客。"①

在这种定期的聚会中，知识分子们不仅可以畅谈国事、时局、政治、教育，彼此之间相互抒发见解，在感情联系上也愈加紧密。叶公超也曾在《新月》上发表过一篇名为《谈吃饭的功用》的文章，认为："遇着两方面都有些难说的话（不是人命案谁愿意跑到县衙门里去），或是有什么解决不了的事，大家便到茶馆里摆上茶来说。如果茶的情面还不够，再吃上一顿酒饭，哪怕两代三代的怨仇，也就烟消雾散了。"②对于吃饭为何有合群聚众之功能，叶先生解释道：

　　一、人人都需吃饭，故此为人性所同。二、人与人之相知相投，推究起来，不过有几种嗜好相投合罢了，而吃恰好是人人所同，故吃饭乃人与人相投合之开端。三、吃饭时，谁也不会"食不言"，所以吃饭有助于打开我们的话囊，彼此倾谈。也只有吃饭时，大家说谎的动机才会比平时少些，故亦唯于此时可多听到些合乎人情的真话。

另外，徐志摩还利用自己的人脉资源，邀请国际上知名人士过来演讲。1923年，泰戈尔访问中国，徐志摩全程陪同并且担任翻译。为了更好地欢迎泰戈尔，徐志摩提出排演泰戈尔的名剧《齐德拉》："太氏最喜人家演他的戏，

---

① 陈西滢：《关于"新月社"——复董保中先生的一封信》，载韩石山选编《难忘徐志摩》，昆仑出版社2001年版，第78页。

② 叶公超：《谈吃饭的功用》，《新月》1929年第2卷第3期。

我很盼望爱他戏剧的同志，也应得趁这个机会努力一下。"①1924年5月6日，《晨报》报道了这样一条消息："泰戈尔氏已于昨日下午返京，仍寓史家胡同。本月八日为泰氏生辰，北京新月社同人，拟于是晚八时在协和大礼堂表演泰氏杰作契玦腊（Chitra）戏剧，剧中主角有林徽因女士及张歆海杨袁昌英女士徐志摩林宗孟蒋百里丁燮林诸君。梁启超氏新赠泰氏华名'竺震旦'……梁氏闻将于是晚，本此意作极有趣之演说。而是晚主席，则已推定胡适之君云。"②这次戏剧活动对刚刚成立的新月社来说，则是一次很好的对外展示机会。正是通过这次活动，新月社正式地以社团的面目展现在世人面前，打响了自己的名号。

这种类型的聚会不仅有助于打开社团的声势，联系社员的感情，更重要的是它通过有效的形式把一群认同西方文化价值观的留学生群体聚合起来，形成一个有别于其他文化背景的"英美文化思想场"，也间接地形成了一种对外的屏障。首先新月社的社员们大多有出身于优越家庭的背景，徐志摩、林徽因、陈西滢、梁实秋等人的家境都比较优渥，这让他们不需要花费太多的时间和精力在谋生上，从而也有更多的闲暇来关注社会、思考人生、醉心艺术。另外，他们大多从小接受正规的中国传统文化教育，之后留学英美，在国外接受西方高等教育和欧美文化的影响。徐志摩、叶公超都曾在剑桥大学留学，陈西滢毕业于爱丁堡大学与伦敦大学，王赓毕业于美国西点军校，胡适则是美国哥伦比亚大学哲学系毕业，余上沅和熊佛西都是哥伦比亚大学学戏剧出身，闻一多是美国芝加哥美术学院的学生，梁实秋曾在美国的科罗拉多大学、哈佛大学研究院和哥伦比亚大学学习……正如朱寿桐先生所说："以

---

① 徐志摩：《太戈尔来华的确期》，《小说月报》1923年第14卷第10号。
② 《诞辰将近之泰戈尔》，《晨报》1924年5月6日。

西方自由主义思潮为理论基础和价值依据的新月派，是新文化运动中唯一明确以绅士趣味自许的社团流派，它前后绵延十多年风云际会的历史，周遭囊括数十位名士名流的阵营，成就了现代史上影响最大的绅士文化群体。"①

与北平绅士们的聚会不一样的是，此时的上海才子们更倾向于选择咖啡厅作为集会的场所。咖啡厅为知识分子们提供的，并非一个单纯聚会的环境，因其特有的文化渊源和风格特色而呈现出了与传统空间风格迥异的环境，具有强烈的现代性表征。如同许纪霖在《20世纪中国知识分子史论》一书中提到的那样："左翼的波希米亚人常常出没于虹口地形复杂的弄堂、亭子间、小书店和地下咖啡馆，充满了密谋的氛围。"②咖啡的异域风情不仅可以激发知识分子的写作灵感，也是海派现代都市一种时髦的生活方式，更是知识分子、名流们交友会面的重要方式。因此，咖啡厅也成了很多社团流派组织活动的重要空间，比如说著名的公啡就是左翼作家联盟的摇篮。据夏衍回忆："左联"第一次筹备会议，是1929年10月中旬，地点在北四川路有轨电车终点站附近的公啡咖啡馆二楼，参加者有潘汉年、冯雪峰、阳翰笙、钱杏邨和我等10个人。筹备会一般是每周开一次，有时隔两三天也开过，地点几乎固定在公啡咖啡馆二楼一间可容十二三人的小房间。③而类似的筹备会，在公啡还开过很多次，据阿英回忆："这个期间我参加过大约二三次与鲁迅谈话，都在北四川路公菲咖啡馆。"④之所以对公啡如此青睐，据郑伯奇的说法是："当时上海还有一个公啡咖啡馆，好像是外国人开的……因为这个地方一般中国人

---

① 朱寿桐：《新月派的绅士风情》，江苏文艺出版社1995年版，第43页。
② 许纪霖编：《20世纪中国知识分子史论》，新星出版社2005年版，第437页。
③ 参见夏衍《懒寻旧梦录（增补本）》，生活·读书·新知三联书店2006年版，第99页。
④ 吴泰昌：《阿英忆左联》，《新文学史料》1980年第1期。

是不去的，外国人对喝咖啡的人又不大注意，比较安全。"① 鲁迅也常常在公啡同友人见面，除了安全因素之外，因为这里离他的寓所和内山书店都非常近，魏猛克曾回忆道："我参加'左联'不久……周扬便带我到内山书店，见到了鲁迅。并在内山书店的路对面一个挪威人开的公啡酒店去喝茶。这个店子比较僻静，鲁迅常在这里与青年谈论，是值得纪念的处所。"②

田汉还曾创作了话剧《咖啡店之一夜》，虽然没有点名是哪个咖啡店，但是从里面的场景描写来看，与当时公啡的陈设十分相似："正面有置饮器等的橱子，中嵌大镜。稍前有柜台，上置咖啡、牛乳等暖罐及杯盘等……室中于适当地方陈列菊花，瓦斯灯下黄白争艳，两壁上挂油画……"③

二、核心人物与权威话语

组织体系是社团构成的重要因素，即便是义学社团这样比较自由、松散的团体，也需要有明确的组织体系，而在这之中，一个核心的领导人物或者说权威人物的存在决定了社团的凝聚力和认同感。在现代中国文学社团的运作中，相较于行政力量和经济力量，"知识权威"更决定了一个社团的核心话语人物，比如周氏兄弟之于《语丝》、鲁迅之于"左联"，等等。

（一）周氏兄弟与语丝社

对于语丝社而言，周氏兄弟的重要性是显著的。他们不仅是《语丝》的

---

① 郑伯奇：《沙上足迹》，黑龙江人民出版社1999年版，第144页。
② 魏猛克：《"左联"回忆》，载王蒙、袁鹰主编《忆周扬》，内蒙古人民出版社1998年版，第35页。
③ 田汉：《咖啡店之一夜》，载《田汉文集》（第一卷），中国戏剧出版社1983年版，第117页。

重要发起人和主要撰稿人,而且是"语丝文体"的创造者和集大成者。创刊于 1924 年 11 月的《语丝》周刊,虽为孙伏园创办,但草创时期与"十六位撰稿人"有着重要的关系。孙伏园在《语丝》出版之前的白纸红字的张贴广告中这样说明:"本刊由周作人、钱玄同、江绍原、林语堂、鲁迅、川岛、斐君女士、王品青、衣萍、曙天女士、孙伏园、李小峰、淦女士、顾颉刚、春台、林兰女士等长期撰稿。"而这十六人中,又尤其以周氏兄弟的威望最高。或者说,如果没有周氏兄弟的社会声望,语丝社不会这样快速地形成自己的影响力,也不会这么有力地团结这样一批人追随,形成声势。

鲁迅在《我与〈语丝〉的始终》一文中说,自己在北平的时候"一直不知道实际上谁是编辑",而通过对语丝社运作的考察,我们不难发现周作人其实承担起了《语丝》的实际编辑的任务。据林辰考证:"社员的稿件,来则即由李小峰发排,外面的投稿,则由李送给周作人去看,决定取舍。"[1]而在《语丝》刊登的《发刊辞》《编者按》《启事》《附记》《读者通信》等文上,周作人都清晰地表明了自己的办刊理念与宗旨、立场与趣味:"我们所想做的只是想冲破一点中国的生活和思想界的昏浊停滞的空气。我们个人的思想尽自不同,但对于一切专断与卑劣之反抗则没有差异。我们这个周刊的主张是提倡自由思想,独立判断,和美的生活。"[2]反对专制,提倡活跃的思想和独立的思考,这既是周作人对"五四"启蒙思想的传承,也是《语丝》重要的风格特色。另一方面,擅长写散文的周作人也引领了"语丝文体"的形成,使《语丝》成为中国现代文学史上第一个以散文创作为主的刊物,也第一次在文学创作与文学批评领域生成散文文体自觉,标志着"五四"以来散文创作的艺

---

[1] 林辰:《鲁迅与文艺会社》,载《林辰文集·壹》,山东教育出版社 2010 年版,第 59—60 页。
[2] 周作人:《发刊辞》,《语丝》1924 年第 1 期。

术水平发展到了一个新的阶段。

　　除了周作人之外，鲁迅对《语丝》的意义也是非凡的。在创办之初，鲁迅曾给予《语丝》极大的经济援助，并且以大量的稿件支持《语丝》的发展和壮大。在川岛的回忆当中，也提到"《语丝》的形式、内容，以及稿件的处理，我们都去征求鲁迅先生的意见"[①]。1927年10月，因为屡次批判军阀恶行，出版至154期的《语丝》被奉系军阀查封，从此之后，《语丝》迁至上海出版，进入"沪版"阶段。此时远在北京的周作人不便再继续担任主编，北新书局老板李小峰很自然地想到鲁迅，请他出来主编《语丝》，此事在鲁迅看来，"以关系而论我是不应该推托的。于是担任了"[②]。于是，从1927年12月17日《语丝》的第4卷第1期到1929年1月7日出版第52期，鲁迅开始了从幕后走到台前的《语丝》主编时期。在鲁迅首次主编的第4卷第1期中，主要刊登篇目如下：《在钟楼上》（鲁迅）、《中秋（一）》（天行）、《哈提翁之意见零拾》（郁达夫）、《小品》（江绍原）、《杨秋音》（许钦义）、《海滨的秋宵》（陈醉云）、《小杂感》（鲁迅）、《姑恶与姑啊》（秀水）、《海上通信》（衣萍）。可以看到鲁迅自己就独立承担了两篇的稿件，郁达夫也是第一次在《语丝》上发表文章。鉴于郁达夫与鲁迅二人的私交，这篇文章很有为鲁迅登台助阵的意思。对于主编《语丝》的这段时间，鲁迅曾这样回忆："经我担任了编辑之后，《语丝》的时运就很不济了，受了一回政府的警告，遭了浙江当局的禁止，还招了创造社式'革命文学'家的拼命的围攻。"[③]尤其是与革命文学

[①]　川岛：《忆鲁迅先生和〈语丝〉》，载扬州师范学院中文系、扬州师范学院图书馆编《鲁迅研究资料选编》，扬州师范学院图书馆1976年版，第197页。

[②]　鲁迅：《三闲集·我和〈语丝〉的始终》，载《鲁迅全集》第4卷，人民文学出版社2005年版，第169页。

[③]　鲁迅：《三闲集·我和〈语丝〉的始终》，载《鲁迅全集》第4卷，人民文学出版社2005年版，第170页。

家的这次论战,鲁迅的所有文章几乎都发表在了《语丝》上,《"醉眼"中的朦胧》《文艺与革命》《通信》《我的态度气量和年纪》《革命咖啡店》和《文坛的掌故》等文章,是鲁迅对于革命文学的深入思考,也让《语丝》在这场论战中大放光彩,成为舆论关注的焦点。

(二)鲁迅与"左联"

对于"左联"来说,鲁迅也是一个特殊的存在。在很大程度上"左联"的成立本身就是为了缓解后期创造社与鲁迅的矛盾而创立的"统一战线"。冯雪峰曾回忆道:"记得是潘汉年来找我,他说党中央希望创造社、太阳社和鲁迅及在鲁迅影响下的人们联合起来。以这三方面人为基础,成立一个革命文学团体。"[1]党中央为什么要找鲁迅?"请你们想一想,像鲁迅这样一位老战士、一位先进的思想家,要是站到党的立场方面来,站在左翼文化战线上来,该有多么巨大的影响和作用。"[2]

鲁迅虽然在组织上并不完全属于"左联",只是"左联"的七位执行委员之一,但很长的一段时间内,他都被视为"左联"精神领袖,一方面这是因为鲁迅以坚定的立场与左翼文学站在一起战斗,可以说在"左联"的成立、壮大和发展过程中,鲁迅都发挥了重要的作用。另一方面,鲁迅提携和帮助了很多的青年左翼作家,比如,柔石、叶紫、徐懋庸、萧军、萧红、周文、许钦文、冯雪峰、魏金枝、汪静之、潘漠华、舒群、白朗、罗烽、聂绀弩、胡风等人,都是在鲁迅的大力扶持下登上文坛的。在"左联"内部发挥了其作为精神领袖的作用,鲁迅自己曾经就说过,他甘愿去做这样一个梯子,希

---

[1] 冯夏熊:《冯雪峰谈"左联"》,《新文学史料》1980年第1期。
[2] 阳翰笙:《中国左翼作家联盟成立的经过》,载中国社会科学院文学研究所《"左联"回忆录》编辑组编《"左联"回忆录》,知识产权出版社2010年版,第49页。

望无数的青年们借助他这样一个"梯子"走得更远、更高。

但我们也要注意到,从鲁迅对文学的追求、对革命的思考,以及他对"左联"的期望上来看,他在很多地方并不认同"左联"的主张。比如说鲁迅在"左联"成立大会上的讲话,他就已经看出了"左联"的一些问题,并且提出了自己的告诫和建议,认为不要把革命过于浪漫蒂克化和幻想化,要真正地深入现实中去,否则"左翼作家是很容易成为右翼作家的"。再比如,在文学的阶级性问题上,鲁迅在肯定了文学阶级性的同时,也认为在这种阶级性背后还应该有一种更为深广、深厚的人性。所以我们看,其实鲁迅很少直接参与"左联"具体事务的管理,他更多是希望通过自己的努力,使这力量有一种精神性的根基。

实际上,我们回顾一下鲁迅与现代文学史上各个社团的关系就会发现,鲁迅从未真正地完全认同和属于过哪一个团体,从"五四"开始的新文化阵营到后来的"左联"都是这样。这很大程度上是由鲁迅思想里面深刻的怀疑主义和批判精神决定的,所以他与很多社团都是"在,而不属于"的一种关系。鲁迅与"左联"的关系最后走向破裂,因为在"两个口号"论争中,是要开展一种"国防文学",还是要坚持"民族革命战争的大众文学",鲁迅与周扬等人产生了极大的分歧;包括在"左联"解散的问题上,也没有充分尊重到鲁迅的意见。这也让鲁迅常常感到一种不被理解的孤单和悲哀。但是,在鲁迅创立或者参与过的社团组织中,他对"左联"投入的情感和精力、在"左联"身上寄予的希望、对左翼文学运动的评价,都是最高和最多的,但同时他在其中受到争议、批判和冲突也是非常多的。所以说鲁迅对"左联"的感情是非常深沉,也是非常复杂的。这从一个细节就可以看出来。在1936年6月,这时候"左联"已经解散了快半年了,但是在病中的鲁迅在谈到它的时候,还说"这文学与运动一直在发展着"。可见,"左联"对于鲁迅来说,是一个无法绕过的、挥之不去的情结。

（三）胡适、周作人与京派

京派是活跃在20世纪30年代文坛上的重要流派。沈从文常常被视为京派的代表作家和骨干力量。但当我们回到当初那场轰动京、海两地文坛的"京海之争"时，就会发现恐怕在当时的很多人看来，沈从文还不能代表京派的权威力量，而真正的京派另有其人。

1989年，严家炎在《中国现代小说流派史》中对"京海之争"的描述可以被视为"京海之争"在国内文学史中的一个最初亮相。严家炎认为这场论争的首先发动者是当时身处北方的沈从文，而他的批判指向是一群被商业化的海派作家。[①]1994年，杨义的《京派与海派比较研究》也延续了这个看法，认为是沈从文在《大公报·文艺》上发表的《文学者的态度》，揭开了京海论争的序幕。[②]类似这样的说法在旷新年的《1928：革命文学》中也可以看到："'京派'和'海派'的论争是由'京派'大师沈从文首先发动的。"旷新年进一步提出这场论争"是'京派'的形成与开展的一个重要标志"。[③]

1934年1月，曹聚仁在《申报·自由谈》上发表《京派与海派》可以算是对沈从文的一次直接回应。文章开篇这样说"沈从文先生在大公报文艺副刊三十二期，畅论海派文人的丑态"，随后引用了沈从文对海派的阐释，然而此番引用倒不是为了进一步讨论海派，而是借力打力，以沈从文对海派的定义反过来指认京派也不过如此，尤其是对于"胡适博士"而言，简直可以被

[①] 参见严家炎《中国现代小说流派史》，高等教育出版社2014年版，第175页。
[②] 参见杨义《京派与海派比较研究》，太白文艺出版社1994年版，第4页。
[③] 旷新年：《1928：革命文学》，山东教育出版社1998年版，第251、257页。

称为"京派之佼佼者"了。① 沈从文说海派是投机取巧分子,曹聚仁就说胡适"也讲哲学史,也谈文学革命,也办独立评论,也奔波保定路上,有以异于沈从文先生所谓投机取巧者乎"②。值得注意的是,曹聚仁对胡适的京派指认,绝非因沈从文批判了海派而激起的"应激反应",因为早在沈从文发表挑起"京海之争"的《文学者的态度》之前,曹聚仁就在《涛声》杂志上发表了《京派与海派》一文,里面明确写道:"京派教授的领导者梁启超、胡适赶忙开国学书目,叫青年转向古书堆中去,近来以新考证学、新考古学驰名的大教授已成京派重心了。京派教授对统治阶级说:'听你们做去罢,我们只管我们的学问。'京派教授的另一途,由教授而得名,办一个什么'评论'之类,有建议,有批评,有注解,时价相合,可以成交。是则统治阶级方爱护之不暇。"③可以说,曹聚仁的这一段论述,既有明示又有影射,特别是从"京派教授的另一途,由教授而得名,办一个什么'评论'之类"一句我们不难推断出曹聚仁这里的"京派教授"指的就是胡适,"什么'评论'之类"则是在暗涉胡适等人在1932年创办的《独立评论》。这一段发表于1933年7月的讨论,比沈从文的《文学者的态度》要早了3个月。这说明在沈从文挑起"京海之争"之前,上海文人就已经自觉地对京派海派问题进行了探讨,并且明确以此表达了对胡适等人的不满。所谓的"京海之争"只不过是再一次为上海文人批判以胡适为代表的北方学者提供了契机。联系以上这些看法,我们不难发现,在"京派"正式成为一个文学史概念之前,这种将"京派"与"北方学院教授",甚至直接与胡适相提并论的看法是很有代表性的。"京海之争"的爆发虽然催生了京海两派与文学的关联,但是此时"京派"的所指,并非我们今

---

① 参见曹聚仁《京派与海派》,《申报·自由谈》1934年1月17日。
② 曹聚仁:《京派与海派》,《申报·自由谈》1934年1月17日。
③ 陈思(曹聚仁):《京派与海派》,《涛声》1933年第2卷第26期。

天文学史里那个以沈从文、朱光潜、废名、林徽因等人为代表的文学流派，甚至也不是发起这场论争的沈从文本人，它更多地被视为一个与"官"的勾结、与统治者的利益捆绑的政治意义上的群体，而这个群体是由以胡适为中心的学院派教授构成的。也就是说，沈从文所挑起的"京海之争"虽然是对海派风气的批判，却意外地收获了来自上海文人送来的"京派"称号，并开始了以胡适为中心的学院派范围锁定。

如果说在"京海之争"的前期，上海文人大多数将批判京派的指向对准的是胡适的"帮闲"，那么发展到论争的后期时，周作人逐渐替代胡适成了左翼文人批判京派的核心靶向。1935年，姚雪垠先后发表《鸟文人》《京派与魔道》等文章批判京派，认为京派的遗老气和绅士气都完全体现在了"知堂老人的生活、脾味、与文章上"，并且进一步提出"知堂老人从主张人生的文学走到文学无用论，从现实走到古代，从《谈龙谈虎》走到《看云》，在我们觉得这已经倒走得不近了，但知堂老人尚以为未能至乎道。他以为'病在还要看'，将来不死的话，或许作出些'闭目'的文章，那才算真正至乎道了"。[①]姚雪垠进而再从周作人一人，推展到全部京派"主张文学是无用的东西，主张闭目不谈现实，在北方虽以知堂老人为领袖，而实际上所有京派全如此"[②]，并且拉出了梁实秋、李长之、废名、俞平伯等一串"京派"后起之秀名单。

姚雪垠在《京派与魔道》里，虽然还是在批判知堂老人，但表述上却有了一些微妙的不同。从周作人是魔道，到"知堂老人就爱好魔道"，并且马上举了《莫须有先生传》作为例子，认为周作人对《莫须有先生传》的憧憬简直是"闭目"的"瞎扯"之谈。请注意，姚雪垠的这番话其实包含了双重的

---

① 姚雪垠:《京派与魔道》,《芒种》1935年第8期。
② 姚雪垠:《京派与魔道》,《芒种》1935年第8期。

批判，一重指向周作人，一重指向的是废名。如果我们再往下看，会发现指向废名的权重越来越大，"废名是否真比他的老师天分高，我们不得而知，可是在文体的发展上确是青出于蓝，换言之也可说是道高一尺魔高一丈"[1]。除了青出于蓝胜于蓝的废名之外，姚雪垠还点名了这样几个人：

> 梁实秋在《世界日报·学文周刊》的发刊词上说："文学这东西原不是人生要素之一，没有什么大用处。我不相信有人在饭未吃饱以前还谈什么文学，文学原是在吃饱饭没事做的时候来赏玩的。"自命为不凡的批评家而实际上什么都不懂得的李长之，大概也算是这一派的后起之秀吧，他曾经这样的问我道："文学只应求永恒不变之美，你说描写现实有什么意义？描写现实对人生有什么帮助？"这几句问话非常有意思，我觉得这已经给京派文人画了一个速写像。不必叫别人再多说什么了。
>
> 在主张闭目不谈现实这一点上和在文体上全跟着知堂老人走的，有俞平伯和废名二人。俞平伯用半人话半鬼话的文体写他的梦遇，已经是鬼气森森了，但还不及废名入道之深。废名不写现实也不写梦，而写"莫须有"；用人话和鬼话接在一块儿创出一种新文体，而叫人和鬼都谈不懂，废名的魔道真不小！[2]

在这段表述里，我们发现姚雪垠论述的重点其实并不在周作人身上，而是"文学是用来赏玩"的梁实秋、"自命不凡却又什么都不懂"的李长之、

---

[1] 姚雪垠：《京派与魔道》，《芒种》1935年第8期。
[2] 姚雪垠：《京派与魔道》，《芒种》1935年第8期。

"半人话半鬼话写梦遇"的俞平伯、"人和鬼都不懂只写莫须有"的废名。姚雪垠用"京派"来指代这些人,这其实只是我们今天所谓京派文人的一部分,由周作人衍生而来的那一部分。其实不仅仅是姚雪垠刚刚所说的梁实秋、李长之、俞平伯、废名、梁宗岱、沈启无、李广田、杨振声、康白情、钱稻孙、徐祖正等人皆在思想上受到了周作人的影响,视周作人为精神导师。

今天我们谈京派的圈子和交往,更多会提起的是以沈从文的《大公报·文艺》、林徽因的"太太客厅"、朱光潜的"读诗会"为核心的文化圈,而不太重视从胡适到周作人的精神影响。在20世纪30年代,这二人对于北方文坛的意义和影响或许比我们今天想象的要更加深远,虽然沈从文、朱光潜、萧乾等人在我们今天看来更像是京派的代表,周作人的功绩似乎随着"五四"的落潮而慢慢淡去,尤其是在20年代末随着他自己号称"闭户读书",耕耘"自己的园地",周作人的影响力也越来越弱。但实际上,在30年代的文坛,北方文坛的盟主并非沈从文这些后起之秀,依然还是周作人。就像舒芜说的那样:"在三十年代,就是有这样的右翼文学家,形成了一个与左翼对垒的阵营,他们的精神领袖就是周作人。"[①]像京派这样一个松散的文学流派,它不像"左联"那样有组织、有纲领,但它依然能够凝聚在一起,很大程度上依靠的就是某一个中心人物的聚集能力。周作人就是这样一个桥梁性的人物,京派后来在理论、美学、文体、哲学等多方面的发展,都离不开周作人这个精神源头,尤其是在八道湾的苦雨斋里聚集在周作人身边的一群人:刘半农、张凤举、钱玄同、钱稻孙、徐祖正、废名、俞平伯、沈启无、江绍原,等等。他们远离风潮,既谈希腊哲学也谈明人小品,他们之间有师承关

---

① 舒芜:《周作人评析·序》,载李景彬《周作人评析》,陕西人民出版社1986年版,"序"第2页。

系，也有同乡、同学关系，这样一群人聚集在一起逐渐在文坛上形成了势力，声势不可小觑。特别是俞平伯和废名，他们在文学理念上都延续了周作人的思想资源，并在创作上扩大了这种思想的辐射范围。这种互动共生、相互支持的关系，不仅是京派同人之间思想的契合，更应该看作周作人在京派中的重要意义的一种证明。

三、文学唱和与人际交往

诗词应酬、往来唱和是古代文人结社、成群的重要纽带。这一点在现代文学社团中也有着某种程度上的体现。我们在这里所谓的"唱和"，不再局限于古代传统的诗酒雅集、酬唱往来的具体形式，他们或是出于私交，或是因为文学理念的意气相投，通过报刊媒介、相互呼应不断开拓新的交际网络和文学风气。

（一）"双簧信"事件

1917年，胡适和陈独秀向封建复古主义者发起挑战，他们创作的《文学改良刍议》和《文学革命论》作为文学革命的宣言书，在内容和形式上将旧文学批判得体无完肤，在中国文坛掀起了一股热潮，引得崇尚新奇的青年学子广为注目。但之后的一年多时间内，这场革命的尴尬处境逐渐明晰。钱玄同激进宣称文学革命的对象是"桐城谬种""选学妖孽"，可是旧营垒的人们不为所动，他们的态度是冷眼旁观、不屑一顾。如鲁迅所言："不特没有人来赞同，并且也还没有人来反对。"[①]

[①] 鲁迅：《呐喊·自序》，载《鲁迅全集》第1卷，人民文学出版社2005年版，第441页。

1935年出版的《中国新文学大系》的编选者皆五四新文学运动的重要参与者，他们为自己所编选的卷目撰写了导言。郑振铎在《〈文学论争集〉导言》中以同代人的视角，直接将"双簧信"命名为"苦肉计"，赞赏其给旧文人"以痛痛快快的致命的一击"。更重要的是，他叙述了其发生的原因：从他们扛起了"文学革命"的大旗以来，始终不曾遇到过一个有力的敌人。他们"目桐城为谬种，选学为妖孽"。而所谓"桐城，选学"也者却始终置之不理。因之，有许多见解他们便不能发挥尽致。"旧文人们的反抗言论既然竟是寂寂无闻，他们便好像是尽在空中挥拳，不能不有寂寞之感。"①10月16日，刘半农在《致钱玄同》中，表露出了更为真实和强烈的寂寞感："文学改良的话说，我们已锣鼓喧天地闹了一闹，若从此阴干，恐怕不但人家要说我们是程咬金的三大斧，便是自己问问自己，也有些说不过去罢！"②

这两份信件在内容上都有一个共同的主题：文学革命之反响。第一封是王敬轩用文言文写的《致新青年编者书》，第二封《复王敬轩书》是刘半农用白话文反驳王敬轩的回信（后改名为《奉答王敬轩先生》）。在《致新青年编者书》中，王敬轩直言，如果提倡新学，将会有很多弊端。因此，他在文章中悉数列举新文学和《新青年》的弊端。他认为排斥孔子、废除纲常礼教的行为非但不能鼓舞人心，反而会导致人心浮动和道德败坏。他站在封建复古主义者的立场，把社会上的各种反对意见归纳起来，并在文中将守旧派文辞模仿得惟妙惟肖，为文学革命树立了经典的批评靶子。王敬轩的来信有四千多字，而《奉答王敬轩先生》的回信则足有上万字。他针对来信的八个部分逐条批驳，指出新文学并非排斥孔丘，而是为了排斥孔教中蕴含的封建社

---

① 郑振铎：《〈文学论争集〉导言》，载赵家璧主编《中国新文学大系》第二集，上海良友图书印刷公司1935年版，第6页。
② 刘半农：《致钱玄同》，载《刘半农精品文集》，团结出版社2018年版，第151页。

会的腐朽残余。除此之外，涉及标点、林纾、严复等话题也逐一回复。在这场笔墨大战中，就角色分工而言，两位编辑的安排极为合理。钱玄同收集陈腐守旧的观点，扮演顽固的封建文化守旧者；刘半农则站在编辑的立场，代表新文学的革命者攻击守旧者。这样的分工与二人身份和性格有关，钱玄同身为章太炎弟子，旧学根底深厚，却十分厌恶旧学的做派，他更加适合总结复古主义者的弊病；而刘半农敏锐犀利的性情，也与他这篇犀利的文章风格一致。

钱玄同和刘半农上演这场双簧的目的是制造出大的声势来，实践证明，他们最终达到了自己的预期。"双簧信"之后，少年中国学会成立，《新潮》创刊等活动如雨后春笋般纷纷兴起。一些犹豫徘徊的人也开始被新文化吸引，比如朱湘和苏雪林，他们说自己受到了"双簧信"事件的影响，后来成了新派的一员。

（二）文研会的"枢纽们"

作为中国现代文学史上成立最早的社团，文学研究会自诞生之日起便具有引领文学思潮的意义。司马长风曾评价道："由于文学研究会所拥有的条件这样雄厚，因此除了创造社一群作家及与胡适接近的一些作家如沈从文、陈衡哲、丁西林、杨振声、凌叔华等之外，几乎网罗了当时全国所有的作家。潦草作一统计，单是知名的作家即近百人；因为阵容和声势太浩大了，使后起的团体无法与之竞争。"[1] 这种对新人的"网罗"和"发现"，既壮大了文学研究会自己的力量，也是新文学在初创期得以发展的重要支撑。

郑振铎对于文学研究会来说意义尤其特殊，这不仅是因为他作为文学研

---

[1] 司马长风：《中国新文学史》（上），香港昭明出版社有限公司1978年版，第135页。

究会的骨干成员进行了一系列编辑、出版的活动,更因为他为文研会发现、帮助、提携和培养了一系列的新人。比如,许地山就是在郑振铎的鼓励下走上的文坛,并成了文学研究会的核心发起成员。因其基督教徒身份,许地山在汇文大学读书期间常在北京青年基督青年会下属实进会所设立的一间图书室读书,正是在这里,他认识了日后与他志同道合的伙伴——郑振铎。他发表于《小说月报》改革号上的《命命鸟》以及后来的《商人妇》《换巢鸾凤》《缀网劳蛛》等都是由郑振铎组织并转寄给茅盾的。在许地山发表《换巢鸾凤》后,他化名"慕之"写附注,肯定了其作品富有浓厚的地方色彩与写实精神,这是对许地山作品的最早的评价。而许地山最初的新诗《看我》《情书》《邮筒》《做诗》《月泪》等,也是经过他发表于1924年的《小说月报》的。曾与冰心齐名的女作家庐隐的文学之路也与郑振铎有着渊源。她的小说处女作《一个著作家》,得以在1921年2月号的《小说月报》发表多蒙他的推荐。据她在自传中回忆:"当然我没有敢希望一定可以刊登,所以心情也很紧张。直等了一个多月,我看见《小说月报》居然把它登了出来,这一喜,真似于金榜题名时,从此我对于创作的兴趣浓厚了,对于创作的自信力也增加了。"① 这种认可与鼓励对于初涉文坛的庐隐显然具有非同凡响的意义。此后她创作日丰,可以说庐隐的文学之路与他的鼓励直接相关。

叶圣陶接手《小说月报》的编辑之后,更加注重对文学创作的鼓励。注重刊物的文学性,积极推出新的作家和作品;改革刊物的编辑体例使其更趋于艺术化和标准化。他接手后的第1期——第18卷第7号,就成为名副其实的"创作专号":收入了胡也频、徐元度、刘一梦、何燕、高歌、戴菊农、梁州、刘枝等十余位新人的作品。他非常注重扶植新人创作。他特别重视不相

---

① 庐隐著,彰军编:《庐隐作品精选》,广西师范大学出版社1995年版,第275页。

识的作者来稿，沙里澄金一样予以挑选并且热心指导作者进行修改。丁玲的处女作《梦珂》，代表作《莎菲女士的日记》，短篇小说《暑假中》《阿毛姑娘》《一个男人和一个女人》都是在他指导下进行修改后，分五期刊登在《小说月报》头条位置上的。她的小说以其特有的细腻与率真，将现代女性在社会变革中内心的苦闷、感伤抒写得淋漓尽致，成为当时文坛上耀眼的新星，并且坚定了以后的文学创作道路。

巴金第一部长篇小说《灭亡》的问世，也多亏了叶圣陶的慧眼提携。他在巴金友人索非那里偶然见到书稿后，不仅决定发表，而且亲自撰写连载预告，并且多次予以特别推荐。《灭亡》取得的成功不仅使更多的人领略到了巴金的才华，而且增强了他进行文学创作的自信，使其最终成为现当代文学史上卓然出众的大家。

（三）"五秩自寿诗"事件

在寿诞之际作诗赋文唱和，是传统文人交往的一个习惯。1934年是周作人五十岁生日，他为自己写下了两首自寿诗，并在1月15日（农历十二月初一，周作人生日）晚在八道湾苦雨斋中摆下五桌酒席宴请在京好友，以此庆祝五十寿诞。这两首诗的内容如下：

其一

前世出家今在家（家中传说余系老僧转世），不将袍子换袈裟。
街头终日听谈鬼，窗下通年学画蛇。
老去无端玩骨董，闲来随分种胡麻。
旁人若问其中意，且到寒斋吃苦茶。

其二
半是儒家半释家，光头更不着袈裟。
中年意趣窗前草，外道生涯洞里蛇。
徒羡低头咬大蒜，未妨拍桌拾芝麻。
谈狐说鬼寻常事，只欠工夫吃讲茶。

周作人在诗里说自己前世为出家和尚，今世却是人世间的居士，已到孔子所说的"知天命"之年，就避开在新文化运动中冲锋陷阵的锋芒，闲来无事就在街头听人谈鬼，窗下画蛇，玩骨董，种胡麻，若问这是为什么，请到寒舍一面品尝苦茶，一面听我细说缘由吧。

实际上，这种矛盾不仅仅属于周作人个人，更属于当时自由主义知识分子集体。他们在五四时期培植出的"主义"和信仰，随着历史和时局的深刻变化，看似他们转而追求闲适，甚至心向佛禅，但灵魂里却有太多的苦涩。周作人的《五十自寿诗》一发表，立刻引发民国众大师们的唱和追捧，可说掀起了一股小小的热潮。此时林语堂恰在上海筹办小品文半月刊《人间世》，自任主编，于是借题发挥，大做文章。刘半农《新年自咏次知堂老人韵》4首，沈尹默《和岂明五十自寿打油诗韵》2首、《自咏二首用裘韵》2首、《南归车中无聊再和裘韵得三首》3首，以及林语堂《和京北布衣八道湾居士岂明老人五秩诗原韵》1首。另外，来自朋友们的和诗，公开发表的则有4月20日《人间世》第2期蔡元培《和知堂老人五十自寿》2首、沈兼士《和岂明打油诗写上一首聊塞语堂》1首，5月5日的《人间世》第3期无能子（钱玄同）的《也是自嘲，也和知堂原韵》《再和知堂》共2首，以及蔡元培《新年用知堂老人自寿韵》1首。

然而，北平新文化人借此作诗唱和，随后竟然引起了一场不大不小的批判风波。率先发难的是廖沫沙,他以"埜容"的笔名在当年 4 月 14 日《申报·自由谈》上发表《人间何世?》的文章并附和诗一首:

先生何事爱僧家?把笔题诗韵押裟。
不赶热场孤似鹤,自甘凉血懒如蛇。
选将笑话供人笑,怕惹麻烦爱肉麻。
误尽苍生欲谁责?清谈娓娓一杯茶。

接着,胡风以一篇《"过去的幽灵"》直截了当地批判周作人,当年为诗的解放而斗争过的《小河》的作者,现在竟然在这里"谈狐说鬼"?"对于小鬼也一视同仁了",指出这是周作人"内心的幽灵"又复活了。而此时已经与周作人决裂的鲁迅,态度却十分耐人寻味。在 1934 年 4 月 30 日《致曹聚仁书》中谈了自己对和诗风波的看法:"周作人自寿诗,诚有讽世之意,然此种微词,已为今之青年所不憭,群公相和,则多近于肉麻,于是火上添油,遂成众矢之的,而不做此等攻击文字,此外近日亦无可言。此亦'古已有之',文人美女,必负亡国之责,近似亦有人觉国之将亡,已有卸责于清流或舆论矣。"

后来周作人对自寿诗事件发生缘由这样解释:"民国二十三年的春天,我偶然写了两首打油诗,被林语堂先生拿去在《宇宙风》上发表。硬说是'五十自寿',朋友们觉得这倒好嬉子,有好些人寄和诗来,其手写了直接寄在我这里的一部分至今都还保存着。"[①]事实上,《周作人五秩自寿诗》及友朋弟子的往复唱和,作为一种有意无意的文化展演,显然具有某种主动性,具有自显幽怀的意味。而左翼知识分子的攻击,则多攻击周作人之隐士派的谈狐说

---

① 周作人:《苦茶庵打油诗》,《杂志》1944 年第 14 卷第 1 期。

鬼的消极退隐。在这两者之间，也有能同时体会到论战双方的隐衷和局限的。比如，曹聚仁认为"诗是好诗，批评也是对的"，曹氏能体会写作五十自寿诗时的自述幽怀中的愤激与不平，"周先生自新文学运动前线退而在苦雨斋谈狐说鬼，其果厌世冷观了吗？想必炎炎之火仍在冷灰底下燃烧着"，又不回避周作人退隐倾向中隐含的问题，"由'浮躁凌厉'而'思想消沉'，旁人眼里，当然恍如隔世了"①。

苦雨斋群体的意义已经超出了一般性的文人私人交往，而更像是一个公共性的文化空间。一是体现在办刊。1930年3月，"左联"风风火火刚成立，两个月后周作人、废名等人就在北平创办《骆驼草》，宣告"不谈国事"，强调文学要远政治而近艺术，这无形中与左翼文学运动形成了某种抗衡。二是在文学活动上的相互扶持和唱和。俞平伯的《燕知草》、废名的《竹林的故事》、沈启无的《近代散文抄》、李广田的《画廊集》出版之时，都是由周作人写序；彼此相互之间邀请讲学授课更是常见的事情，最著名的事件不外乎是周作人的"五十自寿诗"事件，本来一场北平文人之间的祝寿唱和，却能够在上海都引发一阵风波，变成一场公共事件，这说明周作人及其圈子的影响力已经形成了强大的公共话语能量。三是他们潜在的"反抗"态度。以周作人为中心展开的这个文化圈，虽然表面上看似远离风潮，聚集在自己的园地谈天说地，但实际上，他们很多的行为和理念又潜藏着与左翼话语的对抗逻辑。特别是周作人的几个弟子，他们不仅在文学理念上都延续了周作人的思想资源，同时也延续了周作人迂回的文化态度。在给俞平伯的《燕知草》所写的"跋"中，周作人曾这样评点俞平伯，他认为俞平伯文章中的雅致与

---

① 曹聚仁：《周作人先生的自寿诗——从孔融到陶渊明的路》，《申报·自由谈》1934年4月24日。

"明人"是很相似的,紧接着他笔锋一转,"不过我们要知道,明朝的名士的文艺诚然是多有隐遁的色彩,但根本却是反抗的"[①]。这说明,在周作人看来,俞平伯与明人相似的地方其实并不在隐遁,而是"反抗"。其实周作人这句话既是在说俞平伯,也是在说自己。以"苦雨斋"为交际空间,以《骆驼草》为发声平台的一个文化群落已然形成声势,他们虽然没有与左翼文学在某一个具体问题上发生争论,这样反复地将"个人和社会""隐逸与反抗""政治和文艺""载道和言志"作为对立关系一再强调,这些惹眼的观点、挑战性的话语实际上都是潜在的反抗左翼作家所宣扬的文学观念,这种反抗无疑对左翼的话语权力构成了威胁。

---

① 周作人:《〈燕知草〉跋》,载钟叔河编订《周作人散文全集》第5卷,广西师范大学出版社2009年版,第518—519页。

第六章

刊物出版与文学社团的话语空间

新文学刊物是中国近现代文化发展影响下的产物，也是新文学发展的重要成果；社团刊物是伴随着新文学的昌兴应运发展出来的文学传播阵地。这些刊物大多由同人组织或官方机构组织成立，在文学传播和社会文化的更新过程中有着独特的作用。它们不仅是现代文学发展和传播的重要平台，同时也是西方文学传入中国，中国社会文化、思想传播的重要渠道。作为一种新的文学形式、新的文学思想的载体，社团刊物一方面形成了各自的刊物文化，另一方面也组织了不同的刊物活动，有着各自的发展历程，透视社团刊物形成的话语空间和文化氛围，现代文学发展聚合和离散的形态便也呈现了出来。

一、阵地："一团一刊"模式的形成

以"阵地"的视野看待中国新文学发展历程中的刊物，突出了新文化运动中，现代同人自主的文化意识和文化建构使命。一定程度上而言，新文学本身具有的"纯文学"的审美价值一度被它所面临的社会现实的责任夺去了注意力，因此，新文学社团所主办的各种刊物，实际上是谋求文化话语权的重要场所，是"发声"的场所，甚至是"夺声"的阵地。因此，回溯新文学社团办刊模式会发现，以"一团一刊"再逐步发散的方式成为新文学社团办刊的鲜明特点。

（一）作为新文学核心阵地的《新青年》

五四时期最著名的文学刊物自然是《新青年》。1915年,《新青年》创刊于上海,这是一份有着明确话语权争夺诉求的刊物,它与晚清以降产生的诸多"通俗"意义上的刊物不同,这份刊物剑指剔除传统文化的弊病、更新现代中国文化内涵。在某种意义上,《新青年》与新文化运动同名,与现代中国文化的萌生同名,它的影响力延续了一个世纪,已经成为现代中国的一座文化坐标。以《新青年》为标志的新文化运动,开启了民主与科学的思想启蒙,催生了时代巨变的步伐。《新青年》原名《青年杂志》,由陈独秀主编,从第2卷第1号起改名《新青年》。1917年年初,陈独秀应聘为北京大学文科学长,《新青年》编辑部亦由上海迁来北京,当时在北大任教的陈独秀,本着"不谈政治"的"避世",开启了《新青年》的运作,实际上,《新青年》是另外一种"政治",其背后的思想旨意有着更加深远的政治意图和现实指向。1918年年初起,李大钊、胡适、钱玄同、刘半农、鲁迅等共同编辑,在历次《新青年》的主题中可以看出,民主和科学是《新青年》的旗帜,它刊登了大量反对专制和迷信、抨击封建文化思想的文章,在社会风气上破旧图新,使其迅速成为新文化运动的重要阵地。

《新青年》创刊号上发表的陈独秀的《敬告青年》一文,可以看出《新青年》的主要文化启蒙力量是青年,这在以往中国的社会变革中是未有之潮流。陈独秀的文章痛斥了当时中国社会的黑暗,向青年提出六点希望和要求:一是"自主的而非奴隶的";二是"进步的而非保守的";三是"进取的而非隐退的";四是"世界的而非锁国的";五是"实利的而非虚文的";六是"科学的而非想象的"。这六条与新文化运动提倡民主、提倡科学、提倡新文化完全是一致的。这六条虽以"敬告青年"开头,实际上是向全社会发声,陈独秀以掷地有声的发言扯来了"人权"和"科学"的大旗,以解放思想、敢于怀疑的精神向传统发起了挑战。

《新青年》无疑是新文化运动中最炙手可热的刊物，是新文化同人凝聚的标杆和主要的战斗阵地，甚至可以将其看作对21世纪中国影响最大的一份刊物。《新青年》的发展变化可分为三个阶段：短暂的预备期、蓬勃的发展期和刊物的转变期。从1915年刊物创办到1916年2月停刊，这一年多的时间里，刊物名为《青年杂志》，出版方式为月刊，主编是陈独秀。当时，该刊虽然也提出了科学和民主的口号，但是影响不大，每期不过印1000份，销量不多，受众明显没有打开。1916年9月复刊到1920年夏，这是《新青年》的蓬勃期。这一阶段，刊名改为《新青年》，出版方式和主编不变。1917年，陈独秀担任北京大学文科学长，于是刊物也迁至北京。同年8月停刊。1918年1月复刊。从1919年出版的第6卷起，成立了编委会，由陈独秀、钱玄同、高一涵、胡适、李大钊、沈尹默分期轮流担任主编，鲁迅也参加了编委会的工作。其作者大都为提倡新文化运动的知识分子，除去典型的文学界人士，还有吴虞、刘叔雅、易白沙、高语罕、刘半农、陶履恭、李亦民等各界知名人士的参与。该刊设置的栏目包括："政治·思想""文学""社会问题""国内大事记""国外大事记""历史""戏剧""小说""诗""读书笔记""读者论坛""通信""世界说苑"等。通过这些栏目可以看出，《新青年》虽主打文学革命，提倡思想启蒙，但是设置的栏目则是触及古今中外的诸多文化问题和现实问题，涉猎的方面非常广泛；到了第4卷第4号，又新增了"随感录"专栏。"随感录"专栏讨论的问题所涉的方面不限，同时又增加了与读者的互动，陈独秀发表了《宪法与孔教》《孔子之道与现代生活》《复辟与尊孔》等文，李大钊发表了《青春》《今》等文，鲁迅发表了《我之节烈观》《我们现在怎样做父亲》等文，吴虞发表了《礼论》《儒家主张阶级制度之害》等文。该专栏的影响很大，特别是鲁迅在"随感录"专栏上发表了大量文章，起到了增色的作用。自从《新青年》改名之后，其印刷量和销量渐增，最多时出版16000份，与创刊时期相比，成倍增加。

《新青年》对中国文化影响最大的莫过于提出的"科学"与"民主"两面大旗，为中国文化谋求全方位的变革。这两方面包括了对封建主义文化思想的猛烈批判，对西方文化的大量介绍和吸收。陈独秀在《本志罪案之答辩书》中声明："追本溯源，本志同人本来无罪，只因为拥护那德英克拉西（Democracy）和赛因斯（Science）两位先生，才犯了这几条滔天的大罪。要拥护那德先生，便不得不反对孔教、礼法、贞节、旧伦理、旧政治；要拥护那赛先生，便不得不反对那旧艺术、旧宗教；要拥护德先生又要拥护赛先生，便不得不反对国粹和旧文学……若因为拥护这两位先生，一切政府的迫压，社会的攻击笑骂，就是断头流血都不推辞。"[①]《新青年》高举文学革命旗帜，对封建主义旧文学展开了批判，提出了一些新的文学主张，产生了一批新的文学作品。陈独秀发表了《文学革命论》，反对"文以载道"，反对"代圣贤立言"的八股文，反对"黑幕小说"，主张以白话文学为正宗。胡适发表了《文学改良刍议》《历史的文学观念论》《易卜生主义》等文。1918年1月，从第4卷第1号起，《新青年》的版面大胆全部启用白话，并使用新式标点符号，这一举措显示出《新青年》在当时的先锋性，随着《新青年》影响力的扩大，其对待语言文字的态度逐渐渗透到各个领域。

《新青年》具有的特殊意义还在于，当时初接受了马克思主义理论、树立了共产主义思想的李大钊在《新青年》发表了《BOLSHEVISM的胜利》（即《布尔什维主义的胜利》），接着他又编辑了"马克思主义研究专号"，并发表了《我的马克思主义观》，对马克思主义的政治经济学、阶级斗争学说和历史

---

① 陈独秀：《本志罪案之答辩书》，《新青年》1919年第6卷第1号。

唯物主义三方面的基本观点作了介绍，《由经济上解释中国近代思想变动的原因》与《"五一"运动史》旗帜鲜明地宣传马克思主义，借助《新青年》的影响力，使得中国文化界对马克思主义的关注与研究逐步展开，可以说中国输入真正的马克思主义少不了《新青年》的宣传作用和媒介影响。但还值得注意的是，《新青年》并非只注重马克思主义的宣传，其时针对各类先进的社会学说，《新青年》秉持着开放和包容的态度都进行了刊登，例如，凌霜（黄文山）的《马克思学说的批评》一文宣传了无政府主义思想。早期《新青年》特辟的"马克思主义专号"也与其后期的转型实现了某种冥冥中的暗合。1920年夏，《新青年》迁回上海，这也是《新青年》后期性质逐渐左化的走向，当时各地的马克思主义研究会、研究小组和中国共产党发起组已开始建立，中国社会主义青年团也宣告成立，马克思主义学说在中国的影响力持续扩大，《新青年》成为中国共产党上海发起组的机关刊物。于是，从第8卷第1号起，该刊设立了"马克思主义宣传""社会主义讨论""俄罗斯研究"等专栏，其中刊登的文章大多以宣传马克思主义，介绍列宁的原著为主。1921年7月1日，中国共产党成立，《新青年》随之迁到广州出版。1923年6月，该刊改组为季刊，仍在广州出版，此时，它已是中国共产党中央的机关刊物，瞿秋白担任主编。《新青年》的历史走向从中国社会的思想启蒙逐渐走到了中国社会改造与政治革命的路上，因此，《新青年》不仅在文学革命中发挥了巨大作用，在马克思主义影响下的中国社会革命也起到了不可或缺的作用。

（二）作为新文化运动学生刊物的《新潮》

在新文化运动中，与《新青年》前后呼应、互相配合的有另外一份刊物，它以北京大学作为依托，这就是《新潮》杂志。如果说《新青年》是文学革命的诞生地，那么《新潮》则是受到新文化运动的新青年们自行组织的学生进步阵地。1919年1月,新潮社创办《新潮》文化月刊作为其机关刊物。编辑部由傅斯年、罗家伦、杨振声三人组成,傅斯年任主编;傅斯年、杨振声出国留学,改由罗家伦任主编;罗家伦出国后,又改由周作人任主编。参与编辑工作的有毛子水、顾颉刚、陈达材、孙伏园。该刊带有明显的北京大学学生团体杂志的印记,刊物在经济上得到北京大学校部的资助。《新潮发刊旨趣书》说明了该刊宗旨:一是唤起国人"对于本国学术之地位有自觉心",使"中国同浴于世界文化之流"。二是对于"桎梏行为,宰割心性"的宗法社会及其"恶劣习俗","深愿为不平之鸣,兼谈所以因革之方"。三是引起群众对学术的兴趣,挽救"中国群德堕落"。四是指示青年"修学立身之方法与径途","去遗传的科举思想,进于现世的科学思想;去主观的武断思想,进于客观的怀疑思想;为未来社会之人,不为现在社会之人;造成战胜社会之人格,不为社会所战胜之人格"。[①]从《新潮》的发刊词可以看出,《新潮》兼有《新青年》的启蒙责任,目标依旧在文化的革新上。《新潮》所激励的对象更加清楚明确为青年群体,从人格的建设与影响上革新中国社会的文化状态。鲁迅在《中国新文学大系·小说二集·导言》中认为《新潮》是又"一种共同前进的趋向","每作一篇,都是'有所为'而发,是在用改革社会的器械——虽然也没有设定终极的目标"。[②]因此,《新潮》不仅仅是一份文学刊物,更是文化与思想的传播平台,兼收并蓄和宣传介绍各种思潮和言论,该刊撰稿人包括社会各界人士,如蔡元培、李大钊、冯友兰、金岳霖、何思源、孙伏园、潘家洵、周作人等。

《新潮》以其发刊词作为创刊宗旨,在两个方面着力推进中国现代文学

[①] 傅斯年:《新潮发刊旨趣书》,《新潮》1919年第1卷第1号。
[②] 赵家璧主编:《中国新文学大系》第4集,上海良友图书印刷公司1935年版,第2页。

的建设，一是坚持"伦理革命""道德革命"。在这重意义上，《新潮》刊登了一系列的文章来反对封建伦理道德，如孟真（傅斯年）的《万恶之原》、顾诚吾的《对于旧家庭的感想》、叶绍钧的《女子人格问题》、吴康的《论吾国今日道德之根本问题》等，这些文章瞄准了封建家族制度，认为它是"万恶之原"，提倡从家庭的束缚中解放自由的个人，尊重自我的个性，在个人人生上充分尊重男女平等和婚姻自由。二是《新潮》继承了《新青年》的"文学革命"的理念，《新潮》是继《新青年》之后又一个全部采用白话文的刊物。在这一理念下，刊物发表了一系列的文章，在"文学革命"理论建设方面，有罗家伦的《什么是文学？》和《驳胡先骕君的"中国文学改良论"》、傅斯年的《怎样做白话文？》、俞平伯的《社会上对于新诗的各种心理观》等。在"文学革命"理念下具体的文学作品，《新潮》刊登了鲁迅的《明天》、叶绍钧的《"这也是一个人？"》、汪敬熙的《雪夜》和《一个勤学的学生》、杨振声的《渔家》等。此外，还有白话的诗歌创作与戏剧创作也都在《新潮》上予以发表。

（三）文学研究会的刊物阵地

1921年1月，第一个新文学团体——文学研究会在北京成立，由周作人、郑振铎、沈雁冰等发起，其刊物阵地《小说月报》有着一段复杂的历史。1910年8月，《小说月报》创刊于上海，由商务印书馆出版并发行。在1919年之前，一方面它是资产阶级维新派、革命派小说杂志发展的代表，另一方面又是鸳鸯蝴蝶派小说杂志的一个开端，体现了鸳鸯蝴蝶派的特征。《小说月报》从第9卷起，秉承"小说有转风化俗之功"的理念，刊登了具有风俗教化作用的小说作品，并且对白话文创作的小说也明确表示欢迎。1919年，《小说月报》第10卷第12号上刊出一则"小说新潮"栏的预告，强调该栏

"专收西洋新文艺作家的著作","发表本社同人对于创造中国新文艺的意见",体现出《小说月报》在转型时期,趁着新文化运动的态势,交流中西文化的努力。《小说月报》的第 11 卷第 1 号是其前后期的分界线,明确标志着它走向新文化运动的方向。从 1920 年第 11 卷第 1 号起,沈雁冰担任"小说新潮"栏编辑,刊物开始使用新式标点,并且发表白话作品。迎来再一次转折的是《小说月报》第 12 卷第 1 号,从这一版开始《小说月报》既是商务印书馆的刊物,同时成为文学研究会代用的机关刊物,这标志着它完全走向新文化运动阵营。第 12 卷第 1 号上,刊登了《改革宣言》,明确了《小说月报》的宗旨是"将于译述西洋名家小说而外,兼介绍世界文学界潮流之趋向,讨论中国文学革进之方法",宣言中着重强调了《小说月报》要切实地介绍国外的写实主义,《小说月报》这一性质也成了文学研究会的文艺标志。沈雁冰在同期发表了《小说新潮栏宣言》,宣言强调的是东西方文学的相互影响,特别是西方文学对于中国新文学发展的促进和借鉴作用,因此西方文学应当是我们研究的材料,在学习引进西方文学时,创造中国的新文艺。在介绍外国文化方面,《小说月报》编刊过"俄国文学研究""法国文学研究""被损害民族文学号""太戈尔号""拜伦号""安徒生号"等增刊或专号,宣传了大量的外国文学作品。1923 年 1 月起,由郑振铎接替沈雁冰作为该刊的编辑,直到 1931 年 12 月,《小说月报》出至第 22 卷第 12 号终刊,该刊共计发展了 21 年余,共出版 258 期。两百多期的杂志,广泛地译介了外国文艺理论和作品,促进了文学观念的更新;发表了一批在文学史上有重要影响的作品,如鲁迅的《社戏》《在酒楼上》、冰心的《超人》、王统照的《沉船》、叶圣陶的《潘先生在难中》以及老舍的《老张的哲学》、许地山的《缀网劳蛛》、庐隐的《海滨故人》等。这些文学实践促进了新文学创作的发展,同时也丰富了新文学创作的理论。

文学研究会另一重要的刊物是《文学旬刊》。1921年5月，上海的《文学旬刊》创刊，附在上海的《时事新报》后发行，至1929年12月停刊，其间共出版380期，先后由郑振铎、谢六逸、叶绍钧、赵景深等编辑。其历经两次更名，1923年7月改名为《文学》周刊；自1925年5月又改名为《文学周报》，从此开始单独发行。该刊编者在《文学旬刊宣言》中认为，中国"与世界的文学界相隔得最遥远；不惟无所与，而且也无所取"，"与世界的文学界断绝关系，就是与人们的最高精神断绝关系了"。①《文学旬刊》的办刊逻辑在于努力介绍世界文学到中国，编发过"苏俄小说专号""托尔斯泰百年纪念专号"等，同时努力创造中国的文学。与《小说月报》略有差异的地方在于，该刊偏重于发表文艺理论批评方面的文章，如茅盾的众多重要的批评文章：《读〈呐喊〉》《读代英的〈八股〉》《"大转变时期"何时来呢？》《论无产阶级艺术》等都在《文学旬刊》上得以发表的。该刊编发过"茅盾三部曲批评号"与"悼念王国维专号"等。

北京的《文学旬刊》创刊于1923年6月，1925年9月出至第82期，因合并于上海的《文学周报》而停刊，主编为王统照。编者在《本刊的缘起及主张》一文中表示，该刊对于稿件的选择，"一视其艺术的如何为准"，评论"以商榷为主"，对于任何作品"可以各抒所见"，但不欢迎"反文学的作品，盲目的复古派与无聊的而有毒害社会的劣等通俗文学"（宗旨）。②该刊与同时期的其他刊物一样，积极地引进西方的文学理论与作品创作，组织过"摆仑（拜伦）纪念号""纪念法朗士特号"，也译介过莫泊桑、波特莱尔、欧·亨利、叶芝等的作品。针对文学理论，发表了一系列的文章，如鲁迅的《呐

---

① 贾植芳等编：《文学研究会资料》，河南人民出版社1985年版，第537—538页。
② 王统照：《王统照文集》第6卷，山东人民出版社1984年版，第424页。

喊·自序》、周作人的《艺术与道德》、王统照的《文学观念的进化及文学创作的要点》等文章，着重在于讨论文学艺术性、审美性和批评标准等问题。在文学作品的刊发上，徐志摩的散文《翡冷翠山居闲话》等名作也在此刊发。

（四）创造社的"创造"系列刊物

《创造》季刊是创造社成立后主办的第一种文艺期刊，以发表文学创作为主，兼及理论批判和外国文学翻译。郭沫若说："中国文坛大半是日本留学生建筑成的。创造社的主要作家都是日本留学生，语丝派的也是一样……就因为这样的原故，中国的新文艺是深受了日本的洗礼的。"[1]因为它是雄心勃勃创刊立志的创造社同人的第一刊，它的产生过程及编辑版式、编辑理念就具有特别的意义，它直接影响了后来期刊的办刊方向和规格。比如它的刊名"创造"就是这个文人团体的社团名，并成为后来期刊命名的延续。它咄咄逼人冲击文坛权威的风格，也为后来的期刊所延续。它的办刊宗旨"打破社会因袭，主张艺术独立，愿与天下之无名作家，共兴起而造成中国未来之国民文学"[2]，也代表了创造社社团的艺术追求。《创造》季刊，一向被视为新文学运动中的"异军突起"，被作为纯文学期刊的翘楚，普遍受到文学界的重视。[3]

《创造》季刊创刊号原定于1922年3月15日出版，实际出版日期是1922年5月1日，约于1924年2月下旬停刊，共出2卷，第1卷出4期，第2卷出2期，共6期。由郭沫若、成仿吾、郁达夫编辑，上海泰东图书局发行。刊物虽名为季刊，但实际极少能按期出版。"季刊"出至第2卷第6期，仍有第7期打算，并计划出版"拜伦逝世百年纪念专号"，但这个计划后

---

[1] 麦克昂（郭沫若）：《桌子的跳舞》，《创造月刊》1928年第1卷第11期。
[2] 《纯文学季刊〈创造〉出版预告》，《时事新报》1921年9月29—30日。
[3] 参见刘增人等纂著《中国现代文学期刊史论》，新华出版社2005年版，第91页。

来由于政治、经济原因未能实现,"季刊"也由此结束。1923年"二七"大罢工之后,形势发展太快,《创造》季刊周期太长,来不及反映形势的重大变化,于是创办《创造周报》和《创造日》,内容扩大到思想文化方面。创造社早期创办的第二个刊物是《创造周报》。它是包括政治评论、文艺批评和文学创作的综合性刊物。"周报"创刊于1923年5月13日,终刊于1924年5月中旬,共出52期,由郭沫若、郁达夫、成仿吾等编辑,上海泰东图书局发行。

《创造周报》的发行带有鲜明的"功利性"和现实指向,它的出版是出于"论战"的需要。《创造》季刊出版后,在文坛上四面树敌,而"季刊"的周期远远跟不上论战的需要。"周报"这种形式比较适宜于"短兵相接"的战斗。《创造周报》便作为创造社的利刃出现于文坛。由此,不难理解《创造周报》的编辑特点:注重评论、介绍、批评和翻译,而以创作副之。在《创造周报》第1期里,成仿吾就向文坛投了一颗"爆击弹"《诗之防御战》,几乎颠覆了整个新文学诗坛,从而基本确立了《创造周报》的立场、风格与基调。郭沫若、郁达夫等此时发表了不少重要评论,如郭沫若的《我们的文学新运动》《艺术家与革命家》,郁达夫的《文学上的阶级斗争》《艺术与国家》等。这些锋芒毕露的文字为《创造周报》赢得了大范围的读者,使其销量飙升、屡次重版。"风行一世,尤为南北文人所推重,常有人评曰文学之鹄的,评论界之主,每期出版三万,顷刻已罄。"[①] 这时,"除了创造社的三个主要作家和新加入的邓均吾经常撰稿以外,还有不少青年作者,如敬隐渔、王以仁、倪贻德等,也团结在这些刊物的周围,不断发表作品。这时候可说是创造社的

---

① 《创造周刊汇刊出版了》,《时事新报》1923年11月23日。

全盛时期,也是前期创造社最活跃的时期"[1]。

《创造日》在创造社同人的规划里是"对抗"与文学研究会联系密切的日刊《时事新报》副刊《学灯》的需要,是作为"销纳外来稿件的尾闾"[2],还有更重要的一点,是"对于新旧出版物的一种监察与批评的工作"[3]。但在《创造日》100期的经营里,这些规划都未能实现。《创造日》缺乏创造社往昔的激情和锐气,少有论战文章,郭沫若也仅发表了一些短诗和《诗经》的今译。《创造日》的停刊,意味着创造社期刊运作的鼎盛期即将过去。《创造日》停刊后,《创造周报》成了强弩之末,《创造》季刊出到第5期以后便很难继续。

1925年"五卅"运动之后,创造社成员纷纷南下革命,思想逐渐发生变化。大革命失败之后,创造社的部分元老回到了上海,并吸收一部分新从日本回来的激进的青年为社员。这一时期,被称为后期的创造社。后期的创造社提出了"革命文学"口号,积极提倡无产阶级革命文学,从事无产阶级革命文学运动和马克思主义的文艺理论建设。后期的创造社继续在上海创办了《洪水》《创造月刊》《文化批判》《思想》《文艺生活》等刊物,成为创办期刊最多的社团。

1924年8月20日,《洪水》创办,最初为文学周刊,但仅仅出1期。1925年9月16日复刊,改为半月刊,卷期另起。1927年12月15日终刊。前后共出38期(包括增刊1册)。主编周全平。倪贻德、郁达夫也先后参加了编辑工作。编者在周刊创刊号上发表《撒但(魔鬼)的工程》,宣称"不先破坏,创造的工程是无效的","一切固有势力的破坏,一切丑恶的创造的破坏,恰是美善的创造的第一步工程"。编者既崇尚创造,也崇尚破坏,因此

---

[1] 郑伯奇:《忆创造社》,载《郑伯奇文集》,陕西人民出版社1988年版,第1254页。
[2] 郭沫若:《创造十年》,载《学生时代》,人民文学出版社1979年版,第163页。
[3] 成仿吾:《终刊感言》,《创造日汇刊》1923年第100期。

以能破坏一切的洪水为名，洪水是"要冲刷人世间的一切罪恶"。编者在《洪水复活宣言》中又重申了上述观点，还提出"让我们摆脱一切派别，抛去一切成见，为自己努力吧——努力求思想和感情的自由发展"。[1] 该刊早期以发表杂文和文艺短评为主，后期则侧重于文学创作与文学评论。建南（楼适夷）的小说《爱兰》、成仿吾的评论《读章氏〈评新文学运动〉》等，都有一定的影响。郁达夫发表了《在方向转换的途中》，指责蒋介石实行"独裁的高压政策"，右派报刊便攻击郁达夫"做了共产党的工具"。

《创造月刊》创刊于1926年3月16日，停刊于1929年1月10日。《创造月刊》虽名为月刊，却并不能按时发行，第1卷12期就延续了两年多时间。月刊在出至第2卷第6期后仍有出版第7期的打算，并在内容上有所发展增设，但由于国民党当局的迫害，创造社被封而停刊。

《创造月刊》在第1卷中以"纯文艺期刊"相标榜，也有意恢复早期创造社的辉煌，但是在"纯文艺"路线的艰难维持中，也透露出文艺思想的转型和办刊思想的欲求新变。创造社开始自我否定自己的文艺主张，曾经以浪漫主义自恃的郭沫若宣称"浪漫主义的文学早已成为反革命的文学"[2]。介绍马克思主义理论、宣传革命文学的文章不断出现，如蒋光慈的《十月革命与俄罗斯文学》、成仿吾的《革命文学与他的永远性》《从文学革命到革命文学》等。这一时期的《创造月刊》已悄悄预示着期刊的纯文艺时代即将过去。

关于《创造月刊》的成因，郁达夫讲是"安慰那些正直的惨败的人生的战士，积极的就想以我们的微弱的呼声，来促进改革这不合理的目下的社会的组成"[3]。1927年10月，郭沫若因南昌起义失败秘密回到上海。年底，李初

---

[1] 创造社编：《洪水》第1卷合订，青年协会书局1938年版，第2页。
[2] 郭沫若：《革命与文学》，《创造月刊》1926年第1卷第3期。
[3] 达夫：《卷头语》，《创造月刊》1926年第1卷第1期。

梨等人回国。他们在日本接触了无产阶级文学运动,学习了马克思主义文艺理论,同郭沫若、成仿吾等在倡导无产阶级革命文学上取得了一致意见。于是,他们以《文化批判》、后期《创造月刊》等期刊为阵地,一面向鲁迅、茅盾等人论战,一面反击新月派的责难,全面推进革命文学理论,并最终引起知识界的裂变,使文坛转向新的方向。

改革后的《创造月刊》,旗帜鲜明地脱离了纯文艺办刊路线,以"新的开场"宣言了期刊的转型,成为新一轮超越文艺视野的论战的阵地。

作为《创造月刊》的姊妹杂志,《文化批判》月刊是充分展示后期创造社革命文学理论的期刊。它创刊于1928年1月15日,共出5号。"其目的在以学者的态度,一方面介绍最近各种纯正的思想,他方面更对于实际的诸问题为一种严格的批判的工作。它将包含哲学、政治、社会、经济、艺术一般以及其余有关系的各方面的研究与讨论。"[①]它强调理论斗争、倡导全面批判。

(五)《语丝》等刊物的多样化

《语丝》周刊,是孙伏园在鲁迅的支持下创办的,随后有了语丝社。孙伏园原为《晨报副刊》编辑,因为鲁迅的《我的失恋》一诗而与总编辑发生意见分歧,便愤而辞职,于1924年11月另行在北京创办该刊。"语丝"一词,据考察是顾颉刚从俞平伯等所编辑的刊物《我们的七月》所载张维祺的《小诗》中找出来的。编辑、出版及发行,主要是孙伏园、李小峰、川岛。由孙伏园任主编,但实际决定稿件取舍的主要是周作人。不久,孙伏园去就任《京报副刊》编辑,离开了该刊。据川岛在《忆鲁迅先生和〈语丝〉》一文中说:"《语丝》的形式、内容,以及稿件的处理,我们都去征求鲁迅先生的意

[①] 《〈创造月刊〉的姊妹杂志〈文化批判〉月刊出版预告》,《创造月刊》1927年第1卷第8期。

见。"可见，周氏兄弟是幕后的主编。

　　1927年10月，《语丝》被奉系军阀政府查禁，它随同北新书局迁到上海出版，先后由鲁迅、柔石、李小峰编辑。1930年3月终刊，共出版260期。该刊创刊时，孙伏园曾约集鲁迅、周作人、江绍原、钱玄同、春苔（孙福熙，又作春台）、顾颉刚等16人为长期撰稿人。周作人在《发刊辞》中说："我们并没有什么主义要宣传，对于政治经济问题也没有什么兴趣，我们所想做的只是想冲破一点中国的生活和思想界的昏浊停滞的空气，我们个人的思想尽自不同，但对于一切专断与卑劣之反抗则没有差异。我们这个周刊的主张是提倡自由思想，独立判断，和美的生活。"又说："周刊上的文字大抵以简短的感想和批评为主，但也兼采文艺创作以及关于文学美术和一般思想的介绍与研究，在得到学者的援助时，也要发表学术上的重要论文。"作者们的思想尽管不一致，但有着大体一致的主导的倾向，即鲁迅在《我和〈语丝〉的始终》中所说的，"任意而谈，无所顾忌，要催促新的产生，对于有害于新的旧物，则竭力加以排击"。所刊文章，内容多为社会批评与文明批评，形式多为杂文，有鲁迅的《论雷峰塔的倒掉》《牺牲谟》《记念刘和珍君》《无花的蔷薇》以及《野草》中的一些篇什等，有周作人的《喝茶》《鸟声》《乌篷船》《我们的闲话》和《碰伤》等，有林语堂的《论骂人之难》《悼刘和珍杨德群女士》等，有朱自清的《执政府大屠杀记》、刘半农的《骂瞎了眼的文学史家》和江绍原的《仿近人体骂章川岛》等。这些文章形成了"语丝的文体"。

　　"语丝的文体"是孙伏园提出来的，该刊同人对此问题的看法并不一致，从其主导倾向看，应该是"任意而谈，无所顾忌"，幽默讽刺，鞭辟入里。该刊的贡献主要是在思想上和文学上。在思想上的贡献，正如瞿秋白在《〈鲁迅杂感选集〉序言》中所说："鲁迅当时的《语丝》，革命小资产阶级的文艺思想和批评，正是针对着这些本来的'官场学者'的……其实，不但陈西滢，就是章士钊（孤桐）等类的姓名，在鲁迅的杂感里，简直可以当作普通名词读，就是认做社会上的某种典型。"当时，《语丝》和《现代评论》就"女师大事件"和"三一八惨案"发生过争论。

《语丝》推动了中国散文的发展，形成了特有散文风格——"语丝的文体"，也形成了独特散文流派，即"语丝派"。"语丝派"实际上是一个散文流派。在《语丝》发表散文的还有朱自清、鲁彦、冯文炳、陈学昭、刘半农等。

1925年，社会上"反改革"的空气仍然非常浓厚，报刊上总在大讲"祖传""老例""国粹"等等，鲁迅把北京形容为"活埋庵"。鲁迅觉得只有提倡思想革命，才能改变这种现状；为了准备思想革命，他觉得首先得培养"战士"，为此和一些青年在该年4月于北京成立了莽原社。莽原社的主要成员有高长虹、向培良、韦素园、李霁野、曹靖华等。[①]

《莽原》由莽原社于1925年4月24日创办作为社刊。该刊在初办时为周刊，附于《京报》发行，以代替原有的《图画周刊》。刊名带有荒野之意，刊头二字是一个8岁小孩写的，笔迹幼稚而天真。同年11月27日出至第32期，因《京报》停止副刊以外的小幅而休刊。1926年1月10日复刊，改为半月刊，卷期另起，独立发行。原为鲁迅编辑，1926年8月，鲁迅离京赴厦门，该刊由韦素园接编。鲁迅在《〈莽原〉出版预告》中说："总期率性而言，凭心立论，忠于现世，望彼将来。"该刊注重"文明批评"和"社会批评"，所刊多是关于思想文化方面的短评。鲁迅在《华盖集·题记》中说："我早就很希望中国的青年站出来，对于中国的社会、文明，都毫无忌惮地加以批评，因此曾编印《莽原周刊》作为发言之地，可惜来说话的竟很少。"撰稿人以莽原社的成员为主。鲁迅在该刊发表有50多篇作品，杂文有《春末闲谈》《灯

---

① 参见周葱秀、涂明《中国近现代文化期刊史》，山西教育出版社1999年版，第179—181页。

下漫笔》《论"费厄泼赖"应该缓行》，历史小说有《奔月》《铸剑》，散文有《从百草园到三味书屋》《藤野先生》等，这些作品的发表，使该刊产生了很大的影响。该刊所载其他重要作品，小说有台静农的《红灯》，刘一梦的《工人的儿子》，长诗有韦丛芜的《君山》，剧本有向培良的《生的留恋与死的诱惑》。作者还有高长虹、荆有麟、曹靖华、画室（冯雪峰）、尚钺、许钦文等。该刊以杂文、散文取胜。[1]

1925年8月，鲁迅在北京又发起成立了文学社团——未名社。《未名》由未名社于1928年1月创办，先后由鲁迅、韦素园主持编务。以翻译介绍外国文学为主，重点在俄国文学，也发表该社成员所写的作品和理论文章，曾刊载鲁迅的《现今的新文学的概观》，也吸收外稿。1928年3月被军阀查封，同年9月复刊，1930年4月终刊，共出版24期。该社还出版《未名丛刊》和《未名新集》。鲁迅由于对韦丛芜的不满，宣布退出未名社，未名社遂解体。如果说《莽原》以杂文、散文取胜，《未名》则以译品取胜。[2]

1924年年初，周作人与他的好友张凤举、徐祖正决定成立骆驼社，筹办"纯文艺的杂志"，取名为《骆驼》，但因为种种原因，直到1926年6月才出版了一期。这是《骆驼草》的前身，周、张、徐诸人及朋友圈里的人由此被称作"驼群同人"。1930年5月12日，《骆驼草》周刊在北平创刊，主要撰稿人有周作人、俞平伯、废名、徐祖正、冯至、梁遇春、徐玉诺等。该刊主要由废名和冯至主持，但实际上的精神领袖是周作人。1930年9月12日，冯至去德国留学之后，主要的编辑和发稿校对工作实际由废名承担。1930年11月3日，仅出版了26期的《骆驼草》悄然终刊。[3]虽然《骆驼草》的规模

---

[1] 参见周葱秀、涂明《中国近现代文化期刊史》，山西教育出版社1999年版，第182页。
[2] 参见周葱秀、涂明《中国近现代文化期刊史》，山西教育出版社1999年版，第183页。
[3] 参见刘增人等纂著《中国现代文学期刊史论》，新华出版社2005年版，第134页。

小，刊行周期短，但是在中国现代文学史上，对于"五四"落潮后文学观念的转变，对于中西方文化冲撞中的文学选择，对于后来京派文人群落及其风格的形成，对于现代文学的发展走向，甚至对于当代一些作家作品及期刊而言，它的存在和影响不容忽视——对于文学本真的倡导，对于文学功利性的规避，对于个体精神自由的追求，对于精英主义文化立场的坚守，等等。

《浅草》创刊于1923年3月，1925年5月终刊，共出版4期。林如稷、陈炜谟任主编。该刊为大型期刊，却自谦为"荒野中的浅草"。林如稷在创刊号上的《编辑缀话》中说："我们不敢高谈文学上的任何主义；也不敢用传统的谬误观念，打出此系本社特有的招牌。""我们不愿受'文人相轻'的习俗熏染，把洁白的艺术的园地，也弄成粪坑，去效那群蛆争食。""我们同人都是抱定不批评现在国内任何人的作品。"当然，不能说该刊是"为艺术而艺术"，其骨子里还是"为人生"的，但它确实崇尚艺术。

该刊主张各种文学流派应该并存，这是很有见地的。为了贯彻这一宗旨，该刊只发表作品，不设批评栏，不发表批评文章，不介入文坛上的论争，他们反对作统一文坛的"痴梦"。反对统一文坛，这是对的，但否定批评，则是不对的。所刊小说有林如稷的《将过去》、冯至的《蝉与晚祷》、高世华的《沉自己的船》、顾随的《失踪》、陈炜谟的《狼笯将军》等，这些作品产生了较大的影响，曾被鲁迅选入《中国新文学大系·小说二集》；剧本有陈翔鹤的《狂飚之夜》和《雪宵》等；诗有冯至的《吹箫人的故事》和《河上》等。该刊编者艺术视野较为开阔，固然他们受到创造社的影响，偏重于浪漫主义，但现实主义、象征主义等各种不同的流派风格也受到他们欢迎。鲁迅在《中国新文学大系·小说二集·导言》中对该刊评价颇高："每一期都显示着努力：向外，在摄取异域的营养，向内，在挖掘自己的魂灵，要发见心灵的眼睛和喉舌，来凝视这世界，将真和美歌唱给寂寞的人们。"作者大都是外文系学生，便于他们"摄取异域的营养"。

二、编辑团队：知识权威的号召力

现代新文学刊物的编辑团队，大多以同人为组织模式，采取轮流编辑的方式，因而在刊物的总体办刊方针、基本文学观念下，各自不同的主编所呈现的办刊组稿的风格也有大小差异。在此过程中，不同刊物形成了各自不同的"知识权威"，对刊物的发展有着逐渐增大的影响作用。

（一）茅盾与《文学》杂志

1933年7月，《文学》月刊由上海生活书店出版发行。当时社会环境中弥漫着左翼文学运动的气息，同时当局的国民党政府的文化政策又在不断紧缩，不仅在文艺发展的政策法规上加以限制，还利用非法手段迫害进步作家、封闭书店，制造"白色恐怖"。各种文学刊物在夹缝中生存，有些甚至很快不得不终止文学活动，因此在左翼文学刊物相继受损的情况下，保存和发展文艺阵地显得尤为关键。于是，茅盾与郑振铎等人商议，决定以"文学社"的名义编辑出版一本长期刊物，一方面坚守住文艺发表的阵地，另一方面也摸索是否具有新的发表策略，《文学》就在这样的情况下问世了。

《文学》的主编是郑振铎、傅东华，但实际上，茅盾在《文学》中所起的作用和担任的角色，相当于主编的位置，为此后《文学》的发展走向起到了很大的引导作用。当时《文学》的编委会还包括鲁迅、茅盾、郑振铎、叶圣陶、郁达夫、陈望道、胡愈之、洪深等十人。此外，当时几乎有影响力的作家都参与到《文学》的组织与发表工作中，无论是左翼革命作家还是自由派作家、民主主义作家，都在该刊有所发表。《文学》正是因为巨大的"凝聚"

作用，使得其在 20 世纪 30 年代的刊物中，成为影响极大的文学阵地。

《文学》所形成的庞大规模和网罗作家的情况，与茅盾密不可分，一定程度上说，是茅盾的编辑组织能力促成了《文学》刊物的鼎盛。茅盾编辑组织《文学》时有一特点，即知名作家与相对不知名的作家搭配发表，对于这两类作家的稿件，茅盾有意识地进行编辑策略，知名作家自带的读者群保证了《文学》的守中和影响力，使得刊物得以长期、持续、稳定地拥有读者市场，另一方面，不知名作家的创作为刊物带来了"陌生效应"，对不知名作家的阅读，本身就具有令人惊喜或者令人失望的两种感受，但是无论是哪一种感受，都能增加读者对刊物的新鲜感，使得读者群能够有效扩大。此外，从文学理念上看，茅盾的此番编辑策略也显示出他重视新作家的文学生命力，知名作家固然有影响力，但是挖掘新鲜的文学作品、不同风格的作家，显示出文学的多样化和生命力，才是一个刊物影响持续扩大的重要保证，从这一点看茅盾的办刊方式既有兼顾，同时也有精心的经营。

刊登不知名作家的作品意味着茅盾需要长期关注、发现、发掘和支持培养新作家。当时，端木蕻良、骆宾基、艾芜等作家都受到过茅盾在文学上的鼓励和发掘。在《文学》月刊创刊号上，茅盾以《新作家与处女作》一文表明自己的立场，他说："我们不问作家的新老或面熟面生，只有文章的好坏。徒因每期杂志摆定了要若干字，出版日期又摆定了每月某日，我们不能不准备，所以我们广约了几十位特约撰稿人。我们与新进作家或是将发表处女作的作家无一面之雅，就只好等他们投稿来了。不过我们对外来投稿一定细心阅读，不敢冤屈佳作。取舍的标准，也将从宽，凡有一长，无不乐为发表。"[1]

---

[1] 中国现代文学研究会、北京出版社合编：《中国现代文学研究丛刊》第 2 辑，北京出版社 1982 年版，第 258 页。

文中还说："打算每期里登刊新作家或'处女作'家的文章一二篇，同时我们对于那些作品的意见也将掬诚贡献，俾作者和读者参考。"茅盾提携新进作者的一片热心溢于言表。在《新，老？》一文中，茅盾对文坛上出现的流行语"新作家"与"老作家"重新鉴定，他认为从时间上划分作家的新和老是一种曲解，"老作家是不应该有的，或者最好没有他"，"在一个充满着前进的活力的文坛，所有的优秀作家应该全是'新'的，而且永远是'新'的！他们的思想跟着时代走，他们时时摄取新的人生来描写，他们每一篇作品开始写的时候是一个'新人'，每一篇作品给他一种'新'的创作经验"，"一个作家应该时时是新作家"。① 《文学》月刊创刊号首先刊登了两位陌生人的作品，它们是黑婴的《五月的支那》、蔡希陶的《普姬》，虽有文字生硬等缺点，但是有充实的内容，又极具生活实感，因而被采用，与茅盾的初衷"凡有一长，无不乐为发表"相得益彰。

特别受到茅盾推介和发掘的是"左联"培养起来的一批青年作家。因为《文学》诞生在左翼文艺被围剿和毁灭的关头，因此茅盾自然肩负起给左翼文艺另辟阵地的责任。《文学》上的"书报述评"栏中就曾以书评的方式，把"左联"的青年作家推荐给全国读者，以评论的方式介绍左翼青年作家，比起直接刊发他们的左翼革命文学作品，相对隐晦。艾芜的《咆哮的许家屯》、骆宾基的《边陲线上》、周文的《雪地》、王统照的《山雨》、彭家煌的《喜讯》都得了茅盾的评论。茅盾与这些文学青年之间的互动也是 20 世纪 30 年代特殊的文化环境下的一种值得关注的生态。作为五四新文学下的老作家，茅盾与青年作家的沟通、评论和联络也是文学史中的人际史研究的重点。在茅盾的这些评论、介绍性的文章中，可以看到他为 20 世纪 30 年代文艺生存环境

---

① 茅盾：《新，老？》，《文学》1934 年第 2 卷第 4 号。

做斗争的努力，同时也可以看到茅盾对现代文学评论的贡献，无论是现实环境，还是历时性的文学历史长河中，茅盾的工作都起到了保护文艺多样性的作用。茅盾对新进作家的关怀与培养，使许多新进作家都聚集在他的周围，对他们终身的创作命运具有重大的意义。艾芜在《记我的一段文艺生活》中说："只有在茅盾先生这一鼓励之下，我才对于终身从事文艺习作的志愿，更加努力不懈，坚定不移。"①

《文学》还有一大特征，就是延续了五四新文学社团刊物具有的"引进外来文学"的责任，这一方面是因为茅盾译介外国文学的时间早、时期长。他很自然地就将翻译外国文学与创作文学作品，组织编辑文学刊物的各项工作结合在一起。

结合《文学》创办之初的政治环境可以见得，《文学》本身就肩负着继承左翼文学精神、创造左翼文学阵地的责任，因此茅盾很自然地把介绍苏联文学纳入编辑方针之中，仅仅在创刊后的第 3 号中就开始介绍苏联文学，甚至刊登了周扬的论文《十五年来的苏联文学》。此后，耿济之翻译的高尔基的剧本《蒲雷曹夫》（第 5、6 号）、曹靖华翻译的阿·托尔斯泰的《十月革命给我了一切》（第 4 号）、狄谟撰写的《关于苏俄文坛组织的消息》（第 5 号）和介绍肖洛霍夫《被开垦的处女地》的文章《响谷村中的人物》（第 6 号）、吴春迟翻译的卢那卡尔斯基的《社会主义的艺术底风格问题》（第 6 号）等苏联文学译作和评论性的文章不断刊登。《文学》也坦然地显示出自己的政治立场来，所以《文学》面临被查封的危险。1934 年，《文学》从第 2 卷起停止译介苏联文学。不仅如此，国民党当局还特别关注《文学》，对其即将刊发的文章进行严格的审核和修改。茅盾在其中深陷挣扎，1933 年，他写下文章

---

① 庄钟庆:《茅盾史实发微》，湖南人民出版社 1985 年版，第 46 页。

《"杂志办人"》,在严苛的政治环境下,"无可奈何的办法还是介绍外国消息,翻译外国论文和努力来讲'没工夫讲的话'吧"。① 为了避免被查禁和停刊,茅盾不得不减少《文学》刊登的"原创",强调其翻译外国文学的功能,旨在"略示世界文学现状之一斑,也希望引起关于翻译诸问题之商讨"②。从1934年第3号起,《文学》连出4个专号:"翻译专号""创作专号""弱小民族文学专号""中国文学研究专号"。

在《文学》"翻译专号"上刊登了英、法、俄、德等12个国家的文学作品21篇,茅盾还写下大量讨论翻译问题的文章,如《又一篇账单》《"媒婆"与"处女"》《直译·顺译·歪译》《一个译人的梦》等,这些文章都从翻译的学理出发,讨论翻译技法和翻译理念,从这些文章和专号的设置可以看出,回归到翻译文学、文学研究上茅盾力图保护《文学》的努力。

在《文学》的"弱小民族文学专号"上不仅翻译刊登了弱小民族的文学作品,还囊括了《现世界弱小民族及其概况》和《英文的弱小民族文学史之类》,用来介绍弱小民族文学的发展概况,以"文学史"的方式介绍了波兰、捷克、匈牙利、阿拉伯、波斯等国家和民族的文学,其中值得关注的是对西班牙殖民地拉丁美洲国家的文学简述,以及新犹太的戏曲发展概略,这显示出《文学》在关注弱小民族文学时注意到的殖民地文学和宗教文学,显示出茅盾所具有的历史性视野和世界性视角。这些翻译和介绍作品,可以看出同为20世纪弱小民族的中国知识分子所具有的胸襟和气象。翻译和介绍弱小民族的文学还具有爱国主义宣传的作用,面对当时国民党当局的不抵抗政策和文化上的查禁政策,《文学》的翻译实践实为一种反抗的发声。茅盾曾在译文

---

① 茅盾著,韦韬、陈小曼编:《茅盾杂文集》,生活·读书·新知三联书店1996年版,第243页。
② 茅盾:《我走过的道路》(上),人民文学出版社1997年版,第632页。

的前言、后记中隐晦地表达对国民党文艺政策的不满。如在翻译的短篇小说《催命太岁》的前言中,茅盾写道:"原题为'The Knight of Death'——'死的骑士'。……但是我觉得'死的骑士'一语洋气太重,甚非今日所宜,因而特地找了一个'民族主义'的称呼,大书特书曰'催命太岁'云云。"①借此来讽刺国民政府推行的民族主义文学政策。

从茅盾作为主编的身份来看,他需要应对《文学》内外的各种情形,既包括国民党的压迫,也包括左翼文坛内部关系的协调,这使得《文学》实为"政治",还兼具商业。《文学》月刊自创刊至 1937 年 11 月因全面抗战爆发而停刊,历时四年多,共出刊了 9 卷 52 期。不论是翻译文学还是青年作家的创作,抑或是茅盾自己贡献的各种评论,都使得《文学》成为 30 年代上海文坛上影响最大、坚持时间最长的大型文学刊物,这在内忧外患的 20 世纪 30 年代实为不易。因此,《文学》被誉为"三十年代中国第一刊"。从茅盾自身来看,1927 年大革命失败后,茅盾在流亡中漂浮不定,甚至在他 1930 年回到上海后,国民党的通缉令都没有撤销,茅盾的生存环境不容乐观,在这个情形下,《文学》的创办,也使得此时茅盾拥有了一个新的平台,甚至对茅盾的日常生活的维继也有很大的稳定作用。《文学》面临审查时,茅盾也表明"多数作者是等着稿费买米下锅的,这样下去将马上影响到他们的生活,需要想一万全之策,避开这三斧头,化被动为主动"②,因此才有了四个专号。据傅东华回忆,《文学》最多销到 3 万多份,除《东方杂志》外,是当时杂志中销行最多的,这对当时一大批以文为生的作家而言,《文学》不仅是思想的生存阵地,也是现实生存的重要平台。《文学》显示了茅盾个人人生的起伏和周折,

---

① 余声(茅盾):《催命太岁》,《文学》1934 年第 2 卷第 5 号。
② 茅盾:《我走过的道路》(上),人民文学出版社 1997 年版,第 630 页。

更显示出 20 世纪 30 年代文化环境的风云莫测，但最终，《文学》所起到的作用，显示出左翼文学的持续发力，无产阶级文艺战线的发展。

（二）丁玲与《北斗》

《北斗》作为"左联"的机关刊物，既有"左联"的统一领导，同时又延续了"五四"以来现代知识分子的办刊方式——同人办刊。当时，"左联"的许多机关刊物都具有这样的双重属性，在实际的办刊过程中，大多是以同人为中心，例如，蒋光慈、钱杏邨主编的《太阳》，冯雪峰主编的《萌芽》，鲁迅主编的《奔流》都属这种办刊方式。当时《北斗》请丁玲主持时，面临着刊物在 20 世纪 30 年代文化恶劣环境下的生存和发展问题。此时出版界的情况极其险恶，国民党建立起森严的文网，"左联"文艺遭受重创："一九三一年春，左联的阵容已经非常零落。人数从九十多降到十二。公开的刊物完全没有了。"[1] 据统计，到 1931 年 4 月，被禁的书刊有二百二十八种，后来达到七百多种……当时，丁玲曾和沈从文写信，表达自己即将办刊的想法，其中包括希望请到几位女作家，包括冰心、凌叔华、陈衡哲等。更加特殊的是，丁玲曾向沈从文透露，这样一份刊物由她"一人负责"，"不许它受任何方面牵制，但朋友的意见我当极力采纳"。这使得丁玲一开始完全占有《北斗》的话语权，《北斗》也因为丁玲的办刊风格而别具一格。在当时的环境下，刊物越显得与时事无关，则存活的空间也就越大，这是不可以不面对的事实，因此，丁玲在《北斗》上注重著名作家的引导作用，每一篇刊发的文章，都具有提出问题、引导思考问题的目的，丁玲目的在于引起公众借助媒介平台，

---

[1] 茅盾：《关于"左联"》，载中国社会科学院文学研究所《左联回忆录》编辑组编《左联回忆录》，知识产权出版社 2010 年版，第 120 页。

关注现实，讨论现实，介入现实。与《新青年》一致的是，《北斗》注重青年人的引导，"他们写了作品，我打算在《北斗》发表。《北斗》被封以后，我把稿子交给周起应，在《文学月报》发表了。李辉英、芦焚，都是从投稿中发现的新人"[1]。包括艾青的第一首诗也是在《北斗》上发表的，杨之华也是最早在《北斗》上发表文章的。

《北斗》按照丁玲和沈从文说的那样，邀约了几位女作家，刊登了冰心的《我劝你》、林徽因的小诗《激昂》、陈衡哲的小品《老柏与野蔷薇》等。丁玲还请到鲁迅，特选珂勒惠支的木刻作为封面，《北斗》由此创刊。在《北斗》身上体现了20世纪30年代刊物所具有的双重性，这也使得《北斗》面临的危机从这双重性中生发。《北斗》实为"左联"的刊物，这使得其必须受到左翼作家联盟的统一指导和管辖，《北斗》背后有着复杂的政治关系和协调组织工作，当时冯雪峰、钱杏邨、瞿秋白、茅盾、阳翰笙等"左联"骨干时常予以《北斗》指导，但是这种指导落在丁玲实际办刊的过程中，有时会造成程序上的烦琐和误解。因此，《北斗》存在的分歧和分化，导致其办刊过程中必然出现危机。鲁迅和茅盾点评《北斗》时说"以前对于'自由主义'的中间作家是取了关门的态度，而《北斗》则是诱导的态度"[2]。作为主编，丁玲办《北斗》时，强调多样化，因此《北斗》上可以见到左翼作家、自由主义作家、女性主义作家等各种主张与观念的作品。这在丁玲的解释是为了刊物有更长的存活时间，《北斗》在表面上要淡化左翼话语，但在其内在精神和

---

[1] 丁玲：《关于左联的片断回忆》，载中国社会科学院文学研究所《左联回忆录》编辑组编《左联回忆录》，知识产权出版社2010年版，第129页。

[2] 陈天助：《探问左翼文艺刊物的短期行为——以丁玲主编的〈北斗〉为例》，载《新气象 新开拓》选编小组编《新气象 新开拓：第十次丁玲国际学术研讨会文集》，同济大学出版社2009年版，第153页。

组织机构上又必须左翼色彩,"左联"骨干成员与主编丁玲之间的协调一致就显得尤为重要。《北斗》才办了不到一年,主编丁玲和"左联"的领导就出现了明显的分歧,1931年11月,"左联"制定新的宣传政策,强调大众化问题是"第一个重大的问题",指出"只有通过大众化的路线","才能创造出真正的中国无产阶级革命文学"。钱杏邨等人提议《北斗》重新设置议题,《北斗》在"左联"的要求下进行了两次征文,分别是"创作不振之原因及其出路","关于文艺大众化",这次有20多位作家参加征文,议题集中在克服旧情感和旧意识上。面对上级组织"左联"的要求,丁玲在这两次征文中感受到作为主编的程序行为,丁玲自己也在上级"左联"的感召下,进行了大众文艺的实践与转型,但是这次转型,丁玲显然不是顺畅的,她回忆说:"当时很有激情,也是有目标的创作追求,自己不愿意老停在过去的那个样式里;现在回头看,转变是转变了,毕竟还是很幼稚的。"[1]

可以看到,和茅盾与《文学》相比,丁玲与《北斗》更具有同命运的表征。丁玲借助《北斗》实现了自己颇为疼痛的"左转",仿佛丁玲与"左联"之间的摩擦集中了《北斗》上,同时也因为《北斗》这个刊物的中介,削弱和隐蔽了丁玲转型的痛感。当两次征文之后,丁玲明显感受到"左联"风向标对《北斗》的制约作用,因此感受到与自己办刊理念的摩擦,丁玲不得不在后期离开了主编的位置。针对这样的结果,茅盾委婉地认为是丁玲"左转"之后事务增多,《北斗》因此也出现了问题。但实际上,这是在于"五四"以来的文学刊物的办刊方式正式地与20世纪30年代之后政治强硬介入文学办刊之间必然的冲突。"左联"的各项文艺主张来自政党,因此许多文艺

---

[1] 陈天助:《探问左翼文艺刊物的短期行为——以丁玲主编的〈北斗〉为例》,载《新气象 新开拓》选编小组编《新气象 新开拓:第十次丁玲国际学术研讨会文集》,同济大学出版社2009年版,第155页。

主张和政策方针尚未得到充分论证和实践反馈便从上至下传递和分散下去，这必然带来刊物的无所适从。

回到丁玲自身，《北斗》使她意识到文艺风尚的变化，察觉到这一变化后她作出了适应性的表达，丁玲开始走向革命，开始审视自己前期的创作，甚至在心中不免多次彷徨和怀疑。成为《北斗》的主编以后，丁玲的思想和生活发生了很多变化，促进了丁玲创作上的转型。丁玲需要参加"左联"会议，学习各项上级的文艺政策，到大学去讲演，"我在'左联'还参加过一种活动，就是到大学校去讲演。中国大学、中国公学、大夏大学、光华大学、暨南大学……都去讲过"①。在1931年前后，丁玲曾在中国公学演讲《死人的意志难道不在大家身上吗》，在光华大学作《我的自白》讲演，这些讲演增加了丁玲文学生活的公众性。这也就是丁玲在回忆中提到20世纪30年代曾换上布旗袍、平底鞋，到工人中去的具体实践。不仅如此，1931年"九一八"事变后，上海成立反日大同盟，丁玲曾参加游行示威；1931年12月，同上海文化界夏丏尊、周建人、胡愈之等人组织上海文化界反帝抗日同盟，丁玲就去组织民众，去慰劳兵士；到各大学组织学生开展群众运动，召开飞行集会；等等。丁玲在身为《北斗》主编期间，完全参与到了革命文艺的各项活动中，这些活动塑造了后期的丁玲。

不仅是丁玲自己在《北斗》办刊期间发生了转变，《北斗》也进一步注重培养革命的文艺新力量。"左联"成立的同时，"马克思主义理论研究会""国际文化研究会"和"文艺大众化研究会"等组织也成立了，这些组织明显带有政治宣传的色彩。"文学能从少数特权者的手中解放出来，真正成为大众的

---

① 丁玲：《关于左联的片断回忆》，载中国社会科学院文学研究所《左联回忆录》编辑组编《左联回忆录》，知识产权出版社2010年版，第129页。

所有"也是当时文艺政策之一。"左联"号召"全体盟员到工厂到战线到社会的底下层中去",普及革命文学,组织工农群众,从事革命活动。"左联"提出"提拔真正的普洛作家","努力在工农大众中间,找寻作家,培养作家"。"左联"第一次党小组会的时候,党团书记丁玲出席,发言时她认为:要从事鲁迅所说的"普罗文学","写作要通俗化,大众化,口语化,要能使工人看懂","革命文学要为工人阶级服务……"[1] 于是,《北斗》就特别重视发表工农作者的新人新作,刊发白苇君、叔周君、慧中君三篇工人作家的新作品,丁玲在编后记中特别指出:"这三位作家的作品,还说不上是好的新作,可能还很幼稚,但出之于拉石滚修马路的工人白苇君,从工厂走向军营的炮兵叔周君,以及从事于工农文化教育工作而且生活在他们中间的慧中君之手,这是值得特别推荐的,希望读者加以注意,并给予批评。"[2] 这足以见得丁玲作为主编践行上级文艺政策的实践。丁玲作为主编,明确要求作家放弃描写"动摇中的小资产阶级的知识分子。这些又追求又幻灭的无用的人,我们可以跨过前去"[3]。值得注意的是,经过"左联"不断指导后的《北斗》与丁玲,刊物风格和主编风格也逐渐"左联"化,文字的表达方式、风格特征和出版流程,对待读者的态度变得更加节制、冷静,与活泼的、多样的、可讨论甚至可争论的文学风格发生了明显的分野。

---

[1] 关露:《我想起了左联》,载中国社会科学院文学研究所《左联回忆录》编辑组编《左联回忆录》,知识产权出版社2010年版,第191页。
[2] 张炯主编,蒋祖林、王中忱副主编:《丁玲全集》第9集,河北人民出版社2001年版,第22页。
[3] 张炯主编,蒋祖林、王中忱副主编:《丁玲全集》第7集,河北人民出版社2001年版,第9页。

(三)周氏兄弟与《语丝》

在现代散文发展史上,语丝社和《语丝》杂志是标志性的刊物,而这份刊物更与现代文学两大标杆——周氏兄弟紧密相关。尽管现代散文最初的主要刊发阵地是《新青年》,1919年《新青年》的"随感录"开启了现代议论性散文的刊发,此后,散文的发展一直流连在各个刊物平台,直到《语丝》的创刊,现代散文才开始有了主阵地,并且随后散文理念与创作风格的分野,也是从《语丝》分化而来。相比于《新青年》,《语丝》更加注重散文的独立性,始终坚持"以简短的感想和批评为主"。《语丝》创刊之后,鲁迅曾集中创作杂文,并在《语丝》上发表,《语丝》的发展也伴随着鲁迅创作重心的变化。鲁迅当时一再声明:"中国现今文坛的状况,实在不佳,但究竟做诗及小说者尚有人,最缺少的是'文明批评'和'社会批评'。"[①] 因而千方百计地想"引出些新的这样的批评者来"。周作人也宣布:"我以后只想作随笔了。"据统计,仅在《语丝》上,鲁迅就发表杂文120多篇,这足以见得核心作家对于一个刊物的重要贡献与极大的塑造作用。

《语丝》的出现,还清晰地体现了散文在现代文学发展历史上所起到的重要作用。文学革命最先是从白话诗和白话小说中肇始的,散文相对是落后的,而对于散文如何"新文学"化,也缺乏严格的精神内涵的阐述。因此鲁迅和周作人的创作,对现代散文的发展起到了关键作用。周氏兄弟的散文观的出发点都在于,用批判性的散文去直言历史传统的压迫和现实的黑暗,批判与改造的紧迫感要通过散文的方式传达,抗争与介入现实需要通过散文来表达。事实上,鲁迅的杂文笔法和杂文精神已经酝酿在《语丝》的办刊过程中了,文学"变成为社会批评的直剖明示的尖锐武器",直接体现在鲁迅为《语丝》

[①] 鲁迅著,朱正编:《鲁迅选集》第4卷,岳麓书社2020年版,第149页。

创作的散文中。在周氏兄弟的带领下,《语丝》不仅凝聚了一批创作议论性散文的作家,更让《语丝》成为中国现代散文史的标志性刊物。

《语丝》风格和"语丝文体"的形成还和 1925 年前后的社会环境相关。女师大学潮和"三一八"惨案促成了鲁迅创作大量批判性散文,抨击北洋政府和与"现代评论派"的论争,更进一步促进了语丝文风的成熟。《语丝》所具有的讽刺、幽默关涉创作主体的情感态度,讽刺和幽默全然体现了创作主体的精神观念,"大胆与诚意""任意而谈,无所顾忌",正是在鼓励一种与邪恶、黑暗斗争的勇气,挣脱命令,捍卫正义的真诚是《语丝》的精神,幽默和讽刺的背后是一种毫不妥协、斗争到底的姿态,因此鲁迅杂文的咄咄逼人实际是包含着沉痛和悲愤的情感。此外,"鲁迅先生对《语丝》在经济方面也有过帮助,在《语丝》第一期出版后,先生就付了十元印刷费,比商定的多付了二元,还觉得有些歉然似的"[①]。后来随着《语丝》印数增加,印刷费逐渐不需鲁迅分担了。在 1925 年前后,鲁迅的杂文逐渐走向自觉化创作,但是 1927 年大革命失败,同年 10 月,《语丝》被奉系军阀查封,编辑部移到上海。在上海时期,语丝社成员之间的联系逐渐减少,《语丝》逐渐不提时事,和前期风格有了明显差异。像周作人、林语堂等作家逐渐走向个人主义的散文创作,《语丝》也就此分野。"只有鲁迅、周作人还是不断地努力着,成为新文坛的双柱。他们刊行着《语丝》和《莽原》,组织未名社,在新文学运动里继续地尽着力,且更勇猛的和一切反动的势力在争斗着。"[②]1929 年年底,鲁迅写下了《我和〈语丝〉的始终》,成为语丝社分化的标志。其实,语丝社的分化还体现在鲁迅与上海时期《语丝》的负责人李小峰在市场化上的意见

---

① 徐日君、岳凯:《现代传媒与中国现代作家》,吉林大学出版社 2010 年版,第 63 页。
② 郑振铎著,文明国编:《郑振铎自述》,安徽文艺出版社 2013 年版,第 345 页。

冲突，鲁迅在《我和〈语丝〉的始终》中表达了自己对纯商业广告的反感，但是作为杂志的运行者，不可能完全不考虑市场的效益，最终市场效益占据了上风，《语丝》刊物上的广告也引起了读者的不满，原先强烈的同人色彩和办刊的文化理想受到了限制。

三、市场效益：商业机制下的运作

20世纪二三十年代中后期，五四时期社团同人化的色彩不断被市场、商业和政治侵扰，这一时期的社团刊物有以下几个特点：同人色彩减弱、市场商业的特点显化、政治文艺方针凸显。可以说，现代社团的发展逐渐受到多方、复杂力量的裹挟，社团、刊物的发展也充满了坎坷。

（一）自由撰稿人与职业作家的现代雏形

现代文学期刊虽然大多是同人刊物，但在很多时候主编无法完全自主，拥有绝对的自主决策权，主编对读者的分析、对作家作品的选择又无法只听凭，加上随时变动的文艺风尚，精英文化的塑造与影响，刊物受到多方因素的影响。"宣传和弘扬自己的文学主张和思想理念，由此而形成一定范围和风格的创作群体。因此都有着自己明确的办刊宗旨和独特的办刊风格。"[1]1911年前后，全国出版中文报刊1753种，仅上海一地就有460种，出版重心也从官办、教会出版转向民营出版。[2] 这体现出现代社团刊物经办的一大特点，刊物种类增加、方式多样，同时自由度和灵活度又在不同时期呈现出不同的紧

---

[1] 翟瑞青：《现代作家和编辑职业的互动关系研究》，《海南师范大学学报（社会科学版）》2010年第6期。

[2] 参见史和等编《中国近代报刊名录》，福建人民出版社1991年版，第378页。

缩程度。

  现代社团刊物带来的一个文化上的显著变化，便是职业文人的产生。在民国前后，文人从原先的自由撰稿人逐渐朝着职业撰稿人的方向变化。新文化、新文学的创作与宣传需要专门的力量，同时通俗文学的市场带来的经济效益也使得职业文人的市场不断扩大。新文学思想的传播塑造了北京学院派的职业文人的出现。在20世纪20年代后期，随着文化中心南移，大批知识分子来到上海，此前北京的学院派只是文人，要进一步适应上海的市场文学机制，文坛的大作家们也朝着职业文人转型。当时《新小说社征文启》明确规定对于所采用的稿件分别给予数目不同的稿酬："章回体小说在十数回以上者及传奇曲本在十数出以上者。自著本甲等，每千字酬金四元；乙等，每千字酬金三元；丙等，每千字酬金二元；丁等，每千字酬金一元五角；译本甲等，每千字酬金二元五角；乙等，每千字酬金一元六角；丙等，每千字酬金一元二角。"[1]《小说林》明确发布："本社募集各种著译：家庭、社会、教育、科学、理想、侦探、军事小说，篇幅不论长短，词句不论文言、白话，格式不论章回、笔记、传奇，不当选者可原本寄还，入选者分别等差，润笔从丰致送：甲等每千字五圆，乙等每千字三圆，丙等每千字二圆。"[2]《小说月报》的稿费主要分为五个等级："甲等每千字五元，乙等每千字四元，丙等每千字三元，丁等每千字二元，戊等每千字一元。"[3] 刊物明确刊登征稿启事和稿费分配，既体现了当时文学创作与市场之间的关系，也进一步促进了现代文学生产方式的市场化。

---

[1] 张国伟：《中国近现代出版产业化进程中的马克思主义著作传播1899—1945》，河南大学出版社2021年版，第25页。

[2] 《募集小说》，《小说林》1907年第1期。

[3] 《本社通告》，《小说月报》1911年第2卷第6期。

与文人群落的专门化和职业化同时发生作用的还有刊物发行过程中不断受到政治因素的影响。1921年，茅盾接手隶属于商务印书馆的《小说月报》，负责《小说月报》的革新，此后的《小说月报》并非纯粹的同人杂志，《小说月报》此前刊登的"鸳蝴派"稿子全部停用，被转移到其他刊物刊发。[①] 值得注意的是，茅盾担任《小说月报》主编时期，因为茅盾自身的政治立场和文化偏好，《小说月报》实际上团结了一大批具有革命倾向的作家，甚至是一些明显的革命作家，如李达、沈泽民、张闻天、瞿秋白等，这为1925年之后的革命文学转向埋下了伏笔，使得《小说月报》从"鸳蝴派"传统走向新文学传统，最终又走向了革命文学传统。再如上海现代书局因为先后创办的左翼刊物《拓荒者》和国民党右翼刊物《前锋月刊》的停刊，受到了政治因素和战争环境的极大影响。

（二）左翼文学在市场运作中的不断壮大

　　现代文学刊物的兴衰沉浮，可以见得新文学发展所面临的历史处境和自身的发展特点。刊物从最初的社团思想言说的渠道，逐渐受到意识形态、现实政治、经济运行、资本掌控等多方面的影响，文学刊物的文学立意也随之发生变动。但无论如何，现代文学刊物伴随着声势的壮大，其起到的思想宣传的作用也越发明显。

　　20世纪30年代，左翼文学一方面需要适应政治宣传的需要，同时又不得不接受市场机制的运作，因此，一些刊物以"同道"身份入股、书局代为发行的方式运营，这样既可以一定程度上保证同人色彩，确保文学理念和文

[①] 参见王迅《文学编辑与出版者、文学社团关系之考察——文学编辑与20世纪中国文学研究系列论文之二》，《广西民族师范学院学报》2019年第2期。

学风格不会完全受制于市场，同时又能借助于书局的发行力量，较为顺利地出刊，《语丝》《奔流》《新月》诗刊、《海燕》《七月》《希望》等杂志便是如此。这类同人杂志在用稿上多少也会受到发行和销售的影响，但由于是同人出资创办营运的，编务上的自由空间要远远超过《小说月报》《现代》等商业老板监控下的刊物。[①] 黎烈文接管《申报·自由谈》之后，也力图使《申报·自由谈》既能够兼顾议论、针砭时事的功能，同时又不那么显得过于激进，从而被国民党的反动文艺政策挟制，《自由谈》大胆刊用了鲁迅、茅盾等左翼作家的杂文，使《自由谈》从"茶余饭后的消遣之资"变为进步舆论的阵地，一时成为20世纪30年代最为活跃的报纸副刊之一。这种针对政治时局的做法，一方面具有被查禁的风险，另一方面又受到市场的极大欢迎，市场的作用和读者的反馈也对政治的裹挟产生了一些抵消作用。

面对不断深化的市场影响，鲁迅还是坚持五四时期办刊的思想理念，反对当时许多书局、发行商只讲经济效益，不讲社会效益的做法，鲁迅尤其反对在期刊上乱登广告。所以，在鲁迅影响下的《语丝》，在其初期，对于广告的选择是极严的，许多广告是不刊登的。但是当《语丝》迁到上海出版，下属北新书局后，同人的干预力量减弱，书局在市场利益的驱使下，刊登了大量不加选择的广告。随之鲁迅也与上海时期的《语丝》疏离，受到鲁迅的影响，《语丝》原来的许多成员也都转移刊发阵地。

---

① 参见王迅《文学编辑与出版者、文学社团关系之考察——文学编辑与20世纪中国文学研究系列论文之二》，《广西民族师范学院学报》2019年第2期。

第七章
"非典型"社团:"游移者们"的选择

如果说把作家与社团的关系比作水与鱼的话，那么一条鱼不可能只属于一条河流，一条河也不可能只有一个方向，因此我们很难去想象一个人永远只追随一个社团，一个社团也只容纳一种风格。这样看来，现代文学史上在那么多旗帜鲜明的社团之外或者之间，还站立着不少的游移者们。

一、欧美派的"出逃者"：林语堂的选择

回顾整个中国现代文学史，最初的一批重要而有影响的作家几乎都有着留学国外的人生经历。相对来说"留日派"和"欧美派"是当时最为集中和突出的两大文学军团，这两大阵营多少年来影响着中国文化的格局乃至政坛的格局。而留日派与欧美派两大阵营的知识分子无论在家庭的出身背景、所处的社会环境，还是所接受的教育等方面都有着明显的区别，这也决定了他们在对待文学的某些本质问题上表现出了截然不同的倾向。然而在留日和留美阵营中间，还有一个非常特殊的人，那就是林语堂。从人生经历来看，林语堂毫无疑问是一个欧美派。出生于福建一个基督教家庭的林语堂，从小就对西方文化耳濡目染，后来更是数十年生活在欧美国家，还曾获得过哈佛大学文学硕士学位、莱比锡大学语言学博士学位。但是回国之后的林语堂却没有加入胡适等欧美留学生聚集的现代评论派，而是加入了由鲁迅、周作人、钱玄同等留日学生构成的语丝社。就像他自己所说的那样："当我在北平时，身为大学教授，对于时事政治，常常信口批评，因此我恒被人视为那'异端

之家'(北大)一个激烈的分子。那时北大的教授们分为两派,带甲备战,旗鼓相当:一是《现代评论》所代表的,以胡适博士为领袖;一是《语丝》所代表的,以周氏兄弟作人和树人(鲁迅)为首。我是属于后一派的。"①

事实上,林语堂与胡适的交情颇有渊源。据林语堂回忆:"一九二〇年,我获得官费到哈佛大学研究。那时胡适是北大文学院院长。我答应他回国后在北大英文系教书,不料到了美国,官费没按时汇来,我陷入困境,打电报告急,结果收到了 2000 美元,使我得以顺利完成学业。回北平后,我向北大校长蒋梦麟先生面谢汇钱事。蒋先生问道:'什么 2000 块钱?'原来解救了我困苦的是胡适,那笔在当时近乎天文数字的钱是他从自己腰包里掏出来的,他从未对我提起这件事。"②林语堂也曾在写给胡适的信中明确表示期待跟胡适一起共事:"后来我们可以在大学一同干事,汇做一起激励鼓吹本国思想文学的潮流。……我们的后来一生才有意味。尔知道这白话文学一个潮流不是简直到白话成立为通用而止,尔知道照外国文学史的例,应该此后有一个文学大大复兴,大大生长时代。我想头一个,要有一个天才 genius,把本国的国语锻炼调和备为文学著作的用……有一个人,有一个文学的官能,他必定会一面从俗话里,一面从古文里,所有许多可以收容的材料,把他支配处理,可以操纵自如,我们看他的榜样,就知道中国的国语落他文学的正轨了。"③

既然林语堂对与胡适一同工作充满期待,又曾受惠于胡适,那么林语堂为何会从欧美派的阵营"出逃",反而加入以鲁迅、周作人、钱玄同、孙伏园、俞平伯等留日派为主要力量的语丝社,成为"语丝派"中英美留学背景

---

① 林语堂著,许枫编:《林语堂作品集》,云南人民出版社 1999 年版,第 25 页。
② 林语堂著,林太乙编:《语堂文选》(上),时代文艺出版社 1995 年版,第 110 页。
③ 耿云志主编:《胡适遗稿及秘藏书信》(第 29 卷)(林语堂致胡适,1920 年 2 月 19 日),黄山书社 1994 年版,第 307—308 页。

的唯一的人呢？在《八十自叙》中，林语堂这样说："说来也怪，我不属于胡适之派，而属于语丝派。我们都认为胡适之那一派是士大夫派，他们是能写政论文章的人，并且适于做官的。我们的理想是各人说自己的话，而'不是说别人让你说的话'（我们对他们有几分讽刺）。这对我很适宜。我们虽然并非必然是自由主义分子，但把《语丝》看做我们发表意见的自由园地，周氏兄弟在杂志上往往是打前锋的。"① 从这段话来看，林语堂给出的原因是比起胡适等人的"官味儿"，他更倾心于语丝派的自由洒脱。这说明林语堂的选择更多是源于思想立场、性情气质的原则，但更重要的是，上海的教会大学出身的林语堂，回国之初任教的是清华大学，对以胡适为代表的"北大派"有一定的隔膜。因此，他选择主动追随鲁迅和周作人，甚至在语丝派与现代评论派的对垒中，撰写了一系列痛快淋漓的文章，一时间声名鹊起。

在文化立场和创作上，比起一大批始终徘徊、挣扎于传统与西方文化夹缝之中的中国现代知识分子，林语堂虽然一方面以老庄门徒自许，另一方面又标明自己"骨子里却是基督教友"，但是却可以做"两脚踏东西文化，一心做宇宙文章"。我们如何看待这种现象呢？与中国其他现代作家相比，林语堂的知识背景是非常特殊的。出生于福建闽南山村的林语堂是一个基督教牧师的儿子。和乐的基督徒家庭的成长环境、教会学堂的教育、上海圣约翰大学的读书经历以及之后赴美国和德国进修，这些给林语堂带来了完整和连续的西式教育。这让他与中国的社会现实持有着较大的距离，但这个距离却使他对中国传统文化相对来说始终保持着更冷静更客观的认识，因此，与"五四"的主流呼声不同，林语堂发现自己首先要做的根本不是反传统，他虽然反复徘徊于西方基督教文化的圈子之中，但却没有放弃甚至一直在坚持着中国传

---

① 林语堂：《八十自叙》，载《林语堂作品集》，甘肃人民出版社1998年版，第556页。

统儒教文化的精神。在林语堂看来,"儒家思想若看做是恢复封建社会的一种政治制度,在现代政治经济的发展之前,被人目为陈旧无用自是;若视之为人道主义文化,若视之为社会生活上基本的观点,我认为儒家思想仍不失为颠扑不破的真理。儒家思想在中国人生活上,仍然是一股活的力量,还会影响我们民族的立身处世之道"[1]。他甚至深情地比喻道:"谁若说儒学在中国已死,就等于说一个母亲对她子女的爱心是可以死的。"[2] 在这里,林语堂清楚地表述了自己对中国儒家文化的理解、认同,甚至是崇拜。尤其是他对中国传统的中庸之道的儒家哲学深为叹服,他认为中庸是一种很难的功夫,"介于动与静之间,介于尘世的徒然匆忙和逃避现实人生之间","这种哲学可以说是最完美的理想了"。[3]

这些看似混杂的思想观念在林语堂的思想中形成了一种平衡:一方面是西方基督教文化的浪漫主义、理想主义,另一方面是东方传统儒教文化的理性主义、现实主义。因此,人之命运的沉浮变动,家庭的荣辱兴衰、悲欢离合,富于激情的牺牲精神,善良宽厚的中庸品质,这些都是林语堂经常思考的人生课题。因此,在这一时期,他接连创作了《京华烟云》《风声鹤唳》《朱门》等一系列的长篇小说,尽管这些作品大多用英文写作,在向西方介绍东方即中国传统文化方面有着特别的意义,然而其根本的价值首先还是在于它们较为系统、深刻地展露了作者本人的思想观念及文化态度。拿《京华烟云》来说,从1900年秋八国联军进军京华至1938年初春日本侵略军侵占京华,叙述时间近40年。作品在这风雨飘摇、动荡不息的数十年间,展示

---

[1] 林语堂著,张明高、范桥编:《中国哲人的智慧》,中国广播电视出版社1991年版,第3—4页。
[2] 林语堂:《信仰之旅》,胡簪云译,四川人民出版社2000年版,第95页。
[3] 林太乙:《林语堂传》,陕西师范大学出版社2002年版,第230页。

了京城姚、曾两富豪之家的生活变迁、命运沉浮。像这样以大时代为背景框架描述大家庭命运变幻的作品，在中国文学史上从古典到现代都不少见，况且《京华烟云》在结构乃至情节方面对《红楼梦》有着比较明显的模仿，并没有显示出自己多少总体性的创新和特色。但《京华烟云》比较强烈地渲染和突出了人类命运的变幻莫测。全书沉浸在一种"人自身之外的伟力"的神秘气氛之中。作品开头即于兵荒马乱之中，姚府由京城举家南逃；最后结尾则是姚府新一代的主人姚木兰一家仍然于兵荒马乱之中由杭州西逃。这部小说从逃难开始，又以逃难结束，仿佛这数十年的历史就没有间断过逃难人群的仓皇步履。更耐人寻味的是，作品开头是姚木兰在逃难中与家人离散，被曾家收留；作品结局则是姚木兰在西行逃难途中又收留了三个孤儿和一个刚出生的婴儿。作品在总体构思上出现的这两组首尾相叠的场景，绝不是偶然的，它强烈地传达出一个极富象征性的意蕴：人的命运浮沉飘零、悲欢离合，是多么难以自握！饱尝数十年人间冷暖，备受颠沛流离、骨肉分别之苦的姚木兰，她怀抱着的那个刚刚出生就不知将被命运抛向何方的婴儿是多么沉重！——她所抱着的实际上是自己一生巨大的不幸以及对这不幸的巨大困惑。

　　姚木兰身上对命运的承受和她对命运的领悟，其实凝结着林语堂的文化思考，其旨在营造出一种理想化的人生形态：顺其自然，在顺应中求得把握；宽怀处世，在宽怀中获得坚韧；承受命运的不幸，在承受中赢得感奋和超脱。它融汇了林语堂对道、儒、佛以及基督教等多种宗教文化思想的多重理解。他既崇尚"道"的清净无为，又迷恋儒教中庸之道的哲学境地，同时又执着于佛教认同并承受苦难的精神和基督教宽容怜悯为怀的胸襟，这是林语堂所理解的典型的半东半西的理想化人生。

二、孙犁：一个人的流派

1945年5月15日，《解放日报》发表了孙犁的小说《荷花淀》，一经发表，《荷花淀》的文学风格就给解放区的文坛带来了别样的色彩。正像孙犁说的："这篇小说引起延安读者的注意，我想是因为同志们长年在西北高原工作，习惯于那里的大风沙的气候，忽然见到关于白洋淀水乡的描写，刮来的是带有荷花香味的风，于是情不自禁地感到新鲜吧。"① 和思维定式中的解放区文艺不同，孙犁的《荷花淀》沾染着中国古典的审美元素，同时糅进了解放区的生活内容，使得自20世纪20年代中期以来提倡的革命文学有了别样的风貌，在审美特性上提升了革命文学的品格和质量，《荷花淀》的发表也使得"荷花淀派"成为20世纪40年代文学的重要流派。

孙犁乡土小说具有"地方色彩""古典情调"和"诗画精神"。孙犁读过许多古典小说，最崇拜的是《红楼梦》，他说："曹雪芹的文学语言，可以说达到了中国文学语言空前的高度。他的语言有极高的境界，这个境界就是：语言的性格化……这样浩瀚的一部书，我们读起来，简直没有一句重复没用的话，没有一句有无均可的话，句句有声有色，动听动情。而且，语言的风格极高，它们的生命力，就像那些女孩子们的活跃的神情……《红楼梦》里的对话，能立刻把读者引到人物所处的境界里。它的每一句话，都是人物心灵的交流。"② 孙犁作为"荷花淀派"的开创者，在很大程度上也是这一流派最为主要的支撑。尽管在20世纪50年代前后，《天津日报·文艺周刊》致

---

① 孙犁：《关于〈荷花淀〉的写作》，载《孙犁文集》第6册，百花文艺出版社2013年版，第347页。
② 孙犁：《〈红楼梦〉的现实主义成就》，载《孙犁文集》第4册，百花文艺出版社2002年版，第559页。

力于培养和发掘一批具有"荷花淀"风格的年轻作家,如刘绍棠、从维熙、房树民、韩映山、冉淮舟等。在当时发表了大量的与《荷花淀》风格相近的作品。这些作品所具有的共同特征是:一是以战争、革命、运动等"重大题材"为背景,以重大背景之下白洋淀地区的乡村生活为内容,做到时代背景与现实生活相结合;二是着重在小说中展现地域自然风光、乡土民风,甚至带有散文式的风景描摹;三是作品的语言追求自然、简朴、清新和诗情画意。可以见得,荷花淀在审美风格上受到极大的赞美和追捧,自然的水乡白洋淀给需要宏大叙事的时代社会吹来了清新、自然、美好之风。《天津日报·文艺周刊》着重打造的"荷花淀派"作家在模仿孙犁的创作风格时,也未能实现新的超越,华北的乡土文学和北方水乡的文学书写最终成了"一个人的流派"。因此,对于这样一个重要流派,学界对其是否存在有着不同的看法。20世纪80年代初期,学界也有一些说法,例如,文学上的白洋淀派可以说是"有",也可以说是"无",可以说是形成了,也可以说是并未确实地形成。并论证了"有"和"无"的理由:"有"的理由是,的确有这么一批作家在孙犁的培养下发表了一批风格接近的作品;"无"的理由是,和赵树理的"山药蛋"派比,孙犁未和当时河北同时代的大部分作家共同形成流派,而只是与一些青年习作者产生互动,形不成成熟的流派。而且,1956年起,"孙犁主要是因病,同时也可能还有其他原因,基本上不写小说了;而刘绍棠、从维熙等青年作家则由于在政治上发生了不成问题的'问题',被从文学创作的园地里'清除'了出去;韩映山、冉淮舟等青年人固然还在勉力沿着原来的路子进行创作,但在'左'的政治气候之下,似乎也不能像以前那样尽情抒写了。这样,这个略具规模的'流派'就不但未能巩固和发展,反而削弱了,甚至解体了"①。从目前的几部通用的文学史著作中看，1999 年洪子诚的《中国当代文学史》（北京大学出版社）对以孙犁为首的"荷花淀派"未有提及；2005 年董健等主编的《中国当代文学史新稿》（人民文学出版社）中，虽然提到"荷花淀派"，但却以"孙犁本人并不承认这个流派的存在"加以否定。孙犁在组织《天津日报·文艺周刊》期间，他曾不止一次地申明："刊物要有地方特点，地方色彩。要有个性，要敢于形成一个流派，与兄弟刊物竞争比赛。"②"物以类聚，文以品聚。虽然是个地方报纸副刊，但要努力办出一种风格来，用这种风格去影响作者，影响文坛，招徕作品。不仅创作如此，评论也应如此。如果所登创作，杂乱无章，所登评论，论点矛盾，那刊物就永远办不出自己的风格来。"③因此，所谓的"荷花淀派"实际是在孙犁的发现、支持和帮助下形成起来的，有着刻意"打造"的意图。据有关研究者统计，自 1949 年到 1966 年期间，发表于《文艺周刊》上的与孙犁风格相近的作品至少有 90 多篇。孙犁通过书信、书评、作序等方式支持、培养了这些作家，并且还积极联系出版社将他们的作品结集出版。"荷花淀派"的骨干成员从维熙、刘绍棠、韩映山等都深情回顾过孙犁对他们创作成长的影响。从维熙说："如果说我的文学生命孕生于童年的乡土，那么孙犁的晶莹剔透的作品，是诱发我拿起笔来进行文学创作的催生剂。"④刘绍棠说："孙犁同志把《文艺周刊》比喻为苗圃，我正是从这片苗圃中成长起来的一株树木。饮水思源，我多次写过，我的创作道路是从天津走向全国的。"⑤韩映山说："50 年代初，当我还

---

① 马云、冯荣光编：《冯健男文集》第 1 卷，花山文艺出版社 2009 年版，第 135 页。
② 孙犁：《编辑笔记（续一）——关于编辑和投稿》，载《孙犁文集》第 8 册，百花文艺出版社 2013 年版，第 340 页。
③ 孙犁：《我和〈文艺周刊〉》，载《孙犁文集》第 8 册，百花文艺出版社 2013 年版，第 267 页。
④ 从维熙：《荷香深处祭文魂——悼文学师长孙犁》，《天津日报》2002 年 7 月 25 日。
⑤ 刘绍棠：《忆旧与远望》，《天津日报》1983 年 5 月 5 日。

在保定一中念初中的时候，就喜欢读《文艺周刊》发表的作品。它虽是报纸上的周刊，其文学性质却是很强的，作品内容很切实，生活气息很浓厚，格调很清新，语言很优美，有时还配上一些插图，显得版面既活泼健康，又美观大方，没有低级趣味和小家子气，更没有那些谁也看不懂的洋玩意儿。"[1]因此，从《天津日报·文艺周刊》的办刊实践来看，"荷花淀派"是一个有意的组织。而被许多学者引证的"孙犁不承认'荷花淀派'的存在"其实可以视作自谦，因为这句话原本出自1982年1月12日，孙犁写给评论家冯健男的信，其中说："关于流派之说，弟去岁曾有专题论及。荷派云云，社会虽有此议论，弟实愧不敢当。自顾不暇，何言领带？回顾则成就甚微，瞻前则补救无力。名不副实，必增罪行。每念及此，未尝不惭怍交加，徒叹奈何也。"[2]在这里，孙犁更多的是一种自谦，而实际上孙犁在《天津日报》三十多年的编辑工作，才是真实的实践过程，体现了孙犁真正对流派的看法。

进一步分析，在孙犁的"自谦"和实践中，更值得注意的是，"荷花淀派"究竟在中国现代文学社团流派史上意味着什么？"荷花淀派"背后的文学精神和传统在哪里？这其实与京派文学传统有着一定的联系。在北京形成的既有现代学院气息，又具有中国古典抒情传统的京派风格，自然流进了"荷花淀派"中，京派注重的诗情画意的美的意境和"田园牧歌"的人情自然被孙犁继承，并且结合20世纪40年代的现实需要，注入了革命的内容。孙犁的小说实际上就是诗，也是画，是中国古典抒情传统的彰显。《荷花淀》开头那段著名的景物描写：银白的月光、洁白的苇眉子、雪花般的席子，还有朦胧的水淀、清新的荷花香……在这如诗如画的风景中，烘托出美丽的、贤淑

---

[1] 韩映山：《饮水思源》，《天津日报》1983年5月5日。
[2] 孙犁：《再论流派——给冯健男的信》，载《孙犁文集》第6册，百花文艺出版社2013年版，第254页。

的编席女人……当然孙犁对这一诗化的抒情传统进行了改造，就像有论者所说的，孙犁与京派的区别"是在人物塑造上，前者是注入了新的时代和阶级内容的人性和人情美，而后者则是完全返归自然的人性和人情美"[①]。孙犁的"荷花淀派"注定是一个人的流派就在于，他汲取的是中国几千年的抒情传统，将传统的人情美、人性美升华成为一种美学符号，加之孙犁所处现实的特殊，解放区对于革命宣传的需要，在当时一众较为刻板、生硬的文学创作与宣传中，孙犁的美学精神自然更为通透，更能引起人情和人性的相通。与京派还有显著不同的是，京派文人在20世纪30年代，其秉承的是自由的学院化态度和较为高度的个人主义，但实际上有着对抗战时局的悲情，而孙犁与京派所不同的地方就在于革命的乐观主义、英雄主义取代了京派精神底蕴中的悲情，将中国传统的古典精神与解放区的文学宣传需要和谐统一起来。因此，在孙犁身上，传统文化、五四新文化、革命文化都结合在一起，孙犁自身的精神态度也更为复杂和隐晦，致使后面模仿孙犁的青年作家，无法超越这"一个人的流派"。"荷花淀派"在20世纪50年代中期已经形成。20世纪70年代末80年代初，"荷花淀派"概念正式被提出。孙犁不支持"荷花淀派"提法，采取了"疑信参半"的态度，这都表明，"荷花淀派"对于孙犁而言，"流派"的组织属性不是那么强，而风格上的独树一帜，以及《荷花淀》对于孙犁的特殊意义，更多是在其个人的身上。

三、京海地域之外的"京派"与"海派"

自1934年年初的"京海论争"起，"京派"与"海派"就经常在被并列

[①] 丁帆、李兴阳：《论孙犁与"荷花淀派"的乡土抒写》，《江汉论坛》2007年第1期。

或对举中彰显各自的地域色彩,可以说"京派"和"海派"也是现代文学发展历程中,最受关注的以地域性命名的流派了,但是实际上,"京派"与北京的关系,"海派"与上海的关系都存在着既彼此联系又彼此超越的复杂纠葛。"京派"虽诞生于北京,但是其所受到的北京文化、京味语言的影响则是非常小的。"海派"形成于上海,但其文化姿态与20世纪30年代革命化的现代文学生态是有着对话的复杂关系,而非仅仅是上海都市文化的文学投射。因此,在讨论现代文学中的社团流派时,"京派"和"海派"既是地域性的产物,又是超越地域性之外,拥有更加复杂维度的文化综合体。

对"京派"的命名意为对这一文人群体做一个总的划分和特征的归纳。"京派"文人群落的主体建构依托于特定的社会交际网络,这是"京派"这一流派在现代文学各个社团流派中独特而又清晰的标志,其他社团流派很难有像"京派"一样在高度自觉的社交网络、组织活动、办刊经验而形成聚合。"京派"文人同时依托学院派的身份,因此在文学理念和文学实践中天然形成精神上的连接。"京派"知识分子崇尚自由主义,倾向于构筑独特的文化空间,举办一定的公共交往方式,深受西方文化,特别是欧美气息的影响,同时他们对古典的韵味、传统的精神又有一定的感召和固守。再者,"京派"的一致性还来自他们作为期刊的生产者和支撑者,"京派"文人群落创办或编辑了多本既同声酬唱又和而不同的文学期刊。更为本质的是"京派"作家的审美追求。其实,关于"京派"命名的问题并不难说清。如果把"京派"的思想主张与审美追求分为两个层面的话,那么周作人、废名、沈从文、朱光潜、林徽因等,追求的是质朴优雅、田园牧歌、古典沉郁的精英文化的一路。

梳理"京派"聚合的精神核心和文化价值立场会发现,"京派"绝不仅仅限制在"京"的地域空间中,他们在时间上有着脉通中国古今的精神气质,在空间上既具有中国本土的学院氛围,又深受欧美文化沙龙的影响,而往往以"京"为之冠名,实属来自1934年"京海之争"中,为了革命文学而"发明"的共同指称。因此,"京派"在其文学内部来讲,具有文学特征的共性,但是在其外部来讲,它只是革命文学创作群体对"非革命文学团体"的一次集中归类,以便做文学立场上的辩论。因此,"京派"具有的共性带有"被制造"的痕迹。可以说明的是,"京派"在表现北京文化所体现的某些共同性时,常常超越北京,构成了属于整个中国新文学的一些特殊的东西,比如人们看到了"京派"文学里面也有"新感觉",共同的审美情趣和相近的文化格调,在各自的创作中,都具体而强烈地表现出与"京"没有什么干系的个人风格,特别是他们各自的乡土情结和历史文化记忆,"京派"作家很大程度上是受到北京学院文化的涵养,沉浸在文人知识分子的文化心态中的一群人,并且以北京作为活动中心,受到北京的文学、文化活动组织而凝聚起来的一批人。而这一批人在1937年全面抗战爆发后,原来活跃于京津等地的"北方文学者"四散全国各地,其中一大批成员来到昆明,在西南联大聚集起来,他们延续了北京时期的创作风格与文化理想。有学者指出,西南联大时期的朱光潜以及袁可嘉、穆旦、汪曾祺等人可以看作是"京派"的后起之秀。甚至有学者对"京派"的考察延续到了20世纪50—70年代在海外对中华民族文化传统的重建。除去典型的"京派"作家周作人、沈从文、废名等,"京派"的一些作家与"京派"的关系是弹性很大的,也就是说,京派内部成员本身具有游离性,甚至在一定程度上,在某些时刻,京派文人是反对"京派"的,这主要以李健吾和师陀为代表。

李健吾与"京派"之间存在的间隙,一方面来自李健吾自身的文化姿态和文化活动的表现,另一方面则是由于"京派"本身所具有的社团组织性并不强。1933年,李健吾从法国留学归来,在北平中华教育文化基金会编译委员会从事福楼拜作品的翻译工作。当时,李健吾还参与"京派"文学刊物

《文学季刊》和《水星》的编辑。1933 年，朱光潜发起的"读诗会"，李健吾成为该会成员。1937 年，朱光潜、杨振声和沈从文发起创办《文学杂志》，李健吾是编委会成员。最为重要的，也是最为显赫的，李健吾的文学批评对"京派"作家的成长、对"京派"在学术界和社会上的影响有着独特的贡献。这些经历和李健吾长期对"京派"作家的关注，参与"京派"文人的活动，让李健吾自然而然位列在"京派"文人之列。但是，判断一位作家与一个流派、社团关系的远近亲疏，仅仅从文学活动、文学组织上来看，则是不够全面的，最为根本的还是要看到李健吾自身的文学创作、思想内涵、文化追求是否与"京派"文人有着一致性，甚至于，李健吾是否自身致力于"京派"文人精神追求的建设中。但是李健吾和沈从文在文学理念上存在源头上的差异，尽管两人都强调感悟、直觉，但是沈从文更多的是中国传统的古典美学和古朴的湘西生活中生发出的人性和诗意，具有典型的传统诗学的特征，而李健吾则更多地吸取西方美学和资源，李健吾的印象式批评更偏重西方文学的影响。再说李健吾与周作人之间的对比，李健吾和周作人虽同为"京派"成员，周作人更可以视为"京派"的"祖师爷"，但是李健吾也曾在文学观念上与周作人发生分歧。1936 年 2 月，李健吾在《〈鱼目集〉——卞之琳先生作·二》当中，先是分析了周作人对中国新文学的看法，接着表达了自己的反对。在周作人看来，新文学的不成熟体现在语言上"猥杂生硬"，这一点在李健吾看来则无足轻重，不足以构成批评新文学不成熟的说辞。

除了李健吾，长期作为"京派"代表的师陀，也不是那么典型的"京派"。在许多文学史著作中，《果园城记》成为京派乡土文学的代表作品，师陀也因此被划入"京派"作家的行列。但是随着新史料的不断挖掘，师陀早期的革命经历被发掘，尤其是师陀早期创作的"革命"题材作品也浮出地表，受到关注，这使得人们看待师陀的精神风貌和文学观念的整体性发生了变化。

有些学者倾向于将师陀划为"左翼"作家的行列，取折中的态度，称其"在京派与左翼之间"或者定位为"自由的左翼"。就师陀自身而言，除去早期的革命经历和革命文学作品的创作，在其后期，他曾亲自划清与"京派"的关系。1934 年，师陀就在《大公报·文艺》上发表过自己关于"京派"与"海派"看法的杂文，对"严肃文学"是否真的可行提出了质疑态度。[①] 1934 年 2 月 10 日，师陀在《大公报·文艺》第 41 期上发表《"京派"与"海派"》，表示"京派"与"海派"并无明显的区别，"京派"也并不因为具有"学者"态度而显得可贵。1988 年，师陀在《两次去北平》中也写道："现在中国社会科学院文学研究所在编写《中国小说史》，准备把我归入'京派'，并举李健吾、朱光潜两位评论文章为例，认为我是'京派'后起的佼佼者。我的记忆力极坏，记不得他们文章中有此等话；犹恐记错，找出两位的评论文章重读，结果果然没有。只有王任叔同志讲过我'背后伸出一只沈从文的手'。王任叔写别的文章，可能是位好作家，他对我的评论，我却不敢恭维。因为他只急于写文章，根本没有看懂。"[②] 由此可见，师陀一开始对"京派"这一文学流派持质疑态度，对"京派"的概念和范畴表示了模糊的看法，也不同意批评家将自己归入"京派"这一做法，到了晚年，他更是不愿承认自己属于"京派"，也否认自己的创作与沈从文的关系。

与"京派"相之对举的"海派"也存在"结构"松散的情况。一方面，"海派"的概念是从 1934 年的"京海之争"中引发出来的，因而在 1934 年前后的讨论场域中，是一个相对稳定的、具体的所指，是沈从文针对上海都市文学创作，特别是依托于报刊载体，进行的商品主义、娱乐文化创作的指

[①] 参见师陀《致杨义》，载师陀著，刘增杰编校《师陀全集》第 5 卷·书信、日记、论文、附编卷，河南大学出版社 2004 年版，第 102 页。

[②] 师陀：《两次去北平（续篇）》，《新文学史料》1988 年第 3 期。

称，但是如果直接面对"海派"一词，则会扩大到对上海文化的整体隐喻之中，认为是对上海地域文化的整体概括。而回到20世纪30年代的具体历史中，上海的文化场尤为复杂，其中还包括倡导革命文学的左翼作家群体，因而，"海派"绝非仅仅从地域限定的概念上能够限定、解释清楚。将"海派"完全等同于新感觉派，也会造成歧义和误解。

关于新感觉派与"海派"的关系问题，涉及如何认识"海派"这一流派的范围、概念和文学史范畴。狭义的"海派"是指20世纪30年代沈从文在"京海论争"中所提到的"海派"。沈从文从1933年到1934年连续发表了《文学者的态度》《论"海派"》和《关于"海派"》三篇文章，来论述"海派"。沈从文所指的"海派"是以"礼拜六派"为代表的一类玩票白相的文人，"礼拜六派"可以看作是鸳鸯蝴蝶派的分支，是看重商品经济效益和娱乐效应的一类文人。广义的"海派"则主要有鸳鸯蝴蝶派、新感觉派和新浪漫派，它们活跃于上海文坛的"海派"小说流派，始终以都市空间作为其创作的表现对象。所谓"海派文化"，"是中西'两种文明'合力的结果，它是既区别于中国传统文化，又不同于西方文化的一种独特、新型的文化形态。正像'海纳百川'的特色一样，'海派文化'也具有巨大的包容性和多元性……土的、洋的、旧的、新的、俗的、雅的渐渐组合成了独特的'海派文化'"。[①]"海派作家本质上是一种报刊作家"，鸳鸯蝴蝶派的小说作家大都是媒体人出身，包天笑曾任《时报》记者，周瘦鹃是《申报》"自由谈"和《礼拜六》杂志的编辑。从广义的"海派"的概念来看，尤其是从"海派"的文化来看，绝不仅仅是现代都市文化，其文学实践的内容也超出了描写现代都市生活、感官体验、灯红酒绿等消费主义的人生。尤其是，当注意到海派文学

---

① 林雪飞：《世界潮流中的海派文化与海派小说》，上海文化出版社2012年版，第23页。

的基底来自对西方文化和生活方式的广泛认同、接受。

　　新感觉派将目光聚焦于20世纪30年代的现代都会上海，用现代的形式描写现代人的人生。作为一种与新的经济形态相伴而生的文学流派，新感觉派的内容形式较之于以往的文学存在巨大的变化。新感觉派作家非常擅长描写这个现代化大都市——上海的快节奏生活。他们写大都市之中形形色色的人，商人、舞女、资本家、下层劳动者，灯红酒绿的街头，广告与建筑作为背景，拼凑出一幅20世纪30年代上海的风景。新感觉派以20世纪30年代半殖民地上海为蓝本，再现都市里的人，城市是他们唯一的生存世界，是创作和想象的关键资源。吴福辉在研究海派文学的作品《都市漩流中的海派小说》中提到："在现代的中国，再没有任何一个流派会像海派那样能够从现代物质文明的层面上，能从现代文化与传统文化交替接续的意义上，来表现都市了……海派放弃了旧的评价标准，引进了新的都市文化价值观念。"[①] 吴福辉认为"海派"的评价标准在于是否有"现代质素"，"海派"的文化符号应该是现代都市。可见，吴福辉对"海派"在文学史上的地位是承认的，并且认为其对展现现代中国的都市场景具有文学上的贡献。但是，沈从文对"海派"的概念认定中接受了既定"海派"文人群体，其中包括当时的鸳鸯蝴蝶派，又进一步把"海派"作家范围扩展到左翼和民族主义作家中。因此，"海派"在不同的语言环境中所具体指代的对象存在偏差。一方面，"海派"绝不等同于新感觉派，另一方面，左翼文学阵营中的作家因为身处上海，也不时被纳入"海派"的范畴中，"海派"成为反对革命文学时被拉来作为掩护的盾牌。

---

① 吴福辉：《都市漩流中的海派小说》，湖南教育出版社1995年版，第144页。

附 录
中国现代文学社团简录

"新青年" 《新青年》创刊于1915年9月,原名《青年杂志》。由陈独秀在上海创立,群益书社发行。1917年年初,随着陈独秀任北京大学文科学长,《新青年》编辑部也随之迁往北京,陈独秀、胡适、李大钊、鲁迅、钱玄同、刘半农、周作人、沈尹默、吴虞、高一涵、沈兼士这些新文化运动先锋的加入进一步壮大了《新青年》阵营的力量,成为新文化运动的重要阵地。它倡导民主与科学,提倡新文学,批判旧文学。

中华学艺社 1916年,陈启修、刘海粟等留日归国的青年学生,在上海成立了学术性团体丙辰学社,后改名为中华学艺社,创办学术刊物《学艺》。学艺社的主要宗旨是从事各学科的学术研究,也开展一些文学创作活动。

灵学派 1917年10月,俞复、陆费逵等在上海组织灵学会。次年1月,灵学会创办了《灵学丛志》,提倡迷信,主张复古,反对新文化运动。《新青年》杂志曾发表鲁迅的《随感录三十三》、钱玄同和刘半农的《斥灵学丛志》、陈百年的《辟灵学》等文章,对灵学派的谬论进行了反驳。

新潮社 1918年,在北京大学文科学长陈独秀的支持下,北京大学学生傅斯年、顾颉刚、罗家伦、潘家洵等人创办了刊物《新潮》,聘请胡适为顾问。新潮社是五四新文化运动的重要力量,提倡白话文学,介绍国外思潮,批判社会现实问题,为文学革命的发展注入了新的力量,是《新青年》的重要同盟军。

少年中国学会 由李大钊、王光祈、曾琦、周太玄、陈愚生、张尚龄、雷宝菁7人发起,于1919年7月1日在北京正式成立,7月15日创刊机关刊物《少年中国》，由上海亚东图书馆发行。

小说研究社　1920年12月，梁实秋和同学顾一樵、翟桓等，在学校组建了清华园里第一个文学社团，以译介外国小说为主要工作内容。

北京实验剧社　1921年由陈大悲、李健吾等创建于北京，以爱美的旨意实验一切"戏剧的艺术"。

清华文学社　1921年11月，闻一多等把清华小说研究社改立为清华文学社，成为清华校史上第一个综合性的文学社团，分诗歌、小说、戏剧三组。闻一多、梁实秋、朱湘、饶孟侃、杨世恩等人为社内骨干。

文学研究会　1921年1月4日，郑振铎、沈雁冰等人在北京成立了文学研究会。它提倡为人生的艺术，确立了"严肃文学"观和"文学事业"观，是新文学运动中成立最早、影响和贡献最大的文学社团之一。它聚集了当时一批优秀的文学家，如周作人、郭绍虞、朱希祖、瞿世英、蒋百里、孙伏园、耿济之、王统照、叶圣陶和许地山等，共同推动了中国现代文学的发展。

创造社　1921年4月初，郭沫若、成仿吾从日本回国到达上海，被聘为泰东书局编译所编辑，研究出版刊物的计划。5月末，郭沫若返回日本。6月8日，他在东京郁达夫寓所，与郁达夫、张资平、何畏、徐祖正等商议，决定组织社团，用"创造"作为刊名，出版季刊和丛书，稿件由大家承担。这次集会，标志着创造社的正式成立。

上海戏剧协社　1921年，谷剑尘、应云卫、汪仲贤、欧阳予倩等在上海发起成立了戏剧协社。它是中国抗战前话剧史上历时最久、影响较大的话剧社团。

国际笔会中国分会　国际笔会1921年成立于伦敦。1930年5月13日，在上海举行国际笔会中国分会发起人会议，讨论和通过了徐志摩起草的《缘起》和《章程》。同年11月19日，国际笔会中国分会在上海正式成立。成立大会由胡适致辞,正式通过了《章程》,并选举蔡元培为理事长,戈公振为书记,邵洵美为会计,徐志摩、郑振铎、郭有守等7人为理事。

中国新诗社 中国现代文学史上第一个新诗歌社团。1921年成立于杭州。主要组织者有朱自清、俞平伯、刘延陵、叶绍钧等。1921年1月创办《诗》月刊。

白马湖散文作家群 1921年至1924年间,夏丏尊、丰子恺、朱自清等在浙江省上虞县白马湖畔春晖中学任教。他们在教学之余,从事散文创作,其作品大多取材于身边琐事,语言朴素,格调清新,形成了别具一格的散文流派。

晨光文学社 1921年10月,由浙江第一师范学校学生潘漠华、汪静之发起成立,参加的有一师和杭州其他几所学校,如浙江女子师范、蕙兰中学、安定中学等爱好文学的学生,以及个别教员和编辑等20多人,顾问为朱自清、叶绍钧、汪静之、潘漠华(潘训)、赵平复(柔石)、魏金枝、周辅仁等。

青社 1922年7月,由徐卓呆、胡寄尘等组建于上海,创办了《长青》文学周刊,出版5期。

春风周报社 1922年秋成立于宁波,出版刊物《春风》周报,由王任叔、王仲隅等主持,内容分为"青年"和"儿童"两大部分,"青年"部分侧重于文学创作,"儿童"部分侧重于儿童文学。

兰社 1922年秋,杭州宗文中学学生戴望舒、张天翼和宗华中学学生杜衡以及之江大学学生施蛰存等,组成了文学社团兰社。

学衡派 1922年出现的反对新文化运动和新文学运动的文化与文学流派,因1922年在南京东南大学创办《学衡》月刊而得名。《学衡》主编为吴宓。它是以文言为主的综合性文化刊物,设有通论、述学、文苑、杂缀、书评等栏目,由上海中华书局发行。

浅草—沉钟社 1922 年，林如稷和十几个爱好文学的青年组成了浅草社。1923 年 3 月，他们创办了《浅草季刊》，由上海泰东书局发行。1925 年《浅草》停刊后，浅草社同人和杨晦等在北京成立沉钟社，鲁迅评价它"确是中国的最坚韧，最诚实，挣扎得最久的团体"。

湖畔诗社 1922 年 3 月在浙江杭州成立，成员为冯雪峰、应修人、潘漠华、汪静之四人。诗风以抒情短诗为主，纯真、质朴、清新、热情，体现出对美好自然的向往。

新月派 1923 年，北京出现了一个以"聚餐会"形式发展起来的团体新月社，主要发起人有徐志摩、胡适、陈西滢等。1924 年年底，成立了新月社俱乐部（松树胡同 7 号）。1927 年春，徐志摩、闻一多、邵洵美、胡适、余上沅、张禹九、梁实秋等在上海开办新月书店，主要出版新月派成员的著作。1928 年 3 月，徐志摩、闻一多、饶孟侃等又在上海创办了《新月》月刊，月刊的核心人物是徐志摩、闻一多、饶孟侃、胡适、梁实秋、邵洵美、余上沅、叶公超、潘光旦、罗隆基、陈西滢、张禹九、刘英士等。

语丝社 1924 年创立于北京，主要成员有鲁迅、周作人、孙伏园、川岛、钱玄同、林语堂等。他们从事社会文化批评，反对封建复古逆流，所写杂文和散文形成一种具有泼辣幽默特征的"语丝文体"。

春雷文学社 1924 年 11 月在上海成立。成员大多是上海大学的师生，蒋光慈、沈泽民为主要发起人。

现代评论派 是以 1924 年 12 月出版的《现代评论》周刊而得名的流派，其成员多是欧美留学归国的自由主义知识分子。其主要代表人物是胡适、陈西滢、王世杰、徐志摩等人。

未名社 1925 年夏，鲁迅和韦素园、李霁野、台静农、韦丛芜、曹靖华等共同创办了未名社，主要以译述外国文学作品为事业的中心。

莽原社 1925年4月11日，鲁迅和向培良、高长虹等人议决成立莽原社，同月24日，《莽原》周刊诞生。鲁迅在该刊发表了大量杂文，成为与现代评论派战斗的阵地。

象征诗派 1925年，李金发第一部诗集《微雨》的出版，是新诗中象征派诞生的标志，其他象征派诗人还有王独清、穆木天、冯乃超等。其诗歌多通过象征性形象和意境去暗示诗人心灵世界的某种感受。

艺林社 1925年1月，杨振声等在湖北武昌组织了艺林社，并编辑《艺林旬刊》。创刊号内发表的，有杨振声的《序》《河边草》，郁达夫的《山天气》《秋柳》和《送仿吾的行》，张资平的《性的等分线》《三七晚上》，刘大杰的《病猫》《玉兰的酬谢》和《别情》等。

"甲寅"派 1914年5月，章士钊曾在日本东京创办《甲寅》月刊。1925年7月18日，他在北京复刊《甲寅》，至1927年2月停刊，共出版45期。《甲寅》反对新文化运动，宣传文言与读经，反对普及白话和学生运动。

狂飙社 成立于1924年8月，因办刊物《狂飙》而得名，得到了鲁迅的支持。领导人为高长虹。

水沫社 成立于1925年，由施蛰存、戴望舒等发起成立。水沫社的宗旨是"把心交给读者"，他们以"无功利"的纯粹精神来从事文学活动，旨在创作真诚的、清新的文学作品。

后期创造社 1927年10月，冯乃超、朱镜我等从日本回到上海，和国内的创造社同人会合，展开了创造社后期的文学活动，大力倡导无产阶级革命文学。

骆驼草社 周作人、废名、徐祖正等于1927年在北平成立了骆驼草社。1930年春，创办社刊《骆驼草》，主要发表小品、短评，在整合中西文学优长、建构中国本土文学体式的探索上有较大贡献。

太阳社　1927 年秋成立于上海。发起人为蒋光慈、钱杏邨、孟超、杨介人等。它积极提倡无产阶级革命文学，反映工农大众的生活与斗争，为革命文学的发生与发展做出了主要的贡献。

中国左翼作家联盟　1930 年 3 月 2 日，中国左翼作家联盟（简称"左联"）成立大会召开，大会通过了"左联"的理论纲领和行动纲领，选举沈端先、冯乃超、钱杏邨、鲁迅、田汉、郑伯奇、洪灵菲 7 人为常务委员。"左联"的宗旨是："我们的艺术是反对封建阶级的，反对资产阶级的，又反对'失掉社会地位'的小资产阶级的倾向。我们不能不援助而且从事无产阶级艺术的产生。"（《左联理论纲领和行动纲领》）。在组织上，"左联"接受中共中央宣传部文化工作委员会（简称"文委"）的领导。

中国左翼文化总同盟　1930 年，继中国左翼作家联盟成立之后，左翼社会科学家联盟、左翼戏剧家联盟、左翼新闻记者联盟等纷纷成立。为了加强这些社团间的联系，集中起来，便于接受中国共产党的领导，于 1930 年 10 月在上海成立了中国左翼文化总同盟，简称"文总"。

北方左翼作家联盟　在上海"左联"影响下，北平部分文艺青年也开始酝酿成立北方左翼作家联盟。1930 年，潘漠华、谢冰莹、张璋、杨纤如、杨刚等开始发动北平各大学的青年文艺爱好者，成立了"北方左联"。"北方左联"为中国现代革命文学的发展起到了积极作用。

普罗诗派　1930 年 4 月，普罗诗社在上海成立，明确提出"反抗一切旧势力"，"指出一条改造社会的新途径"的主张。普罗诗派的诗歌颂无产阶级革命，反映工农革命运动，洋溢着革命激情和坚定的革命信念，具有很强的鼓动性和战斗性。他们提倡诗的大众化，因而语言朴实，节奏明快，朗朗上口。

新感觉派　1932 年 5 月 1 日，《现代》杂志创刊，刘呐鸥、穆时英模仿日本新感觉派小说，着力抒写都市的快速节奏与景象，运用快速的节奏、电影镜头般的跳跃结构，听觉、视觉、嗅觉的客观化，感觉、梦幻、意象的重叠变化，潜意识、隐意识等手段，丰富了我国现代小说的表现技巧。新感觉派的主要作品有刘呐鸥的《都市风景线》、施蛰存的《将军的头》《梅雨之夕》《善女人行品》，穆时英的《南北极》《公墓》《白金的女体塑像》《圣处女的感情》等短篇小说集。

三三剧社　1933年元旦，杜宣、周辉、许可、叶青、徐文明、朱济忍等在上海组织成立了三三剧社。他们在"剧联"领导下，积极从事左翼剧运工作。

社会剖析派　1933年1月，茅盾的长篇小说《子夜》出版后引发强烈反响，由此标志着社会剖析派小说的崛起。它运用阶级观点和冷峻的笔法从社会的、政治经济层面去观察和分析社会重要时间和人生世相，吴组缃、沙汀等人都受到这种写法的影响。

京派　20世纪30年代前后新文学中心南移上海后继续留在北京活动的文学流派，主要成员有沈从文、废名、汪曾祺、李健吾、朱光潜等。文学风格偏向"纯正的文学趣味"，以"和谐""节制""恰当"为基本原则的审美意识，小说带有诗化、散文化的特点。

奴隶社　1935年，鲁迅为编印几个青年作者的作品而拟定的一个社团名称。除以"奴隶社"名义出版的"奴隶丛书"外，还有叶紫的《丰收》和萧军的《八月的乡村》。

宇宙风社　1935年9月成立于上海，除出版《宇宙风》月刊外，也出版单行本，如周作人的《瓜豆集》《日本管窥》、老舍的《北平一顾》、朱雯的《百花洲畔》等。

日曜会　1936年10月，鲁迅逝世后，茅盾从故乡回到上海。为了团结上海的作家，经常保持联系，互通声气，由茅盾发起，组织"日曜会"，在上海新雅酒家聚餐会晤，每星期日一次。参加日曜会的，有王统照、艾芜、张天翼、蒋牧良、沙汀、端木蕻良等。

东北作家群　"九一八"事变后，一群从东北流亡到关内的文学青年在左翼文学运动推动下共同自发地开始文学创作的群体。1936年在文坛上形成声势，这一年上海的《作家》《中流》《文学》《光明》《海燕》和《文学界》等文艺刊物，比较集中地刊载了萧军、萧红、端木蕻良、舒群、罗烽、白朗等的作品。

中华全国文艺界抗敌协会　简称"文协"，1938年3月27日成立于武汉，是抗日战争期间全国规模的文艺界抗日民族统一战线组织，发起人包括全国文艺界各方面的代表近百人，理事会推举老舍为总务部主任，主持"文协"的日常工作。

七月诗派　1937年9月11日，胡风主编的《七月》杂志创刊，以刊物为中心形成一个实力雄厚的作者群，代表作家有胡风、田间、艾青、孙钿、天蓝、庄涌、彭燕郊等。他们的作品大多表现时代的重大主题，强调诗歌的时代精神和革命倾向，充满爱国热情和革命激情。其创作涉及报告文学、小说等多方面，但影响最大、价值最高的是诗歌，常被称为七月诗派。

西北战地服务团　简称"西战团"。1937年7月抗日战争全面爆发后，根据中国共产党中央指示，以抗日军政大学二期四大队部分学员为主要成员组建成的综合性的文艺宣传团体，主任为丁玲。

陕甘宁边区文艺界抗战联合会　1938年9月11日，在延安成立陕甘宁边区文艺界抗战联合会。出席成立大会的有成仿吾、艾思奇、周扬等数十人。会上提出要在工厂、机关、学校普遍建立文艺小组；要组织大批文艺干部到前线去；要创办文艺刊物，作品要反映抗战伟业；要建立正确的文艺理论等。

鲁艺实验剧团　1938 年，中国共产党领导的陕甘宁边区文化宣传团体。主要成员为鲁艺戏剧系第一届毕业生。先后演出话剧《一心堂》《打虎沟》《流寇队长》，新歌剧《农村曲》《军民进行曲》《周子山》等。

《鲁迅风》作家群　"鲁迅风"既是同人刊物的名称，又是鲁迅逝世后在上海的一部分继承鲁迅传统的杂文作家自然形成的一个流派。

文艺月会　由丁玲、舒群、萧军发起，成立于 1940 年 10 月 19 日，出席成立座谈会的有何其芳、师田手、雪苇、周文、荒煤、立波、周扬、李雷等近 30 人。会刊《文艺月报》的编辑方针是：以文艺批评与创作来充实延安文艺堡垒。

冬青文艺社　西南联大文学社团中历史最久，也是最具有代表性的社团，创立于 1940 年年初，代表人员有林元（林抡元）、萧荻（施载宣）、王凝（田堃）等。冬青文艺社成立后，聘闻一多、冯至、卞之琳和李广田四位教授为指导老师，又吸收了不少爱好文艺的学生，是当时西南联大最活跃的一个社团。

延安新诗歌会　1940 年 12 月 8 日，新诗歌会在延安文化俱乐部召开成立大会，选出了由萧三等 11 人组成的执行委员会。发表的诗歌形式有新诗、民歌、古体诗词和译诗等，也有一些讨论诗歌的普及和民族形式等问题的文章。

前哨剧社　抗日战争时期八路军冀中军分区领导下的革命戏剧团体。它的前身是游击剧团、国防剧团。

战国策派　抗日战争爆发后，林同济、雷海宗、陈铨等人于 1940 年 4 月 1 日，在昆明创刊了《战国策》半月刊。结社的宗旨是："鉴于国势危殆，非提倡及研讨战国时代之'大政治'无以自存自强。"推崇民族主义和国家主义至上，通过对尼采思想的解读和运用，探讨了民族文学与政治之间的联系。

太行诗歌社　1941年6月，太行诗歌社在晋冀鲁豫边区成立，由高鲁、叶枫、刘大明等负责，下设组织、出版、研究等部。7月7日，《太行诗歌》创刊，发表的作品以民歌为主，表现了时代的精神与人民新的生活面貌。

延安诗会　1941年12月10日，延安诗会在延安文化俱乐部召开成立大会，诗会主要活动为举办诗歌朗诵会、创办街头诗墙报，开展街头诗运动，举行诗歌理论讨论会等，对诗歌的大众化进行了积极的探索。

谷雨社　1941年11月，谷雨社在延安成立，属中华全国文艺界抗敌协会延安分会领导，是延安专业作家的社团。社名取意于农谚"谷雨前后，种花点豆"，即播种之意。谷雨社编辑的刊物《谷雨》，1941年11月15日正式创刊，由丁玲等5人组成编委会，采取轮流负责，主持各期刊物的编辑工作，主要成员有丁玲、舒群、艾青、萧军、何其芳等。

草叶社　草叶社是延安鲁迅艺术学院文学系周立波、何其芳、陈荒煤、严文井等教师和学生组成的文学社团，他们于1941年11月1日编辑出版了文学双月刊《草叶》。

鲁迅研究会　在艾思奇、萧军、周文的筹备下，1941年1月15日，鲁迅研究会召开了成立大会，目的是"推动并加强对鲁迅的研究工作，学习和发扬鲁迅的伟大精神，继承鲁迅丰富的文学遗产，建设新民主主义的文化"（《成立宣言》）。大会选举艾思奇、萧军、周文组成干事会，由干事会及周扬、陈伯达、范文澜、丁玲、萧三、胡蛮、张仲实等10人组成编委会。大会决定每年将研究成果汇编成册。

春草诗社　1942年上半年，王亚平、臧云远、徐光霄（戈茅）、臧克家等人在郭沫若的支持下，在重庆组织了春草诗社。他们经常聚会，讨论有关诗歌创作和文艺理论问题，有时也召开诗歌座谈会，举行诗歌朗诵会。

西南联大新诗社　1944年由学生何达等组建，闻一多、李广田、朱自清、冯至等教授参加活动。他们办社的宗旨是："一、我们把诗歌当作生命，不是玩物；当作工作，不是享受；当作献礼，不是商品。二、我们反对一切颓废的晦涩的自私的诗；追求健康的爽朗的集体的诗。三、我们认为生活的道路就是创作的道路；民主的前途，就是诗歌的前途。四、我们之间是坦白的、真率的、团结的、友爱的。"（赵宝煦、闻山《闻一多导师和新诗社、阳光美术社》）

九叶诗派 九叶诗派并无社团组织形式，因江苏人民出版社1981年出版几位诗人代表作的结集《九叶集》而得名。他们活动的时间，较集中于1945年至1949年，地点在上海、北平、天津、杭州、南京等。他们主张诗应"扎根在现实里，但又不要给现实绑住"（陈敬容），而要"自内而外，由近而远，推己及人地面对生活，向生活的深沉处半意识或非意识处搏斗向前，开创丰厚的雄浑的新天地"（唐湜）；在诗的艺术上，他们主张要发扬形象思维的力量，探索新的表现手段，如提出"新诗戏剧化"（袁可嘉）的目标，要求把意志和情感转化为诗的经验，使诗得到戏剧的表现。

人民文艺社 1946年1月25日，人民文艺社在北平创刊了《人民文艺》半月刊。主要成员有：沈一帆、光未然、周扬、周而复、马彦祥、舒杨、席零等。抗战胜利后，全国人民掀起了争取民主、反对独裁，争取和平、反对内战的运动。《人民文艺》一创刊，便呼吁每一个文艺工作者都要呼喊出人民的声音，表达出人民对于自由民主的愿望和意志。

冀中文协 1946年10月15日，冀中文协召开成立大会，到会有文、音、美、剧各方面代表64人，王林报告筹备经过，全体通过了协会的工作纲领与简章，确定王林为主任，崔嵬为副主任，王林、崔嵬、孙犁、郭维、傅铎、秦兆阳、鹿一夫、田涯、卜一为常委。大会通过了成立《宣言》，指出"它将进一步团结冀中区的文艺工作者，它将进一步使文艺工作者为人民服务，与群众相结合。它将在冀中平原广大农村，掀起一种浪潮，使人民战争的歌声鼓声洋溢四野。它将进一步团结旧艺人，运用、改革乡间的一切艺术形式，为新的人民艺术的成果而努力"。

后　记

　　现代文学社团的形成与发展，是中国现代文学史上的一个重要现象。新青年阵营、新潮社、文学研究会、创造社、语丝社、新月社、未名社、沉钟社、京派、海派、中国左翼作家联盟、七月派、九叶派等，它们的存在清晰地描画出了新文学发展的轨迹，共同开创了中国文学史的新纪元。面对着这样纷繁复杂的对象，我们应该如何在一种纵横交错、四方融汇、相互关联之中梳理社团自身的发展流脉？又应该如何在一种立体的观照中把握不同社团之间的互动关系？这些问题都迫使我们探寻一种行之有效的、适合文学社团自身发展规律的研究方法，在这样的背景下，谱系学研究进入了我们的视野。

　　近年来随着西方尼采、福柯的学说在中国大陆学界的深入研究，"谱系"这一概念开始广泛出现在各类人文社会学科的研究著作和论文当中。根据福柯自身对于"谱系学"的解释，谱系学就是要"将一切已经过去的事件都保持在它们特有的散布状态上；它将标示出那些偶然事件，那些微不足道的背离，或者，完全颠倒过来，标识那些错误、拙劣的评价，以及糟糕的计算，而这一切曾经导致那些继续存在并对我们有价值的事情的诞生；它要发现，真理或存在并不位于我们所知和我们所是的根源，而是位于诸多偶然事件的外部"①。如果说以往的历史研究把历史看成是一个具有本质意义、连续性的东西，那么"谱系学"则注重历史背后的断裂、差异和偶然性，反对一味地追问历史规律和逻辑性，关注世界中一些边缘存在和历史本身的丰富性。

与西方的"谱系学"不同，中国对谱系有着另外的方法语境。《隋书·经籍志二》曾有"今录其见存者，以为谱系篇"，明代归有光的《朱夫人郑氏六十寿序》中写道"至于今四百余年，谱系不绝"，清代顾炎武《同族兄存愉拜黄门公墓》诗云："才名留史传，谱系出先公。"可以看出，相较于福柯的那种强调发现历史复杂性和差异性的"谱系学"，中国的谱系研究更加注重历史性、秩序性、考据性，通常是为了加固传统礼教、秩序和价值观，强调文化上的一致性和连续性。也就是说，西方的谱系研究强调其中的断裂、差异性，中国的谱系研究则看重其中的联系性、关联性。

本书对于中国新文学社团的研究，可以说是对中西两种谱系方法的中和。既在历时的演变过程和共时的相互关联中，考察不同社团共生互养而又共同发展、相互影响的关联，又讨论这种关联背后那些边缘性、偶然性、异质性的因素，以及两者之间是如何共同决定了中国新文学社团最后的形成和形态。比如说新文学社团与新文学思潮的关系，从来都不是两座孤岛，如果说文学社团是一棵大树，那么文学思潮滋养着社团的种子生根发芽，但在某些特殊的情况下，它也会使大树枝叶飘零，走向流散解体的命运。其实新文学社团的流散是一个必然的趋势和结果，但流散的过程和原因是值得探寻和思索的。社团的流散既受到战争、政治局势等外部条件的影响，社团成员在思想上的分歧和分化，促使各自选择不同的文艺道路，也会催化社团的分裂。而后者

---

① [法]米歇尔·福柯：《尼采·谱系学·历史学》，苏力译，载汪民安、陈永国编《尼采的幽灵：西方后现代语境中的尼采》，社会科学文献出版社2001年版，第121页。

往往更为重要、更为复杂，更能反映出新文学作家思想的演变，更能体现社团内部受到纷繁多样的新文学思潮感染下的抉择。再比如社团之间的关系，无论是 20 世纪中国文学史上的文学研究会、创造社，还是京派、海派，作品与作品之间都有着丰富的关联，它们之间构成一个完整、深厚、开阔的脉络联系。把这些作品在一个发展的脉络中统摄起来，在点面结合中得出文学谱系的架构。还有地域跟社团之间的关系，有些社团的形成与发展来源于同地域的纽带关联，比如《新青年》早期撰稿人队伍的聚合中，以陈独秀为代表的皖籍占据了半壁江山，就像有的学者说的那样："《新青年》自初创以迄于首卷六期，杂志性质基本上可称之为以陈独秀为中心的皖籍知识分子的同仁杂志。"① 而对于有的社团流派来说，地域性的影响又超出了这种限制。鲁迅在化名"栾廷石"发表的《"京派"与"海派"》中指出："所谓'京派'与'海派'，本不指作者的本籍而言，所指的乃是一群人所聚的地域，故'京派'非皆北平人，'海派'亦非皆上海人。"② 1938 年，沈从文这样回忆京派的文艺活动："北方《诗刊》结束十余年……北平地方又有了一群新诗人和几个好事者，产生了一个读诗会。这个集会在北平后门慈慧殿 3 号朱光潜先生家中按时举行，参加的人实在不少。北大有梁宗岱、冯至、孙大雨、罗念生、周作人、叶公超、废名、卞之琳、何其芳诸先生，清华有朱自清、俞平伯、王了一、李健吾、林庚、曹葆华诸先生，此外尚有林徽因女士，周煦良先生等等。"③ 这里提及的作家几乎都不是北京本地人。实际上，从整个京派的人员来看，真正是北京本地人的京派作家很少：周作人是浙江人，朱光潜是安徽人，

---

① 陈万雄：《五四新文化的源流》，生活·读书·新知三联书店 1997 年版，第 82 页。
② 栾廷石（鲁迅）：《"京派"与"海派"》，《申报·自由谈》1934 年 2 月 3 日。
③ 沈从文：《谈朗诵诗〈一点历史的回溯〉》，《星岛日报·星座》1938 年 10 月 1 日至 1938 年 10 月 5 日。

废名是湖北人，沈从文是湖南人，李健吾是山西人，梁宗岱是广东人，冯至是河北人，林徽因是福建人，何其芳是四川人，王了一是广西人……这些作家的成长背景各有不同，他们在作品中展现的也往往是各自家乡的风情民俗，何以被归入同一个"京派"？这是因为京派的形成，更多的是来自这批作家在文化观上的共通与近似，正是在这样一种相近、相通的文化观的巨大辐射下，京派作家内部因生活经历、知识背景、审美倾向的不同而存在的差异被融合、被忽略了。也正是由于京派是出于这样一种高度的文化自觉而形成的，也让它不像其他社团那样受到人事交往的巨大影响和牵掣。

如果说新文学社团的聚合、流散、分化本质上反映的是现代作家在各种思想浪潮中找寻精神认同和精神栖息的过程，那么本书对新文学社团谱系形态的探寻，也是对新文学作家、作品主体精神的另一种展示和诉说。当然，由于研究对象的纷繁复杂和笔者的能力所限，本书对中国现代文学社团的梳理和研究还尚显乏力，不少地方仍然存在着疏漏，真诚地期待各位同行以及广大读者的批评与指正。在此感谢文化艺术出版社的大力支持与帮助，特别是廖小芳等多位编辑在编校过程中付出了大量的心力，提出了许多建设性的意见，在此一并表示感谢。

张悦　汤晶
2024 年 12 月